Minha Querida Menina

Obras de Jennifer McMahon publicadas pela Alta Novel

As Crianças na Colina

Outras obras da autora

A Torre do Terror
Prisioneiros do Inverno: Alguns Segredos Nunca Morrem
Não Diga uma Palavra: Você é um dos Escolhidos?
The Drowning Kind
The Invited
Burntown
The One I Left Behind
Dismantled
Island of Lost Girls
Promise Not to Tell

Minha Querida Menina

JENNIFER McMAHON

Tradução de **Helena Coutinho**

ALTA BOOKS
GRUPO EDITORIAL
Rio de Janeiro, 2025

Minha Querida Menina

ALTA NOVEL é um selo da EDITORA ALTA BOOKS do Grupo Editorial Alta Books (Starlin Alta Editora e Consultoria Ltda.)

ISBN: 978-85-508-2484-0

Translated from original My Darling Girl. Copyright © 2023 by Jennifer McMahon. ISBN 9781668019061. This translation is published a sold by arrangement with Scout Press, an Imprint of Simon & Schuster Inc., the owner of all rights to publish and sell the same. PORTUGUE language edition published by Starlin Alta Editora e Consultoria Ltda., Copyright © 2025 by Starlin Alta Editora e Consultoria Ltda.

Impresso no Brasil – 1ª Edição, 2025 – Edição revisada conforme o Acordo Ortográfico da Língua Portuguesa de 2009.

Dados Internacionais de Catalogação na Publicação (CIP)
(BENITEZ Catalogação Ass. Editorial, MS, Brasil)

M112m
1.ed. McMahon, Jennifer
Minha querida menina / Jennifer McMahon ; tradução Helena Coutinho. – 1.ed. – Rio de Janeiro : Alta Books, 2025.
320 p.; 13,5 x 21 cm.

Título original: My Darling girl.
ISBN 978-65-508-2484-0

1. Ficção de suspense. I. Coutinho, Helena. II. Título.

10-2024/128 CDD 813

Índice para catálogo sistemático:
1. Ficção de suspense : Literatura norte-americana 813
Aline Graziele Benitez – Bibliotecária – CRB-1/3129

Produção Editorial: Grupo Editorial Alta Books
Diretor Editorial: Anderson Vieira
Vendas Governamentais: Cristiane Mutüs
Gerência Comercial: Claudio Lima

Coordenadora Editorial: Illysabelle Trajano
Produtoras da Obra: Beatriz de Assis & Viviane Corrê
Tradução: Helena Coutinho
Copidesque: Sara Orofino
Revisão: Renata Vettorazzi
Diagramação: Rita Motta

ALTA BOOKS
GRUPO EDITORIAL

Rua Viúva Cláudio, 291 – Bairro Industrial do Jacaré
CEP: 20.970-031 – Rio de Janeiro (RJ)
Tels.: (21) 3278-8069 / 3278-8419
www.altabooks.com.br – altabooks@altabooks.com.br
Ouvidoria: ouvidoria@altabooks.com.br

Editora **afiliada à:**
abdr
ASSOCIADO CBL Câmara Brasileira do Livro

Para todas as mães e filhas
que sabem como pode ser complicado.

Trinta e sete anos atrás

— ALI ABELHINHA? — SUSSURROU minha mãe enquanto entrava sorrateira no quarto, deslizava para debaixo da colcha pesada e se aconchegava ao meu lado na cama de solteiro.

Eu tinha 8 anos, já era uma menina grande, velha demais para abraços da mamãe, mas, ainda assim, quando ela pressionou o corpo contra o meu, suspirei de felicidade e me encolhi bem junto a ela.

Nós nos encaixávamos perfeitamente, ela e eu. Tanto que não dava para saber onde eu terminava e ela começava.

— Você está dormindo, meu amor? — perguntou ela. — Ou está se fingindo de morta?

Abri os olhos só um pouquinho, o suficiente para espiar os números no relógio da mesa de cabeceira: 2h15.

Minha mãe costumava trabalhar até tarde em seu ateliê e, às vezes, ficava lá a noite toda, pintando. Mas, de vez em quando, ela fazia uma pausa, vinha ao meu quarto e me acordava, tão ansiosa para mostrar seu último trabalho que não conseguia esperar até de manhã. Algumas noites, ela me acordava e perguntava se eu queria fazer biscoitos, ou dirigir até a loja de conveniência 24 horas para comprar sorvete e refrigerante e fazer vaca preta.

Agora, ela passava os dedos pelo meu cabelo, descia-os pelas costas, tocando os ossinhos salientes da minha coluna. Mesmo sem olhar, eu sabia que os dedos da minha mãe estavam manchados de tinta. Cheiravam levemente a terebintina, como os panos no ateliê — inflamáveis, um acidente esperando para acontecer.

Ela encostou o rosto no meu, bochecha com bochecha.

— Sei que está acordada — disse ela, e então senti aquele odor, distinto do leve cheiro de terebintina.

O hálito dela estava carregado de gim: um cheiro forte de pinheiro que me lembrava uma floresta de árvores de Natal.

Os dedos percorriam o tecido da minha camisola, desenhando formas, escrevendo letras para soletrar palavras. Era um jogo entre nós duas: adivinha-o-que-estou-soletrando.

Senti as letras familiares:

E-U-T-E-A-M-O

Sorri e me aconcheguei ainda mais perto dela.

— Amo mesmo — disse ela, as palavras arrastadas de um jeito que começaram a me dar dor de barriga. — Você é minha menina perfeita. Perfeita demais para este mundo. Às vezes, eu acho... — As palavras saíram roucas e estranhas. — Acho que devia ter te poupado. Ter te afogado ao nascer, talvez, e não deixá-la sofrer o que está por vir — murmurou ela no meu cabelo.

Meu coração batia tão alto e forte que eu tinha certeza de que ela podia ouvi-lo, soando como um alarme.

Ela me puxou para mais perto, espremendo todo o ar do meu peito.

Eu não conseguia me soltar, mesmo se quisesse.

Imaginei que estava realmente me afogando, sendo puxada para baixo, prendendo a respiração, os pulmões gritando por ar.

Pensei na faca que havia escondido sob o travesseiro: não era um objeto qualquer; era uma faca mágica, porque eu lançara um feitiço nela à luz da lua cheia e a havia purificado com água salgada e fumaça de bétula. Chamava-se Regressora, porque qualquer ser maligno que eu derrotasse com ela, regressaria para o lugar obscuro e sombrio de onde viera.

Naquela época, eu acreditava em magia. Acreditava que tudo tinha um espírito e uma energia que eu podia ouvir e da qual podia tirar proveito, que pedras e plantas podiam falar comigo, que os gansos voando acima de mim carregavam mensagens e eram prenúncios do que estava por vir. E acreditava que existia o bem e o mal e que estavam enrolados um no outro, entrelaçados como cipós grossos. Às vezes era difícil diferenciá-los.

Eu também fazia outras coisas para me manter segura. O anel de sal ao redor da cama, a Bíblia que a tia Frances me deu quando fiz 6 anos, escondida sob o travesseiro ao lado da faca. Era uma Bíblia infantil, com figuras. A página da Arca de Noé era a minha favorita: todos aqueles animais entrando no grande barco, de dois em dois.

Eu ficava olhando para a ilustração, preocupada, certa de que os leões comeriam as cabras, os cavalos pisoteariam os coelhos — e onde estavam as criaturas menores, as centopeias e as minhocas? Como elas seriam salvas?

Fiquei imóvel, ouvindo a respiração da minha mãe.

Inspira, expira. Inspira, expira.

Se ficasse quietinha e me fingisse de morta, talvez ela fosse embora. Ou talvez desmaiasse ao meu lado.

De manhã, diria a mim mesma que tinha sido só um sonho. Que eu imaginara ela entrando no quarto, sussurrando aquelas coisas. Não pareceria real à luz do dia, quando eu a olhasse do outro lado da mesa do café. Seria impossível acreditar que isso tinha acontecido quando minha mãe, toda iluminada pela luz da manhã que entra pela janela da cozinha, sorrisse e perguntasse se eu queria geleia de framboesa no pão (cujas bordas ela cortava, do jeito que eu gostava), se o meu irmão mais velho, Ben, queria mais pasta de amendoim. Se eu ousasse perguntar sobre a visita noturna, ela responderia que eu sou bobinha por inventar histórias. Então, talvez sugerisse alguma aventura divertida para o dia, como quando pegamos o trem até a cidade só para comer *gyros* de frango, ou quando transformamos a sala em um circo e tentamos fazer o pobre Lucky, nosso gato, andar na corda bamba.

Mas agora, só me concentrava em ficar imóvel, os olhos bem fechados.

Imaginava que estava morta. Enterrada bem fundo no chão, com terra na boca e raízes emaranhadas nos cabelos. Dizia a mim mesma que talvez minha mãe realmente tivesse me afogado quando era bebê. Imaginava ela sentada em cima do meu túmulo, os ombros curvados sob o peso da culpa e da tristeza, falando através de sete palmos de terra com sua filhinha morta em um caixão apodrecido.

— Eu deveria ter te salvado de tudo isso — sussurrou minha mãe.

Senti uma lágrima quente e salgada pingar sobre o meu rosto.

Ela levantou a parte de trás do meu pijama.

Fique quieta, pensei.

Estou morta, estou morta, estou morta.

— Tenho um segredo — disse minha mãe, a voz baixa, confessional. —Quer saber?

Senti algo cutucar as minhas costas, duro e afiado.

Uma unha?

Uma garra?

A ponta de uma faca?

Tentei imaginar: algo afiado e brilhante prestes a ser cravado no lugar macio entre as minhas costelas, onde seria empurrado até o coração e o dividiria em dois.

A pressão aumentou, assim como a dor da punhalada. Senti ela traçar um desenho: não uma letra desta vez, mas um círculo, uma espiral contínua, gravada diretamente na minha pele. Algo sem início. Sem fim.

Mordi o lábio para evitar gritar e meus olhos se abriram.

— Mãe, por favor — sussurrei.

Por favor, pare. Por favor, vá embora.

Foi então que eu vi: a sombra que minha mãe projetava na parede, iluminada pelo luar que entrava pela janela.

Só que essa não era a minha mãe.

Não mais.

Meu grito pareceu preencher todo o quarto, toda a casa, o universo inteiro.

Enfiei a mão debaixo do travesseiro e agarrei a faca.

01

A ANJA ESPATIFOU-SE EM milhares de pedacinhos.

Tinha escorregado da minha mão e se estilhaçado antes mesmo que eu entendesse o que acontecera.

— Droga — murmurei.

Eu estava precariamente equilibrada no topo da escada no canto da sala, onde tinha tentado pendurá-la. Todo Natal, a anja de vidro transparente pairava ali nas sombras, observando-nos enquanto enfeitávamos a árvore, bebíamos gemada, assistíamos a filmes natalinos melosos, e então exclamávamos e gritávamos ao abrir os presentes de Natal. Uma observadora estranha e sem emoções, uma espiã passiva.

A verdade é que eu meio que odiava a anja. Achava feia (os olhos eram globulosos, como os de um inseto) e um tanto assustadora.

Mas eu não tive a intenção de quebrá-la.

— Ali? Querida? Tudo bem? — chamou Mark do andar de cima.

— Tudo — cantarolei, descendo da escada e pegando o maior pedaço que sobreviveu: a cabeça da anja.

Os grandes olhos sem pupilas me olhavam como se me acusassem: *Como pôde fazer isso comigo?*

Música de Natal tocava no canal de clássicos natalinos na televisão — no momento, era uma versão melosa de *"Let It Snow! Let It Snow! Let It Snow!"*. Mark insistia nesse tipo de música, dizendo que ajudava a criar o clima.

Ele queria que tudo estivesse perfeito quando as meninas voltassem da escola: as caixas de enfeites prontas, a árvore preparada para ser decorada, a casa cheirando a biscoitos de gengibre e a música de Natal tocando. Ele até colocou uma fita vermelha na pobre cachorra.

Aquele era o dia que Mark mais esperava o ano todo: o Dia da Decoração. Ele até tirava o primeiro de dezembro de folga para isso, como se fosse um feriado de verdade. Eu me esforçava para não estragar esse momento para ele. Sério, tentava mesmo.

— Tradição — repetia Mark, inúmeras vezes.

Falava o quanto era importante para as meninas, que estávamos criando memórias que durariam suas vidas inteiras, tradições que seriam passadas para seus filhos e os filhos de seus filhos.

Moxie, nossa labradora preta de 6 anos, estava deitada em sua cama no canto da sala, parecendo um tanto desolada com seu grande laço vermelho. Ela levantou a cabeça com o som da anja se espatifando no chão, mas então, ao ver que estava tudo bem, suspirou e se acomodou de novo.

Let It Snow! virou *A Holly Jolly Christmas* e eu não consegui me conter — peguei o controle remoto e desliguei a TV.

Era apenas o primeiro dia de dezembro. Como eu aguentaria mais vinte e quatro dias de alegria forçada sem surtar? Vinte e quatro dias sendo chamada de Grinch, tentando não ceder sob a pressão dita e não dita para não arruinar o Natal das meninas ao deixar a fachada alegre cair.

Essa pressão não vinha só do meu marido. Minha melhor amiga, Penny, que morava logo ao lado, era quase tão ruim quanto ele. Embora ela e a esposa, Louise, se denominassem pagãs amantes da mãe natureza e abraçadoras de árvores, ela competia com Mark no quesito espírito natalino. Os dois eram unha e carne nessa época do ano. Amava ambos, mas mal podia esperar pelo esmorecer do espírito natalino na nossa casa. E, para piorar, eu recebia um belo cheque de royalties duas vezes por ano graças ao meu projeto mais bem-sucedido como artista: o livro infantil que fiz há três anos, *Moxie Salva o Natal*. Era uma história simples, mas alegre, sobre uma labradora preta sem lar — inspirada na nossa própria Moxie, claro — que mostrava a uma família estressada e ocupada o verdadeiro significado do Natal. Eu a ilustrei com minhas xilogravuras, impressões simples em preto e branco que depois colori à mão em alguns lugares. O livro, impresso em número limitado para família e amigos, decolou. As pessoas compartilharam. A notícia se espalhou. Pedidos chegaram. Mandei imprimir mais cópias e, quando percebi, fui abordada por uma editora que me ofereceu mais dinheiro do que eu poderia imaginar — muito mais do que já ganhara vendendo cartões e impressões em lojas e galerias locais. Por insistência dos meus amigos artistas mais bem-sucedidos, encontrei um agente e logo fechei um contrato para dois livros: *Moxie Salva o Natal* e a continuação que eu prometera, *Moxie Salva o Halloween*. E assim, com um simples livro ilustrado que era para ser apenas um presente de última hora para família e amigos, fiquei permanentemente vinculada ao feriado que não suportava.

De modo geral, feriados não eram motivo de celebração na minha infância. Eles me enchiam de ansiedade e pavor, sentimentos que fincaram raízes bem fundo. Pelo menos o segundo livro sob contrato falava de um feriado que eu gostava. E nossa filha mais velha, Izzy, fã de tudo que fosse minimamente macabro, estava animada com o livro de Halloween. Aos 16 anos, minha jovem gótica não era muito fácil de agradar, então qualquer coisa que nos aproximasse era motivo de comemoração. Agora, tudo o que eu precisava fazer era terminar o projeto.

O *Boston Globe* veio fazer uma matéria sobre mim há dois anos, tirando várias fotos minhas com Moxie no meu estúdio e, claro, na frente da árvore de Natal. Mark caprichou na decoração antes de eles chegarem. Eu me contorci quando li o artigo — a forma como o repórter descreveu nossa casa como *um maravilhoso inverno encantado, completo com ameixas dançantes, enfeites de vidro antigos e guirlandas de pinho preenchendo a casa com o cheiro da floresta*.

— Você deve amar o Natal — disse o repórter.

Cerrei os dentes e abri um grande sorriso.

— Ah, sim — menti. — Sim, eu amo.

Sou uma mentirosa nata.

Mark tinha começado uma tradição anual meio boba, de comprar um enfeite especial que deveria simbolizar nossa vida de alguma forma. O primeiro foi um capelo de formatura. Cada ano era algo novo: o primeiro Natal do bebê quando Izzy nasceu, uma casinha para comemorar a compra da fazenda, uma cegonha quando eu estava grávida da Olivia, um labrador preto quando adotamos Moxie. Ele estava sempre de olho em feiras de artesanato ou quando saíamos de férias, sempre em busca de novos enfeites e bugigangas para adicionar à coleção que só crescia.

Agora, nosso sótão inteiro estava entulhado com caixas delas, e um canto do porão também. Quando Mark perguntou se podíamos guardar algumas das peças maiores no estúdio, recusei.

O pequeno celeiro atrás da casa não era apenas meu estúdio de gravura — era o único lugar que era só meu. Penny era uma das poucas pessoas que podia entrar sem permissão. A regra da casa era que ninguém deveria me perturbar enquanto eu trabalhava lá. O celeiro era uma bagunça caótica de mesas, a prensa tipográfica antiga que eu usava, todas as ferramentas, tubos de tinta e materiais de desenho. As paredes eram cobertas de esboços e gravuras. O celeiro era meu refúgio. Nada de decorações de Natal.

— O que aconteceu? — perguntou Mark, olhando para a anja quebrada.

Seu tom era levemente acusatório, como se eu tivesse jogado a pobre anja desavisada no chão e a pisoteado. Seu olhar foi da cabeça do enfeite na minha mão para os cacos espalhados pelo chão como pedaços de gelo triturado.

Ele nunca caíra na armadilha de me achar a Rainha do Natal. Mark me via como eu realmente era e, de alguma forma, me amava apesar disso.

— Eu estava na escada e escorregou da minha mão. — Dei de ombros, pedindo desculpas. — Sinto muito por ser tão desastrada.

A anja era um item da infância dele. Quando seus pais morreram, Mark herdou todas as decorações de Natal (como se precisássemos de mais), e se deliciava abrindo as caixas todo ano, contando para mim e para as meninas a história por trás de cada uma.

— Aquela anja veio de uma viagem que meus pais fizeram para a Alemanha — lembrou-me ele, parecendo que iria chorar, piscando os longos cílios castanhos.

Estava com o uniforme de folga: calça jeans Levi's e uma camisa de flanela abotoada — vermelha e verde, para o Dia da Decoração. Seu rosto estava um pouco avermelhado por causa das muitas idas e vindas pela escada. Estava quase com 45 anos, e eu o conhecia desde os 19 — mais da metade de nossas vidas. Às vezes, ainda vislumbrava traços daquele garoto magro e de olhos arregalados que conheci em uma festa, no primeiro ano na Universidade de Vermont, que tinha livros de poesia enfiados nos bolsos do casaco.

— Sinto muito — repeti.

E sentia mesmo. Sentia muito por ter destruído uma lembrança da sua infância feliz. Por estar estragando o Natal desde já.

Meu celular tocou no outro cômodo. Ele carregava na cozinha.

— Melhor eu atender — disse, aliviada por ter uma desculpa para sair de perto.

Corri para atender. Provavelmente era Penny, ligando para pedir algo emprestado. Quando peguei o celular e olhei a tela, desejei não ter corrido para atendê-lo. Consolar Mark pela anja alemã quebrada era mil vezes melhor do que isso. Pensei em não atender, mas sabia que ele ligaria de novo, então era melhor resolver logo.

— Oi, Paul — falei, tentando soar o mais animada possível. — Tudo bem?

— Oi, Alison. Tudo... — Mas ele não parecia legal. Parecia cansado. — E você? Espero que você, Mark e as meninas estejam bem.

Paul era assistente da minha mãe havia mais de quinze anos, cuidando de todos os aspectos da vida pessoal e profissional dela. Organizava viagens, entrevistas, eventos em galerias e museus, e todas as vendas de suas obras de arte. Até me enviava a mim e ao meu irmão cartões no Natal e nos nossos aniversários, assinados com *Amor, Mãe* em uma caligrafia que claramente não era dela. Ele morava na cocheira na propriedade em Woodstock e estava sempre ao lado dela, não importava em qual cidade ou exposição.

Ela estaria perdida sem ele. E Paul, eu sabia, estaria perdido sem ela. Na verdade, ele estava em uma situação bem ruim antes dela acolhê-lo. Os dois se conheceram em uma reunião do AA, onde Paul, que veio do nada e se afundou na bebida desde jovem, acabou após perder o centésimo trabalho como operário de construção civil depois de mais um porre. Fiquei preocupada quando minha mãe me informou que tinha contratado um completo estranho para ajudá-la na casa e no estúdio, mas ela riu das minhas preocupações. Disse que eu não entendia a cultura do AA, o laço que compartilhavam.

Ela acabou ajudando Paul a conseguir o diploma do supletivo e do curso técnico, orientando-o com cuidado para se tornar seu assistente em tempo integral. Gostei de acompanhar a transformação dele ao longo dos anos. De um cara com uma jaqueta rasgada que não olhava nos olhos de ninguém ao falarem com ele, para um homem confiante e mundano que gerenciava a vida e os negócios da minha mãe e usava ternos feitos sob medida. Paul falava da minha mãe como se ela fosse sua heroína, sua salvadora. O mundo dela se tornara a vida dele.

— Estamos todos bem — respondi a ele, temendo o que viria a seguir.

De vez em quando, Paul ligava para hastear uma bandeira branca (algo que eu tinha certeza de que era por iniciativa dele e não da minha mãe), me convidando para uma festa ou um evento, dizendo que minha mãe ficaria emocionada se comparecesse. Eu nunca ia. Sempre conseguia inventar uma desculpa bem razoável: crianças doentes, prazos de trabalho, outros compromissos.

— Bem que eu gostaria — disse. — Por favor, diga à minha mãe que infelizmente não vou poder.

Eu costumava ir. Na época em que me permitia acreditar que ela realmente queria minha presença lá. Quando ainda tinha esperança de que seria possível termos uma relação mãe e filha mais normal.

Lembrei-me do último evento dela a que compareci — uma abertura em uma galeria em Nova York, cerca de cinco anos atrás. Paul insistiu para que eu fosse, dizendo que "significaria o mundo" para minha mãe. Então, comprei um vestido bonito e sapatos novos, e até cortei o cabelo. Peguei o trem para a cidade e, quando cheguei à galeria e encontrei o olhar dela, parecia perplexa.

— Alison? O que está fazendo aqui? — perguntou ela.

Gaguejei uma explicação, falei que Paul havia me convidado.

— Entendo — disse ela, os olhos irritados procurando por ele na sala. — Bem, pode pelo menos aproveitar um pouco do vinho.

Então se afastou para conversar com um pequeno grupo de apreciadores de arte elegantes e sofisticados que, em segundos, riram de algo encantador que ela dissera.

Acabei bebendo desgostosamente três taças de vinho enquanto a observava circular pela multidão, parecendo fazer tudo ao seu alcance para manter a maior distância possível entre nós. Eu estudara suas pinturas: uma série inquietante de paisagens, com partes anatômicas inseridas aqui e ali — uma árvore com pulmões, um lago com uma boca e estômago aterrorizantes, uma montanha coberta de olhos. Eu me senti uma idiota, com aquele traje desajeitado que parecia tão elegante quando experimentei em casa, em Vermont. Paul havia se esquivado e não respondia às minhas mensagens furiosas. Saí da galeria sem me despedir de nenhum dos dois.

— Alison, o motivo pelo qual estou ligando... — Ele fez uma pausa. — É a sua mãe.

Bem, obviamente. Pelo amor de Deus. Para o que ele me convidaria agora? Um cruzeiro? Um dia de spa mãe e filha em Saratoga?

— Ela está doente.

Minha mãe nunca ficou doente na vida. Meu irmão sempre dizia que até os vírus tinham medo dela.

Ben nunca tentou esconder o ressentimento pela nossa mãe. Ele se recusava a perdoá-la por aquelas coisas que aconteceram muitos anos atrás. Até a culpava pelo suicídio do nosso pai.

Quando cresci, passei a defendê-la para o meu irmão. Lembrei ao Ben que o próprio trauma e o alcoolismo dela estavam por trás daquele comportamento. Que criar dois filhos sozinha após uma tragédia como aquela havia sido difícil. Eu acreditava que ela nos amava à maneira dela e fizera o melhor que podia.

— Você deveria dar outra chance a ela — falei para ele. — Ela mudou. Está sóbria agora.

Ben me disse de pronto que eu era uma idiota por perdoá-la. Que precisava parar de lhe dar desculpas e ver a verdade: nossa mãe era manipuladora e cruel, e o que merecia era algo bem próximo dos nove círculos do inferno.

— Como assim doente? — perguntei a Paul.

Voltei o calendário mentalmente, tentando lembrar quando falei com ela pela última vez. Mensagens de texto sempre foram mais fáceis para mim. A última vez que me lembrava de ter falado com ela foi em julho, quando bebi um pouco demais no meu aniversário e liguei, perguntando se sabia que dia era. Minha mãe riu, afirmou que sabia, e então me contou a história do trabalho de parto que durou vinte horas.

Pisquei, o celular pressionado no ouvido.

Julho.

Será que se passara tanto tempo assim desde que nos falamos?

— Ela está com câncer — disse Paul. Houve uma pausa. — Câncer no pâncreas.

O ambiente pareceu balançar. Despenquei em um dos bancos da bancada de café da manhã.

— Parece sério.

— E é. É tipo o pior cenário possível, Alison. Está no estágio quatro. Os médicos... — A voz de Paul falhou. — Dizem que não há muitas opções neste ponto, além de mantê-la confortável. Fomos a todos os especialistas. Os melhores entre os melhores. Todos concordam que já se espalhou demais para que uma cirurgia ou quimioterapia faça diferença.

No outro cômodo, um cantor alertava: *"He sees you when you're sleeping, he knows when you're awake..."*

— Disseram quanto tempo ela tem? — Minha voz saiu fraca e tímida.

Paul inspirou fundo, depois exalou. Sua voz estava trêmula. Será que estava chorando?

— Não muito. É uma questão de semanas. Um ou dois meses no máximo. Ela está muito mal, Alison.

Senti as paredes se fecharem ao meu redor, o mundo inteiro me pressionar, me fazendo sentir pequena e esmagada.

— Onde ela está?

— No Columbia Presbyterian. Estou com ela agora.

Respirei fundo, tentando assimilar a notícia, deixar a realidade se assentar.

Olhei para cima e notei Mark me observando, segurando um cordão emaranhado de luzes de Natal. Eu devia estar com uma aparência terrível, porque ele deixou as luzes de lado e veio até mim, preocupado, fazendo com a boca: *O que foi?*

Na sala de estar, o velho radiador a vapor fazia barulho e chiava. Lancei um olhar para a geladeira, coberta pelos desenhos alegres e coloridos de Olivia, e com uma foto de Olivia e Izzy de mãos dadas, pulando do cais no lago no último verão. A casa cheirava a pinho e aos biscoitos de gengibre que Mark assara. Estava quente e segura, um lugar onde nada poderia me fazer mal.

— Ela está chamando por você, Alison — disse Paul.

Fechei os olhos. De repente, eu tinha 5 anos outra vez, e segurava a mão dela na minha enquanto ela me levava para o jardim de infância. Eu chorava, implorando para que não me deixasse lá, para por favor, por favor, por favor me levar de volta para casa.

Ela se ajoelhou ali no corredor em frente à sala de aula. Olhou nos meus olhos e disse:

— Você não vai ficar longe de mim. Não de verdade. Estará aqui na escola, fazendo amigos e aprendendo, e eu vou estar em casa pintando, mas na verdade estaremos juntas. Sabe por que, Ali Abelhinha?

Balancei a cabeça, as lágrimas caindo do meu rosto no vestido bonito do primeiro dia de aula.

— Porque você e eu estamos conectadas. Feche os olhos. Está sentindo? Há um fio invisível que sai de mim e vai até você, então nunca estaremos separadas. Não mesmo. — Ela enxugou as lágrimas dos meus olhos. — Então vai. Sem chorar. Seja a minha soldada corajosa. E se ficar triste, se sentir saudades, feche os olhos e se lembre do fio. Ninguém pode rompê-lo. Nunca. Nem mesmo uma de nós. Estamos unidas.

— O QUE FOI? — perguntou Mark mais uma vez, sussurrando ao se aproximar e pousar a mão nas minhas costas.

Apertei o celular contra o ouvido, escutando a respiração de Paul, os ruídos do hospital ao fundo.

— Diga a ela que estarei aí o mais rápido possível — prometi.

Desliguei e olhei para a minha mão. Ainda estava segurando a cabeça da anja quebrada, agarrando-a tão forte que o vidro serrilhado em seu pescoço cortara minha palma. Ela me encarava de volta, o rosto pegajoso com o sangue, os olhos zombeteiros: *Me vinguei.*

02

PAGUEI UMA PEQUENA FORTUNA para pegar o último voo direto de Burlington para Nova York do dia, e pousei no JFK um pouco depois das 20 horas. Então, peguei um táxi para Washington Heights com a mala de mão jogada sobre o ombro. A cidade fazia com que eu me sentisse apreensiva e minúscula. Os prédios eram altos demais. As ruas e calçadas, muito cheias de pessoas e barulho. Havia um motivo para eu viver em Vermont — a terra sem outdoors, uma cidade na qual tudo fechava às 18 horas. Eu precisava estar em um lugar onde conseguisse ouvir meus próprios pensamentos. Já tinha estímulos demais na minha mente, e não precisava disso ao meu redor também.

Mandei uma mensagem para Paul quando cheguei ao hospital, e ele me guiou até a unidade em que minha mãe estava. Segui pelo corredor limpo até os elevadores e entrei, inalando aqueles cheiros: antisséptico, comida de hospital e tristeza (se ela tivesse cheiro). Senti, como sempre sinto em hospitais, como se tivesse entrado em outro mundo com as próprias regras, o próprio clima e ar, visões e sons. O elevador estava lotado de pessoas usando pijamas cirúrgicos e jalecos brancos, visitantes carregando flores e comida. Não me considero claustrofóbica, mas me sentia sufocada — o espaço pequeno, todos aqueles corpos ali dentro, o movimento trêmulo do elevador, o cheiro de café velho.

Quando saí do elevador, Paul me esperava no corredor, parecendo ter saído diretamente das páginas da *GQ*: um bronzeado uniforme, cabelos escuros recém-cortados, calças caqui e uma camisa azul pálido que provavelmente foi feita sob medida. Não parecia ter envelhecido um único dia. Na verdade, ele nunca envelhecia. Talvez fosse aparentar ter 30 anos para sempre.

Até estava com um cheiro incrível quando o abracei: uma mistura de pós-barba caro, algodão limpo e couro quente.

— Como ela está? — perguntei.

Ele respondeu com um suspiro e um abanar de cabeça sombrio.

— Paul — falei, hesitante, mas precisava perguntar, precisava saber. — Foi minha mãe mesmo que pediu para me ver? Ou foi você que me chamou?

Não conseguia encarar a ideia de entrar às cegas e ver a surpresa ou o temor ou a decepção no rosto da minha mãe. Não estava preparada para a rejeição. Não agora. Não aqui.

— Ela pediu para te ver. Várias vezes.

Paul pareceu um pouco magoado, como se fosse doloroso saber que não era o suficiente para minha mãe.

Eu assenti.

— É só que... bem, você sabe, eu e ela... — Não tinha certeza de como continuar. Meus olhos se encheram de lágrimas, que logo enxuguei.

— Alison — disse ele, segurando minha mão. Parecia não saber mais o que dizer.

Pigarreei.

— Então não há nada que possam fazer? Nenhuma opção de tratamento?

Ele balançou a cabeça.

— Você deveria conversar com as enfermeiras e o médico, claro, mas, de fato, não há nada. Agora é uma questão de mantê-la confortável. Eles chamam de cuidados paliativos.

Respirei fundo. Olhei pelo corredor enquanto uma enfermeira empurrava um carrinho para dentro de um quarto. Ouvi os bipes mecânicos e zumbidos, o sussurro baixo de vozes, o *ding* das campainhas chamando por enfermeiras. As luzes no teto eram brilhantes demais, agressivas demais, o chão brilhante e limpo demais.

— Querem mandá-la para uma casa de repouso — disse Paul.

Assenti como se algo nessa história fizesse sentido para mim.

Eu ia perder minha mãe. Passei anos dizendo a mim mesma que haveria tempo. Que poderíamos consertar as coisas, que eu poderia ter a mãe que sempre desejei. E agora aqui estamos, quase sem tempo.

Senti um aperto no peito. Forcei-me a respirar fundo e devagar.

— Mas o problema é — continuou Paul — que ela se recusa a ir. Diz que não quer morrer em um lugar estéril e desconhecido, cercada por estranhos.

— Ela pode ir para casa? Receber os cuidados lá? Não existem enfermeiras particulares ou algo assim?

Dinheiro não era problema. Minha mãe se saíra muito bem financeiramente. Mais do que bem, na verdade.

Paul ficou em silêncio por um minuto. Seus olhos desviaram do meu rosto e se fixaram no chão encerado e lustroso.

— Essa é uma opção, claro. Mas, como eu disse, ela não quer morrer cercada por estranhos.

Lá estava de novo: aquele olhar magoado, talvez até um pouco amargurado. Não era possível que ele acreditasse que minha mãe o via como um estranho.

— Bem, o que ela quer, então?

Houve uma longa pausa. Ouvi mais bipes, vozes, um médico sendo chamado para uma ligação na linha dois. Em algum lugar do corredor, um paciente gemia, um som baixo e fantasmagórico.

— Acho que deveria perguntar a ela — disse Paul, olhando para o corredor em vez de para mim. — Sua mãe está logo ali. — Apontou com a cabeça. — Quarto 412. Vou descer até a cafeteria e ver se encontro um sanduíche ou algo assim. Quer que eu traga algo para você? Um café?

— Um café seria ótimo — respondi.

Tomei duas xícaras no avião e já estava enjoada e nervosa, mas a ideia de um café quente me reconfortava. Seria algo para ajudar a me firmar. Ele deu meia-volta e seguiu para o elevador. Observei-o ir, depois caminhei pelo corredor em câmera lenta, me preparando, inalando os cheiros do hospital.

Quando finalmente cheguei ao quarto 412, hesitei na porta e espiei ali dentro, imaginando de qual pequeno drama eu estava prestes a entrar e fazer parte.

Eu não via minha mãe desde o funeral da tia Frances em abril. Ao olhar para ela agora, parecia que envelhecera vinte anos desde aquele dia, em apenas alguns meses. Ela estava magra ao ponto de parecer esquelética, pálida (sem um único traço de maquiagem) e até o cabelo estava triste e sem vida. Usava um pijama hospitalar desbotado e o corpo por baixo dele me lembrava o de um passarinho recém-nascido. Ela parecia tão pequena e fraca, tão vulnerável.

Queria ir até ela, abraçá-la, protegê-la de qualquer mal que pudesse vir em seu caminho, e até da própria morte. Enxuguei os olhos, odiando minha própria fraqueza e vulnerabilidade, sabendo que minha mãe nunca aprovaria tais bobagens.

Sem chorar. Seja a minha guerreira corajosa.

Foi então que senti: o fio invisível que uma vez ela prometeu estar lá, mantendo-nos conectadas.

ÀS VEZES, EU PENSAVA na teoria do Ben de que nossa mãe nunca quis filhos. Mas ela fora diferente um dia. Quando nosso pai ainda estava vivo.

Era temperamental e reclusa às vezes, se escondendo no estúdio por horas a fio. Mas nunca cruel. Essa parte veio depois, quando o álcool entrou em cena.

Uma vez, Ben e eu assistimos ao antigo filme em preto e branco *O Médico e o Monstro*, e desde então foi assim que passei a ver as coisas com nossa mãe. Havia a Mãe Boazinha, que abria a garrafa de gim e bebia da poção até mudar por completo e se transformar na Mãe Malvada. Aquela que dizia ter desejado que nunca tivéssemos nascido, que nos beliscava, que uma vez torceu o braço do Ben com tanta força que o quebrou.

A primeira vez que conheci a Mãe Malvada foi pouco antes do meu pai morrer. Quando estava no primeiro ano do fundamental, voltei da escola certa tarde e meu pai havia ido fazer compras. Minha mãe veio cambaleando pelo corredor, cheirando a gim, com um olhar perplexo e raivoso. As mãos dela estavam cobertas de tinta vermelha, que a princípio pensei ser sangue. Será que havia se machucado? Ou feito algo terrível?

— Você — disse ela. — O que está fazendo aqui?

Como se o ônibus não me deixasse em casa todos os dias no mesmo horário.

— Eu... Acabei de chegar da escola.

— Quem você pensa que é?

O que eu deveria dizer? *Você não sabe? Sou sua Ali Abelhinha, lembra?*

— Ninguém — sussurrei, confusa.

Ela gargalhou e cambaleou na minha direção, enfiando o indicador no centro do meu peito e deixando uma marca de tinta vermelha na camiseta fina.

— Isso mesmo — concordou, movendo-se como uma cobra. — Você não é ninguém. Agora, vaza daqui.

Ela nunca falara comigo daquele jeito. Eu a ouvia explodir com meu pai de vez em quando, depois de muitos drinques, mas nunca comigo ou com o Ben. E nada perto daquilo. Mordi as bochechas para não chorar, me virei, ainda com a mochila nas costas, e corri até a entrada da garagem, onde sentei e esperei até que meu pai chegasse em casa.

— O que foi? — perguntou quando o abracei, soluçando.

Ele me embalou em um abraço e beijou o topo da minha cabeça, o rosto enterrado ali como se precisasse de mim para respirar.

— O que foi, tesouro? — repetiu, baixinho. — O que aconteceu?

E eu não sabia o que dizer, ou como explicar que a mulher lá dentro não era minha mãe. Não mais.

FIQUEI PARADA NA porta do quarto 412, observando minha mãe na cama de hospital.

Ela se virou, sentindo minha presença, talvez sentindo a puxada na sua ponta do fio.

— Você — disse ela.

Prendi a respiração enquanto esperava que me perguntasse o que eu estava fazendo ali.

Quem você pensa que é?

Ninguém.

Mas então o rosto dela se contorceu em um sorriso, os lábios meio lilases contra a pele encerada. Seus olhos, fundos no rosto pequeno, estavam cercados por olheiras escuras.

Minha mãe parecia tão diferente da última vez que a vi, que me perguntei se era realmente ela ali.

— Sim, sou eu — respondi, entrando no quarto, depois andando devagar até a cama.

— Não tinha certeza de que você viria — confessou.

Os pálidos olhos azuis me encaravam, estudando meu rosto.

— Claro que vim.

Deveria abraçá-la? Pegar sua mão? Beijar sua bochecha?

Não tinha certeza do que ela esperava, então apenas fiquei ali, parada de forma desajeitada, segurando minha bolsa. O quarto cheirava a antisséptico com algo estragado no fundo, como uma fruta podre.

O braço esquerdo dela estava conectado a um soro. Fios saíam do roupão até um monitor que exibia rabiscos verdes e vermelhos e números.

— Tinha todos os motivos para não vir.

— Bem, aqui estou — retruquei, quase em desafio.

— Seu irmão não teria vindo. — E sabia que ela estava certa sobre isso também. Eu estava ciente de que Ben morava do outro lado do país. Ele veio para o leste para o meu casamento com Mark, mas havia um motivo para ter escolhido viver na Califórnia. — Não que eu fosse pedir a ele.

— É, não sou o Ben.

— De fato, não é — concordou ela. Então perguntou: — Já ligou para ele para contar as novidades? *Ding-dong*, a bruxa está quase morta?

Minha garganta apertou.

— Não — respondi. — E quando eu contar, a conversa com certeza não será desse jeito.

Pensei em ligar para o Ben, mas decidi o fazer após a visita, depois de receber mais detalhes.

Ela me encarou, estreitando os olhos. Era o jeito que costumava me olhar para descobrir se eu estava mentindo. E sempre acertava. *Eu te conheço melhor do que você mesma*, costumava dizer.

— Não, acho que não — disse ela. — Ele poderia dizer algo nesse sentido, mas você nunca diria. Sempre foi a boa menina, minha guerreira, não é? Leal até o fim, não importa o que aconteça.

Não tinha certeza do que dizer, então lhe dei um aceno fraco.

— Eu nunca entendi isso, sabe — admitiu.

— O quê?

— Por que ainda fala comigo.

— Porque você é minha mãe. E eu te amo.

As palavras soaram forçadas. Ensaiadas.

Ela apenas sorriu, mas foi um sorriso fraco. Um que dizia *não acredito em você.*

Nossa mãe fizera muitas coisas horríveis, alimentadas pelo alcoolismo, mas não era um monstro. Não ganharia um prêmio de mãe do ano, mas eu acreditava que dera o melhor de si. Era uma artista brilhante que nos deu aulas de desenho, nos ensinou a fazer torta de limão, dançou conosco na cozinha, fez caças ao tesouro divertidas nos nossos aniversários e nos levou em pequenas aventuras.

Uma vez, até matamos aula e ela dirigiu por cinco horas até Cape Cod, para comermos camarão frito. Foi durante um de seus períodos bons, sem beber, cheio de arte e aventuras. Enquanto dirigia, minha mãe descrevia a pequena cabana de frutos do mar que ela e sua melhor amiga, Bobbi, costumavam ir todo verão quando eram jovens.

— O melhor camarão frito do planeta inteiro — prometeu.

Ela temia que talvez não estivesse mais lá, que pudesse ter fechado, mas ainda estava do mesmo jeito que minha mãe se lembrava.

— É como se o tempo tivesse parado aqui — dissera. — Como se eu tivesse acabado de chegar à janela com Bobbi, e fossemos crianças de novo.

Ela procurou minha mão, embora eu não tivesse certeza de qual mão buscava: a da Bobbi? A minha? Para mim, não importava. Só importava como me segurou firme enquanto subíamos e fazíamos o pedido.

— Quer alguma coisa? — perguntei, voltando ao presente, forçando as palavras a saírem pela minha garganta apertada. Vi a jarra de água na mesa de rodinhas, o copo de isopor vazio, que, por meio instante, pareceu se transformar em um dos que usamos naquele dia na praia, como se o próprio tempo tivesse voltado e eu fosse uma menina de novo. — Água? Suco? Qualquer coisa?

Ela fez que não, fechou os olhos.

Desejei que Paul voltasse logo, trazendo o café. Seria mais fácil se ele estivesse ali.

Se alguém estivesse ali.

Mark tinha se oferecido para vir comigo, mas insisti que ficaria bem sozinha. Depois que contei a notícia, ele me abraçou e fez todas as coisas apropriadas que um marido deveria fazer. Seu abraço fez com que eu me sentisse bem — real e sólida. Amava o cheiro do sabonete de óleo de melaleuca e do pós-barba apimentado que ele usava.

Eu me apoiei nele, sentindo-me anestesiada, vazia por dentro. Uma mulher no piloto automático.

— Não sei o que faria sem você — falei.

Não era isso que eu sempre dizia?

Mesmo na faculdade, quando começamos a namorar, sabia que ele era *o cara* pela forma como me estabilizava, me encorajava a fazer algo com minhas ideias loucas e inconstantes apesar das minhas inseguranças. Ele me motivou a fazer minha primeira exposição na galeria dos estudantes, e a conseguir um estágio importante com um gravurista bem conhecido em Provincetown, incentivando-me a dirigir até lá, encontrar o artista e mostrar a ele o quanto eu queria o emprego. Até o livro da Moxie não teria existido sem o apoio e o incentivo dele. Meu marido acreditava em mim, e isso me ajudou a acreditar em mim mesma.

Naquela tarde, ele me ajudara a fazer as malas, reservara o voo e me lembrara de levar a escova de dentes, um livro para o avião, algumas barras de cereais e um analgésico por precaução. Perguntou várias vezes se deveria vir junto, mas insisti para que ficasse em casa com as meninas, decorasse a árvore e mantivesse a normalidade. Ele concordou, mas prometeu esperar até que eu voltasse de Nova York para enfeitar a árvore. Quando falei que não era necessário, Mark insistiu, disse que era importante fazer isso em família. Tradição e tudo o mais.

— Por que você veio?

As palavras da minha mãe me trouxeram de volta ao presente. Seus olhos estavam abertos de novo, me encarando.

Senti-me tonta, o quarto girando de leve, as bordas dos objetos se tornando difusas. Ela parecia quase transparente. Como uma mulher feita de vidro, tão frágil quanto a anja que eu deixara cair mais cedo.

Olhei para minha mão enfaixada, lembrando como Mark me levou até a pia da cozinha para lavar o corte, depois pressionou uma toalha de papel sobre ele.

— Precisa ter mais cuidado — dissera Mark.

Quando tirou a toalha de papel, a mancha de sangue vermelho-vivo parecia um borrão de Hermann Rorschach — uma mariposa. Mas com ferrão. Uma mariposa-vespa: perigosa, mas bela.

Pisquei para minha mãe, ouvindo a voz de Mark. *Tenha mais cuidado.*

Uma parte de mim desejava poder retroceder, sair correndo do quarto, fingir que nunca tinha recebido a ligação do Paul. Mas a outra parte ansiava por estar ali, para fazer minha mãe ver que eu faria qualquer coisa por ela. Mostrar que a perdoara pelos terrores da minha infância.

Lembrei-me de todas as vezes, quando ela estava bêbada e com raiva, que me chamou de garota inútil. Talvez eu estivesse ali para provar que não era tão inútil assim.

Se ela reconhecesse que eu tinha valor, será que aquele sentimento profundo de inutilidade dentro de mim pararia de sugar tudo como um buraco negro? Era o que qualquer terapeuta que se preze diria.

Respirei fundo.

— Paul me ligou — falei, mantendo a praticidade, como minha mãe e eu fazíamos esses dias.

Era estranho sempre sentir como se estivesse de conversa fiada com a mulher que me criou.

— Sim, é óbvio. Mas não *precisava* vir.

— Claro que precisava. Você está doente. E Paul disse que me queria aqui.

Ela sorriu para mim.

— Estava com medo, sabe? De que não viesse.

Sua honestidade me surpreendeu e desestabilizou. Nunca tinha ouvido minha mãe admitir estar com medo de algo.

Observei-a na cama. Parecia, ao mesmo tempo, muito velha e muito jovem. Eu me vi nela. Vi minhas filhas. Meus cabelos e olhos eram escuros como os do meu pai, mas tanto minhas filhas quanto eu compartilhávamos o tipo físico da minha mãe: altas e magras, com ombros estreitos e um rosto oval com um queixo pontudo.

Os olhos da minha mãe se encheram de lágrimas, e meu peito apertou. Lá estava novamente, aquela vontade de abraçá-la, de protegê-la.

Ela mexeu na borda do lençol, friccionando o tecido entre os dedos finos e nodosos.

— Sei que há muita história entre nós, Alison.

Meu coração acelerou, e engoli o nó amargo que sentia se formar na minha garganta. Por que eu havia sido chamada até aqui?

Ela estendeu uma das mãos por cima da grade da cama. Peguei-a na minha. Estava frágil e fria, mas me segurou de volta com uma força que eu não esperava. Com aquele toque, virei uma menina de novo, partindo em uma aventura com minha mãe — o supermercado, um museu, uma ida ao parquinho. Não importava para onde fôssemos, a mão dela ao redor da minha fazia com que me sentisse segura, como se estivesse onde deveria estar.

Estamos conectadas, você e eu.

— Tenho algo para te pedir — disse ela, apertando minha mão com ainda mais força. — Algo ao qual não tenho o direito, mas vou pedir mesmo assim. E não quero uma resposta. Não agora. Só quero que prometa que vai pensar no assunto. Pode fazer isso, minha querida menina?

Minha mente girou. Será que pediria o meu perdão? Um favor? Um último desejo moribundo?

— Claro — respondi, as palavras saindo atropeladas. — Qualquer coisa.

03

QUANDO EU TINHA 9 anos, minha mãe me pregou a pior peça. Ela sempre fazia esse tipo de coisa, me contando mentiras chocantes só para ver minha reação: que tínhamos perdido a nossa casa grande e cinza, o único lar que conheci na vida, e que teríamos que viver no carro dela; que mandaria eu e o Ben para morar com a tia Frances, então precisava arrumar as malas; que tinha se livrado do Lucky, o gato — levado-o para o outro lado da rodovia e largado em uma fazenda lá.

Desta vez, ela me disse que meu irmão estava morto.

Havia ido para a escola e não voltara para casa, o que não era incomum. Às vezes, dormia na casa de amigos, pois fazia o máximo possível para ficar fora de casa. Minha mãe e eu jantamos. Fui para o meu quarto, ler até a hora de dormir, e ela foi para o estúdio.

Mais tarde naquela noite, ela me acordou para dizer que recebera um telefonema e tinha uma notícia terrível. Sentou-se na beira da minha cama e acariciou meu cabelo. Estava de costas, o rosto na sombra. Era quase meia-noite. Eu conseguia ver os ponteiros do despertador à corda brilhando no escuro, e ouvir o tique-taque feito um coração mecânico.

— Aconteceu um acidente — disse ela. — Seu irmão estava voltando para casa de bicicleta. Um carro deu uma guinada. A polícia disse que ele morreu na hora.

Senti que perdi todo o ar, e não consegui recuperá-lo. Tudo ficou desfocado.

E então comecei a gritar.

Ela se virou para mim, me observou por um minuto, sorrindo, e começou a rir.

— É brincadeira. Seu irmão inútil tá vivão e passando bem na casa do Ryan. Devem estar comendo besteira e vendo pornô.

— Por que fez isso? — perguntei, forçando as palavras entre soluços. — Por que me disse uma coisa dessas?

Ela riu.

— Fiz isso pelo seu bem. Para te ensinar uma lição.

— Que lição?

— Você precisa ser menos crédula. Não pode acreditar em tudo que ouve, Alison.

Eu a encarei, sem acreditar. Ela já tinha dito e feito coisas horríveis antes, até contado mentirinhas para me sacanear, mas isso era um nível completamente novo.

Nunca contei para o Ben o que ela fez. Até hoje, ele não sabe.

Contei para o Mark uma vez, quando a gente tinha acabado de começar a namorar. Compartilhávamos uma garrafa de vinho, confessando segredos. Acho que estava o testando, vendo o quanto podia compartilhar antes de assustá-lo. Por sorte, ele não se assusta fácil. Isso tudo aconteceu antes de conhecer minha mãe. Ele já sabia das cicatrizes nas minhas costas. Dos nomes que ela me chamava. Mas essa história pareceu incomodá-lo mais do que qualquer outra.

— Meu Deus — falou. — Sua mãe era um monstro. É doentio. Quem faz isso com uma criança de 9 anos?

Quando finalmente a conheceu, foi educado, e continuou sendo, mas ao longo dos anos nunca fez questão de ter uma relação de verdade com ela. Ele também era muito protetor com as meninas quando estavam perto da minha mãe — e com razão.

Agora, ao contar para ele sobre o pedido da minha mãe, vi meu marido normalmente inabalável quase cair da cadeira.

— Aqui? — Mark se engasgou. — Ela quer vir para cá? Ficar com a gente?

Estávamos sentados no balcão da cozinha, tomando chá enquanto eu fazia um relatório da viagem maluca para Nova York. Era bom estar em casa. Quando reformamos nossa fazenda de 1893, mantivemos tantos detalhes originais quanto pudemos: os pisos de madeira, o lindo corrimão de madeira (agora decorado com guirlandas de pinho), as portas originais e as molduras das janelas. Trocamos a maioria das outras instalações e sistemas e derrubamos paredes para abrir o espaço.

Minha parte favorita da casa sempre fora a cozinha: o piso de pinho de tábuas largas, a pia profunda de pedra-sabão e as bancadas modernas de granito. Respirei sua atmosfera tranquilizadora para recuperar a calma, as mãos em volta da xícara de chá de ervas que Mark preparara para mim.

Estava exausta. Tinha ficado no hospital até bem depois do horário de visitas, me revirei na cama do hotel e depois peguei um voo cedo para casa. Acenei para ele, olhando em volta para o lar e a vida que eu construíra com cuidado, cheios de coisas reais e sólidas. Mas nossa antiga fazenda de tijolos agora parecia uma casa feita às pressas com papelão e cola barata, um cenário de filme pronto para desabar ao meu redor.

Minha mãe nunca veio nos visitar nos nove anos que moramos aqui. Ela fora ao nosso apartamento em Burlington havia mais de uma década, quando Izzy era bebê. Apareceu sem avisar, olhou para a pequena Isabelle pela primeira vez, se inclinou, declarou-a "uma criança aceitável" (o que fez Mark rir alto), tomou uma xícara de café e manteve uma conversa fiada com segundas intenções — *que apartamento aconchegante; é bom que tenham janelas para fazer parecer maior do que é; talvez se tirassem essas persianas escuras ajudaria também*. E então foi embora.

Mark e eu mais tarde chamamos isso de "visita médica". Quando a vimos depois, esporadicamente ao longo dos anos, nunca íamos à casa uma da outra. Quando a visitamos em Woodstock, ela nos colocou em uma pousada, e vice-versa. Agradeci por não ter que voltar à minha casa de infância. Por não ter que ver minhas filhas andarem pelos cômodos onde sofri coisas inomináveis quando era da idade delas. Tinha certeza de que as paredes daquela velha casa escura guardavam memórias de todas as coisas terríveis que aconteceram lá, e que minhas filhas sentiriam isso: o horror do meu passado pesando sobre elas, seu próprio tipo de assombração particular.

Durante as visitas raras e breves da minha mãe, saíamos para comer, visitávamos casas de açúcar de bordo, explorávamos galerias e lojas. Ela nunca falava com as meninas, apenas as olhava com cautela. De vez em quando, trazia presentes para elas, mas todos errados — destinados a crianças muito mais jovens ou mais velhas do que eram. Deu à Olivia um cisne delicado de vidro soprado quando ela tinha apenas 3 anos; Izzy ganhou uma casinha de bonecas quando tinha 12 e já havia perdido o interesse em brincar com elas. Era como se não entendesse crianças de jeito nenhum.

Mark franziu a testa para mim do outro lado do balcão da cozinha.

— Você tá brincando, né?

— Não tô.

— Meu Deus. — Ele esfregou o rosto.

— Pois é. É loucura ela ter pedido. Mas disse que o Paul vai organizar tudo: cuidados paliativos, enfermeiros, o que precisarmos. Quase disse não na hora, mas ela insistiu para que eu esperasse e desse uma resposta só depois de pensar bem e conversar com você.

— E isso tudo partiu dela mesma? Não do Paul?

Assenti.

— Ela disse que quer uma chance de tentar consertar nossa relação. Não quer morrer com as coisas do jeito que estão.

— E o que você disse?

— Não muito. Fiquei meio em choque.

— Nossa. Compreensível. Como se você já não tivesse problemas suficientes com sua mãe — disse ele.

— Obrigada pela análise profunda, Dr. O'Conner — respondi, com um sorriso amargo.

Ele sorriu. Seu doutorado era em literatura, mas eu ainda achava engraçado chamá-lo de *doutor*.

Mark dava aulas de inglês em uma escola particular a uma hora de distância. Era um trabalho que amava, mas para o qual era qualificado até demais. Tinha dado aulas em uma faculdade prestigiada da Nova Inglaterra antes, mas odiara a política e achara os alunos desinteressantes. A Escola Farmstead caía como uma luva para ele. Era uma escola alternativa para jovens com problemas de comportamento com dificuldades acadêmicas. De algum modo, Mark encontrava uma maneira de fazer todos esses jovens amarem escrever. Eu adorava vê-lo com os alunos, o jeito como se animava perto deles.

Ele estendeu a mão, esfregou meu ombro.

— O que quer fazer?

— Sinceramente, eu não sei — respondi. — Uma parte de mim quer sair correndo e gritando. A outra parte quer acreditar que tê-la aqui nos daria uma última chance de acertar as coisas. E a verdade é que ela não tem para onde ir.

Ben com certeza não a acolheria.

Mark suspirou.

— Ela tem o Paul.

— Ele não é família. É alguém que ela paga.

Ele abriu a boca para dizer mais alguma coisa, mas pareceu mudar de ideia.

— Não é isso o que a família faz? Ou deveria fazer, de qualquer forma? — perguntei. — Cuidar uns dos outros?

Meu marido cresceu em uma família católica irlandesa grande e amorosa em Connecticut. Eu o observava para aprender como famílias normais agiam. Nossa própria vida de casados e em família era uma dança bonita, mas cuidadosa, comigo seguindo a liderança dele.

— Sim — concordou. — É isso. Mas a situação da sua família é... única.

— Se por *única* você quer dizer que minha mãe era incrivelmente problemática às vezes, então sim — concordei.

Estiquei a mão por cima do ombro e toquei minhas costas. Ele sabia o que estava escondido sob meu suéter de lã: a emaranhada rede de cicatrizes que eu deixava cuidadosamente oculta, usando camisetas na praia. Meu irmão tinha cicatrizes semelhantes em suas próprias costas, outro "trabalho" da minha mãe. Ben, assim como eu, nunca as mostra. Nunca discutimos isso. Talvez essa fosse nossa maneira de sobreviver: fingir que não há nada de errado.

Quando engravidei da Izzy, chorei sem parar. Disse ao Mark que estava aterrorizada em ser mãe. Era quase como se tivesse esperado a minha vida inteira que a minha própria loucura surgisse.

— Isso não vai acontecer — prometera Mark. — Você não é a sua mãe.

Mas eu tinha pesadelos. Sonhos nos quais ia sorrateiramente até o quarto da minha filha sussurrar coisas terríveis para ela, ou desenhar marcas em suas costas com a ponta de uma lâmina. Acordava suando frio, aterrorizada.

Sempre que as meninas vislumbravam minhas costas — esforçava-me para não mostrar a elas —, eu dizia que tinha sofrido um acidente quando era criança.

Sou uma mentirosa nata.

Talvez fosse a realidade daquelas cicatrizes, mas senti uma apreensão florescer dentro de mim como uma flor escura.

— É uma ideia horrível, né? Eu deveria ligar para a minha mãe agora mesmo e dizer não.

Mark respirou fundo e segurou. Então, olhou para mim com tanto amor, tanta compreensão naqueles olhos castanhos calorosos que senti meu corpo todo relaxar. Esse homem me conhecia melhor do que ninguém.

— Ali, você me contou muitas histórias sobre sua mãe, algumas delas simplesmente horríveis. Mas nem todas foram, certo? Teve algumas memórias felizes também. As caças ao tesouro? Os enigmas bobos? As aulas de arte?

— Isso tudo foi antes do meu pai morrer, antes...

— Eu sei. Só estou dizendo que a pessoa que você lembra, aquela que era boa e gentil e te fez se apaixonar pela arte, ainda está lá em algum lugar.

Queria argumentar, mas ele estava certo. Por acaso eu não tinha visto um traço dela naquele quarto de hospital?

— Só me preocupo que, se recusar, ela pode morrer sem vocês resolverem esses problemas. Você recebeu essa última chance para processar tudo o que aconteceu entre vocês, para fazer as pazes. Não quero que se arrependa.

Olhei para o meu doce marido, que sempre via o copo meio cheio. Será que era realmente possível? Fazer as pazes?

— Isso não é um dos seus filmes da Hallmark, Mark. Essa mulher não vai chegar voando e descobrir o verdadeiro significado de família a tempo do Natal.

Ele riu.

— Eu sei. Mas é sua mãe, Ali. E esse é o último desejo dela. Ela quer acertar as coisas antes de ir. Não acha que deveríamos dar-lhe a chance de fazer isso?

— E as meninas? — perguntei. — Como vai ser para elas terem uma senhora doente, que mal conhecem, morrendo na casa delas?

Uma mulher que, vamos encarar, pode ser bem assustadora até quando está com boa saúde?

Mark pensou por um minuto, olhando dentro da caneca de chá.

— É verdade, as meninas mal conhecem a avó. Seria um presente para elas passarem esse tempo juntas. Pensa bem, Ali. Meus pais se foram. Seu pai morreu quando você era jovem. Sua mãe é a única avó que têm. E eu acho que tê-la aqui não vai só permitir que as meninas a conheçam, mas vai ensinar uma lição importante sobre perdão. Que é isso o que a gente faz com as pessoas que amamos: cuidamos delas, não importa o que aconteça.

— Não importa o que aconteça — repeti, minha voz soando distante, como se viesse de outra pessoa.

Ele pegou minha mão.

— Nós vamos conseguir fazer dar certo — falou. — Temos o quarto de hóspedes lá embaixo. Precisa de uma arrumadinha, mas vai ser perfeito.

Assenti.

— E vamos ter ajuda — acrescentei. — Você sabe como é o Paul. Em alguns dias ele vai transformar o lugar em uma suíte de casa de repouso de primeira.

Mark me olhou por um longo tempo, então sorriu. Havia preocupação ali, mas ainda era um sorriso.

— A decisão é sua, claro. — Apertou minha mão. — Estou com você para o que der e vier.

Levantei a mão dele e a beijei.

— Para todo o sempre? — perguntei.

— Para todo o sempre — respondeu, repetindo os votos de casamento que ele mesmo escreveu, e a citação de Emily Dickinson que usou: — "Incapazes de morrer são os amados, pois amor é imortalidade."

Sabia o quanto era sortuda por ser casada com um homem que me seguiria para qualquer lugar, seguraria minha mão e sorriria de maneira tranquilizadora, citando poesia enquanto entrávamos em um ninho de víboras.

— Tudo bem — falei, dando um abraço apertado nele. — Vamos aceitar.

Ele me abraçou de volta, mais forte ainda.

— Eu realmente acho que essa é a decisão certa. Vai ser difícil, mas acho que é o que devemos fazer. E todos nós vamos crescer com essa experiência. Especialmente você. Só me promete uma coisa — pediu ele.

— Qualquer coisa.

— Não importa o quanto as coisas fiquem loucas e difíceis, você vai conversar comigo. Somos um time. Se não conseguir aguentar mais, precisa me dizer. Sem segredos.

— Sem segredos — prometi, os dedos cruzados atrás das costas dele como se fosse uma menininha.

A filha da minha mãe, fazendo promessas que sabia que não poderia cumprir porque já estavam quebradas.

04

A PORTA DA FRENTE BATEU com um estrondo, seguida pelo som de uma discussão.

As meninas tinham chegado.

Moxie correu para cumprimentá-las, abanando o rabo e cutucando-as com o focinho. Mas elas estavam tão envolvidas na briga que mal lhe deram atenção.

— Os camundongos *não* são burros! — disse Olivia, jogando a mochila cor-de-rosa de gatinho no banco perto da porta.

Ela deu um tapinha desanimado na cabeça de Moxie, depois tirou o casaco e o pendurou no cabideiro do hall de entrada.

— Eu nunca disse isso — retrucou Izzy, jogando a própria mochila pesada ao lado da de sua irmã ao entrar na sala de jantar com as botas pretas Doc Martens.

Moxie e Olivia a seguiram.

— Disse sim! Falou que eles eram infantis e bobos, e perguntou quem iria querer ser um. Foi isso que você acabou de dizer! — A voz dela estava aguda e estridente, a voz de *estou prestes a chorar.*

— Só quis dizer que os ratos são melhores.

— Só quem é do nível quatro pode ser rato — explicou Olivia, com uma voz derrotada, desesperada.

— A dança dos ratos é melhor. E eles lutam na batalha. Os camundongos ficam só olhando.

Izzy já tinha sido um rato em *O Quebra-Nozes* uma vez. O estúdio de dança fazia uma interpretação temática de Vermont a cada inverno, incluindo uma Fada do Açúcar de Bordo, vacas leiteiras, lenhadores — e ratos, bem como camundongos. Isso foi antes de ela desistir do balé de vez, apesar de sua professora dizer que era uma das melhores dançarinas da turma, que mostrava um talento real. Ainda tinha o corpo de uma dançarina: alta, esguia, flexível e forte. Era uma mola enrolada, pronta para saltar com uma força e energia que frequentemente surpreendiam quem estivesse por perto. Olivia, por outro lado, parecia ter herdado os dois pés esquerdos do pai. Apesar de fazer três aulas de balé por semana (por escolha própria, pois adorava), ainda caía fazendo os pliés e relevés mais simples. E tinha dificuldade para se lembrar das posições. A maioria das outras crianças que começara ao mesmo tempo já avançara para o nível dois. Ela ainda estava no nível um. Sua professora jurava que a melhora ainda viria, que a graça era algo que podia ser aprendido e que Olivia só precisava "se encontrar no próprio corpo".

— Mas eu... — começou Olivia.

— Chega, meninas — falei.

— A mãe chegou!

Olivia correu na minha direção e pulou. Eu a peguei nos braços e a abracei forte, enterrando o nariz em seu cabelo. Ela cheirava a xampu de maçã e ao ar frio do inverno lá fora.

Mark colocou um prato de biscoitos na pesada mesa de jantar de bordo. Um lustre antigo de ferro forjado pendia sobre a mesa, as pequenas lâmpadas em formato de vela emitindo um brilho acolhedor.

— Biscoitos de gengibre! — gritou Olivia, desviando a atenção de mim. — Hoje é o Dia da Decoração?

Ele assentiu.

— Como prometido. Disse que começaríamos quando sua mãe chegasse em casa, e aqui está ela.

Fiz uma pequena reverência, e Olivia riu.

— Vamos decorar a árvore e os biscoitos? — perguntou ela.

— Claro, ratinha — falei.

— Ah, que alegria — disse Izzy, revirando os olhos contornados por um pesado delineador preto.

Mordi o lábio para não rir da minha filha mais velha.

Tudo que vestia era preto: as leggings, as botas e o suéter longo estilo túnica.

— Cadê a cobertura? — perguntou Olivia. — E temos aqueles confeitos de canela picante? Os que são bons para fazer botões e olhos?

— Claro — falei.

— Vamos decorar os biscoitos daqui a pouco — disse Mark. — Primeiro, é hora da reunião de família.

— Ah, perfeito. Como tivemos tanta sorte? Decoração de Natal *e* uma reunião de família no mesmo dia? — perguntou Izzy com a voz mais sarcástica que conseguiu. Ela olhou para o relógio. — Contanto que a gente termine até às 16h30. Vou sair com a Theo.

Balancei a cabeça.

— Hoje não, Iz.

Ela franziu a testa e cruzou os braços.

— Tá brincando, né?

Podia sentir a tensão nos meus ombros e no pescoço piorar.

— É um dia de família — falei.

— É uma merda, isso sim — disparou Izzy.

— Isabelle — repreendeu Mark. — Olha a boca.

Ele lançou um olhar para Olivia.

— Tudo bem — disse ela. — A Izzy fala *merda* e *porra* o tempo todo.

— Olivia! — exclamou Mark. Ele encarou nossa filha mais velha de modo severo. — Agora entende a regra de não falar palavrão? Olha o que sua irmã está dizendo!

Izzy o ignorou, fixando os olhos em mim.

— Se eu ainda estivesse com o Noah, me deixaria ver ele. Até o teria convidado para vir decorar a árvore e comer com a gente.

Balancei a cabeça.

— A questão não é quem você namora. É sobre estarmos em família hoje e esta noite.

— A Theo *é* família! — gritou Izzy. — Ela só não se encaixa na sua visão perfeita de família de Natal.

— Vamos lá, Izzy — falei. — Você sabe...

— O que eu sei é que é a verdade. *Moxie Salva o Natal* não tem nenhuma pessoa queer, né? São só mães e pais com filhinhos de bochechas rosadas.

— Está sendo irracional — falei.

— E você está sendo homofóbica!

— Sério? — perguntei, passando a mão no rosto. Meus olhos ardiam de exaustão. — Não vamos discutir isso, Izzy.

Ela sabia que não era verdade. Só estava tentando provocar uma briga.

— O que é homofóbica? — perguntou Olivia.

Suspirei alto, tentando ganhar alguns segundos para me recompor. Agora não era hora de discutir com minha teimosa filha de 16 anos.

Izzy era muito parecida comigo naquela idade. Era feroz e determinada, e ultimamente parecia pensar que o mundo todo estava contra ela — me lembrava bem desse sentimento. Ainda assim, doía sentir que ela estava se afastando. Já fui sua melhor amiga e aliada; agora era apenas parte do sistema que odiava e contra o qual estava se rebelando. Parecia que eu não conseguia fazer nada certo aos olhos dela. Ela nem mesmo reconhecera que eu tinha acabado de passar uma noite fora. Não esperava um salto nos meus braços como sua irmã fizera, mas um *Como foi a viagem?* ou até um *Oi, mãe* teria sido bom.

E não me passou despercebido que nenhuma delas perguntou como estava a avó.

— Não tem nada a ver com isso! — exclamou Mark, exasperado com a acusação da filha.

Ele era excelente em lidar com as crianças na escola dele, mas Izzy sabia exatamente como provocá-lo. Às vezes parecia um jogo para ela, tentando ver com que rapidez poderia fazer seu paciente e tranquilo pai perder a calma.

Olivia estendeu a mão para pegar um biscoito, e Mark lhe deu um tapa, dizendo bruscamente:

— Não antes de estarem decorados.

Izzy conseguira irritá-lo.

Olivia parecia que ia chorar. Peguei um biscoito, um rato de gengibre, e entreguei a ela.

— Um rato para minha ratinha — falei com um sorriso.

Mark abriu a boca, mas eu lhe lancei um olhar. Ele a fechou rapidamente e assentiu para mim.

— Desculpa, Liv — disse ele.

— Ainda posso ir ao balé hoje? — perguntou Olivia, preocupada. — Mesmo que seja um dia especial em família? Nós vamos ensaiar a cena da noite depois da festa. Quando a Clara dorme e os ratos e os camundongos saem.

— Claro — falei. — É às 18 horas. Vamos fazer nossa reunião de família, decorar, jantar cedo e te levar ao estúdio com bastante tempo.

— Moxie deveria estar na reunião — disse Olivia, abaixando-se e acariciando Moxie, deixando-a lamber as migalhas de sua mão. — Ela faz parte da família.

— Com certeza — concordei.

— Vou pro meu quarto — anunciou Izzy, entrando no hall para pegar a mochila.

— Izzy, espera, por favor — falei. — Vamos só sentar e conversar. É importante.

— Ver a Theo também é importante — disse ela.

— Eu sei — falei para ela. — Talvez Theo possa vir daqui a pouco e ajudar a decorar? Ela pode ficar para o jantar e para os biscoitos e a gemada.

— *Fa-la-la-la* — cantou Izzy, irônica.

Eu lhe lancei um olhar de *estou fazendo o melhor que posso.*

Ela me encarou, os olhos castanhos tão parecidos com os meus que às vezes me surpreendia.

— Até tenho um pouco daquela gemada vegana que ela gosta — falei.

Isso pareceu funcionar como uma oferta de paz. Izzy largou a mochila, desabou em uma cadeira à mesa e olhou para mim e Mark.

— Então, temos uma pauta para essa reunião ou o quê?

Todos nós sentamos à mesa de jantar. Ele juntou as mãos em forma de torre, pressionando as pontas dos dedos com tanta força que se dobravam.

— Temos algo importante para conversar com vocês duas — anunciou.

— Oqueé? — perguntou Olivia, a boca cheia de biscoito.

— Eca — disse Izzy, inclinando-se para trás na cadeira e se equilibrando nas duas pernas traseiras. — Mastiga e engole primeiro, anta.

— Temos uma notícia — anunciou ele. Olhou para mim, depois para as meninas, e de novo para mim. — É uma notícia muito triste, mas também feliz.

— O que é? — perguntou Olivia de novo, os olhos arregalados.

Izzy apenas olhava desconfiada e visivelmente irritada.

Mark me encarou com expectativa, claramente esperando que eu tomasse a frente.

— Bem — falei, pigarreando —, vocês sabem que fui a Nova York ver a avó de vocês. Ela está muito doente.

— A vovó Mavis? — perguntou Olivia.

— Claro, sua tapada, é a única avó que a gente tem — disse Izzy.

— Mas mal me lembro dela — comentou Olivia. — Não conheço ela. Não de verdade.

Olhei dela para o Mark.

— Bem, vai ter a chance de conhecê-la — disse ele.

— Vou? — perguntou Olivia.

Assenti.

— Ela virá ficar conosco. Não é ótimo?

— *Aqui?* Ela vai vir pra cá? — perguntou Olivia.

— Sim — afirmou Mark.

— Mas achei que você nem gostava dela — disse Olivia, arrancando a cabeça do biscoito de gengibre em forma de rato.

Senti um nó no estômago.

— Claro que gosto. Eu a amo. É minha mãe — falei.

Olivia me olhou, franzindo a testa.

— Então por que a gente nunca a vê?

— Ela é muito ocupada. E viaja bastante.

— Achei que era porque é uma filha da puta — comentou Izzy.

— Olha a boca, Isabelle! — advertiu Mark de novo, a voz elevada e o rosto sério.

— Mas é a verdade, não é? Não é por isso que quase nunca vemos ela, mesmo que só more a quatro horas daqui? — Izzy me encarou. — Você não tem tentado nos poupar?

— Poupar a gente do quê? — perguntou Olivia, os olhos arregalados.

— É, mãe — disse Izzy, arqueando uma sobrancelha. — Do quê?

— O que ela vai fazer com a gente? — falou Olivia, preocupada.

Meu coração batia em alerta no meu peito. A conversa não estava indo bem. Respirei fundo e sorri.

— Nada, ratinha. Não vai fazer nada. Sua avó e eu... tivemos nossas diferenças. Mas ela está doente e precisa de nós agora. — Olhei para o Mark antes de usar as palavras dele. — Ela é família. E cuidamos uns dos outros. Não importa o que aconteça.

— Quanto tempo ela vai ficar? — perguntou Izzy, desconfiada.

— Bem, como está muito doente, pode ser que não fique conosco por muito tempo — expliquei. — Mas seja lá qual for o tempo que tivermos com ela, vamos fazer valer a pena.

Sorri.

— Espera — pediu Izzy. — Deixa eu entender direito. Essa senhora moribunda que a gente mal conhece, e que vocês dois já disseram que nem gosta de crianças, vai vir morar com a gente?

— Isso mesmo — disse Mark, encarando-a.

— Estão brincando, né?

Izzy olhou do pai para mim.

— Não estamos brincando — falei.

— Ela não gosta de crianças? — perguntou Olivia.

— Claro que gosta — disse ele. — E vocês são as netas dela, então ela as ama muito.

Izzy soltou uma risada sarcástica e incrédula.

— Ah, tá.

— Onde ela vai dormir? — indagou Olivia.

— No quarto de hóspedes — respondi, ansiosa para focar as questões práticas. — Vamos arrumar tudo para ela.

— Ela gosta de torrada com geleia? — perguntou Olivia. — Porque posso fazer para ela. Como faz para mim quando estou doente.

— Tenho certeza de que isso fará ela se sentir melhor — disse Mark.

— O que ela tem? — questionou Izzy.

— Câncer — respondi.

Olivia assentiu.

— O cachorro da Sophie, o Django, teve câncer e morreu. Tiveram que dar um remédio especial que fez ele dormir e não acordar mais, porque estava muito doente. — Ela olhou para mim. — Tem esse remédio para pessoas também?

— Não — respondi.

— A eutanásia é ilegal neste país — informou Izzy. — Você tem que ir para a Suíça, Holanda ou Canadá.

— Euta o quê? — perguntou Olivia.

— É colocar as pessoas para dormir, como o cocker spaniel da sua amiga.

— Ele era um dachshund — corrigiu.

— Tanto faz.

— Vamos manter sua avó o mais confortável possível — explicou Mark. — Vão ter enfermeiras aqui para ajudar a cuidar dela. Vamos até receber uma cama hospitalar especial.

— Do tipo que sobe e desce? — perguntou Olivia.

— Sim — confirmei.

Olivia franziu a testa.

— Mas e o Natal?

— Será como sempre — disse ele.

— O Papai Noel vai trazer presentes para ela também? Ele vai saber que ela está aqui?

— Pessoas velhas não ganham presentes do Papai Noel, sua antinha — disse Izzy.

— Talvez as doentes ganhem — retrucou Olivia. — Deveriam, né? Não deveriam?

— Tenho certeza de que o Papai Noel vai encontrá-la — falou.

Olivia assentiu, aprovando.

Izzy revirou os olhos. Agradeci por ela não fazer nenhum comentário sarcástico sobre o Papai Noel, ou mesmo insinuar que ele pode não ser real na frente de Olivia, que tinha apenas 6 anos. Eu queria que minha filha mais nova se apegasse à magia pelo máximo de tempo possível. Olivia amava o Natal tanto quanto Mark. Ver sua alegria nessa época do ano era quase suficiente para inspirar um traço do espírito natalino em mim.

Quase.

Ficamos todos em silêncio por um minuto.

— Eu sei que esta é uma notícia importante — continuou Mark. — É muito para assimilar. E as coisas serão bem diferentes na nossa casa por um tempo. Acham que entenderam?

As meninas assentiram.

— Têm alguma pergunta? — questionou Mark.

Olivia levantou a mão, como se estivesse na escola.

— Sim, Liv? — perguntou ele.

— Quando foi a última vez que eu a vi?

— Humm... — Pensei por um segundo. — Acho que quase dois anos atrás. Fomos visitá-la um pouco antes do Natal. Fizemos aquele passeio de carroça, lembra?

Ela sorriu e assentiu.

— A vovó Mavis comprou chocolate quente para nós depois.

— Sim, comprou — confirmei, lembrando como Mark e eu disséramos não ao chocolate quente, mas minha mãe nos ignorou e comprou de qualquer forma, com chantilly extra, entregando um copo para Olivia.

— Então ela deve ser legal, né? — perguntou Olivia. — Quer dizer, se comprou chocolate quente.

— *Claro* que ela é legal — afirmou Mark.

— Mas a Izzy disse...

— Esquece o que a sua irmã disse — interrompeu ele, lançando um olhar severo para Izzy.

Ela fechou a cara e cruzou os braços.

— Mas como ela é de verdade? — perguntou Olivia. — Qual é a cor favorita dela? Será que gosta de balé? Ou tem uma música de Natal favorita?

Sorri para ela.

— Pode perguntar tudo isso quando ela chegar.

— E quando vai ser? — indagou.

— Ah, em alguns dias — respondi. — Temos algumas coisas para preparar. Mas ela estará aqui em breve.

Tentei parecer feliz, mas senti minha inquietação transparecer. Izzy pareceu perceber, seu olhar indo de mim até o pai. Mark pegou minha mão, deu um aperto e me lançou um sorriso reconfortante.

Olivia, alheia, levantou-se e começou a girar pela sala.

— Posso mostrar a ela minha dança do camundongo! E vou fazer uma placa dizendo "Bem-vinda, Vovó Mavis!" — exclamou.

— Vai ficar lindo — comentei.

Mark soltou minha mão e se levantou, pegando Olivia no meio do giro.

— Vamos, ratinha. Temos biscoitos para decorar e uma árvore para enfeitar. Estou contando com você para colocar a estrela no topo.

Ele a carregou para a sala de estar. Moxie os seguiu, abanando o rabo.

Izzy ainda estava sentada à mesa, me estudando.

— Tudo bem? — perguntei.

— Estou só pensando.

— Em quê?

— No que não contaram.

Deus, essa garota me conhecia bem demais.

Levantei-me, balancei a cabeça e soltei uma risada forçada.

— Deveria mandar uma mensagem para a Theo, ver se ela quer se juntar a nós. Vou assar um frango, mas teremos muitos acompanhamentos vegetarianos.

— Vocês duas vão ajudar, ou a ratinha e eu teremos que enfeitar a árvore sozinhos? — chamou Mark.

— Já vou! — gritei, pronta para escapar do olhar inquisidor de Izzy. Voltei-me para ela e disse: — Vamos, seu pai e sua irmã estão esperando.

05

PEGUEI MEU CELULAR E uma taça cheia de vinho e saí para a varanda lateral, fechando a porta para não ouvir os sons natalinos que saíam da TV na sala. Sempre amei a vista daqui, olhando para o leste de nossa propriedade até as montanhas ao fundo. Se me virasse para a esquerda, podia ver as luzes da casa da Penny e da Louise por entre as árvores nuas. De dia, via a fumaça sair da chaminé delas, ouvia as ovelhas balirem e as galinhas cacarejarem. Estava louca para encontrar com Penny e contar tudo o que tinha acontecido com minha mãe.

Ao lado da porta da varanda, que estava decorada com uma guirlanda, tinha um peso de porta de Papai Noel antigo que herdamos dos avós do Mark. Era de ferro fundido e bem desgastado. Uma versão meio assustadora do Papai Noel, com o rosto pintado cheio de marcas e olhos enferrujados.

Respirei fundo o ar frio com cheiro de fumaça de madeira e observei as montanhas a oeste, que brilhavam roxas sob a lua e as estrelas. Ainda não tinha nevado, mas eu sabia que logo nevaria. Afinal, era dezembro em Vermont.

Havia deixado Olivia no estúdio de dança e cumprimentado as outras mães das bailarinas. O Mark ia buscá-la logo, mas Theo e Izzy estavam na mesa da sala de jantar com ele, transformando bonecos de gengibre em zumbis e monstros, com xis nos olhos e feridas sangrentas. Quando ele começou a reclamar, lancei-lhe um olhar fulminante: *agradeça por elas estarem ajudando.*

Ao me afastar, sorri ao ouvi-lo dizer:

— Theo, essa coisa de cérebro vazando que fez ficou demais. Muito criativo.

— Obrigada, Sr. O'Conner — respondeu ela.

Theo parecia uma boa garota. Eu não a conhecia bem, porque ela e Izzy namoravam havia apenas alguns meses, mas era óbvio que minha filha estava caidinha. No começo de outubro, Izzy veio falar comigo enquanto eu preparava o jantar e anunciou:

— Terminei com o Noah.

— É? — comentei, sabendo que deveria fazer o mínimo de perguntas se não quisesse que ela se fechasse.

— Estou ficando com outra pessoa.

Assenti, embora a notícia tenha me pegado de surpresa. Izzy e Noah namoravam havia quase dois anos. Ele foi o primeiro namorado sério dela, e eu e o Mark tínhamos gostado bastante dele. Fizemos jantares e churrascos e até uma viagem de acampamento com a família dele.

— O nome dela é Theo. Ela é do clube de cinema.

— Tá bom — falei.

Izzy me olhou como se esperasse que eu dissesse mais alguma coisa. Não sabia se ela queria validação ou se estava se preparando para perguntas incômodas.

Optei pela resposta simples:

— Mal posso esperar para conhecê-la.

Isso arrancou um sorriso da minha filha.

— Vai gostar dela — disse ela, e estava certa.

Theo era simpática e educada. Alguns dos amigos que Izzy trazia para casa mal olhavam nos nossos olhos, mas ela sempre sorria, cumprimentava a gente e perguntava como estávamos. Agradecia toda vez que vinha jantar e ficava muito entusiasmada quando eu servia algo vegano. Sabia que ela gostava de chai com leite de amêndoas e hambúrguer de feijão preto, então sempre tinha alguns em casa — pequenas coisas que faziam a diferença tanto para ela quanto para Izzy.

Fechei o zíper do meu casaco de flanela por causa do frio e sentei ao lado de um boneco de neve de pelúcia bem grande e meio assustador que Mark colocara ali — uma nova adição ao nosso conjunto natalino.

Atrás de mim, a grande janela da sala de estar lançava um brilho aconchegante sobre a varanda. Eu podia ouvir o Mark rindo de algo que uma das meninas dissera.

Peguei meu celular, deslizei a tela e toquei para discar o número do meu irmão. Ele atendeu no segundo toque.

— E então, sobreviveu ao coro de Natal ontem? — perguntou Ben em tom de brincadeira.

— Na verdade, tivemos que adiar para hoje — respondi, respirando o ar frio do inverno e lançando um olhar suspeito de relance para o boneco de neve.

Tinha a sensação irracional de que aquele maldito me ouvia, me desafiando a falar mal do seu feriado favorito, a razão de sua existência. Lembrei do Frosty ganhando vida na música quando as crianças colocavam o chapéu em sua cabeça — nada mágico, mas sinceramente assustador. Me afastei um pouco mais do meu amigo boneco de neve de pelúcia e dei um gole no vinho em busca de coragem.

— Ah, entendo — disse ele, rindo. — Então decidiu me ligar atrás de um pouco de camaradagem anti-Natal? Um grupinho de apoio ao Grinch?

Ri, sentindo meu corpo relaxar daquela maneira que só acontece quando converso com alguém que realmente me entende. Meu irmão era ainda mais anti-Natal que eu, e entendia completamente a ironia do livro da Moxie. Ouvir a voz dele naquele momento me fez sentir uma saudade intensa. Ele raramente vinha para o leste. A última vez que esteve na região foi no nosso casamento, quase vinte anos atrás — também foi a última vez que Ben e minha mãe estiveram no mesmo ambiente. Ele dava desculpas, dizia que estava ocupado demais com o trabalho — gerenciando um restaurante que nosso primo possuía em La Jolla — para tirar folga. Estava grata por ele finalmente ter encontrado uma vida feliz com a qual parecia contente. Eu fugira para um internato na adolescência, enquanto meu irmão deixou nossa casa logo após terminar o ensino médio e nunca mais olhou para trás. Casou-se duas vezes, mas nenhum dos casamentos durou muito. Durante muitos anos, pulou de um trabalho estranho para outro ao longo da Costa Oeste, com uma aversão aparente a qualquer coisa que se parecesse com uma vida normal e estável. Mas dois anos antes, nosso primo Duane o convenceu a gerenciar um restaurante sofisticado de frutos do mar que tinha. Ben trabalhava quase sessenta horas por semana, mas dizia que amava. Duane recentemente o tornou um coproprietário, e pensavam em abrir um segundo restaurante juntos.

Ben e eu conversávamos uma vez por semana e trocávamos mensagens frequentemente, mas se quisesse vê-lo, tinha que ir até ele. Não que eu reclamasse das viagens de fevereiro para La Jolla — das caminhadas com ele pela costa rochosa, observando os leões-marinhos e as focas, comendo frutos do mar incríveis. Mas agora, como muitas vezes acontecia, queria que meu irmão estivesse mais perto. Que eu pudesse contar tudo pessoalmente, em vez de o fazer por telefone.

Lembrei da minha mãe me perguntando se eu já contara a ele.

Ding-dong, a bruxa está quase morta.

Tomei mais um gole de vinho e me forcei a continuar.

— Tenho novidades.

Ben fez uma pausa.

— Ah? Deixa eu adivinhar. Terminou o próximo livro da Moxie? — Ele parecia bem animado.

Senti um arrepio. Nem perto disso. Na verdade, nem tinha começado. Não para valer. Apenas alguns esboços ruins.

Mas esse era o meu segredo.

Sempre que alguém perguntava — Mark, minha agente Sarah, um fã bem-intencionado —, eu dizia que o livro estava indo maravilhosamente bem. Dizia para mim mesma que, se vivesse dentro da mentira por tempo o suficiente, ela se tornaria verdade e as páginas começariam a verter de mim. Até agora não funcionou.

— Não — falei, e então fiz uma pausa. — É a mãe.

Meu irmão ficou em silêncio. Tomei mais um gole de vinho e continuei.

— Ela está doente.

Ele riu.

— Que besteira. Ela nunca ficou doente na vida.

— Bom, agora está. E bastante. Voei para Nova York ontem para vê-la no hospital. Ela está com câncer no pâncreas. É grave, Ben. Os médicos disseram que ela só tem algumas semanas de vida.

Mais silêncio. Será que ele ainda estava ouvindo?

— Ben?

— Não sei o que quer que eu diga — disse ele, a voz fria.

— Também não sei. Só...

Não queria contar o resto. Sabia qual seria a reação dele.

Olhei para a paisagem iluminada pela lua enquanto respirava fundo para buscar forças nas colinas e montanhas familiares.

— Ela pediu para vir para cá. Para a nossa casa. Para estar conosco quando morrer.

Ele soltou um riso sufocado, ou será que teria engasgado?

— Espero que tenha dito "nem fodendo".

A sensação quente e aconchegante que eu tivera desapareceu. Me sentei ereta no banco, pronta para me defender do sermão que senti que viria.

— Na verdade, Ben, nós aceitamos. Ela estará aqui na segunda-feira. — Pronunciei as palavras com uma precisão cortante.

Conseguia ouvir meu irmão respirando por entre os dentes cerrados do outro lado da linha. Quando falou, suas palavras eram tão afiadas quanto uma faca.

— Perdeu a cabeça?

— Eu... não, eu... — gaguejei, enquanto a dúvida me invadia.

Será que foi um erro?

Não, disse a mim mesma. Não foi. Eu fiz a coisa certa.

— Preciso que respeite minha decisão — falei para Ben, tentando soar segura.

— *Respeitar sua decisão?* Tá de brincadeira, né? Preciso te lembrar...

— Não — interrompi. — Não precisa.

Não precisava ser lembrada de nada. Embora tenha conseguido guardar as lembranças horríveis de nossa mãe em uma caixa e trancá-la, Ben acreditava que eu estava em negação e que a melhor maneira de lidar com nossos traumas passados era falar sobre eles em detalhes. Às vezes, ele me ligava para perguntar coisas como: *"Eu estava na quinta série quando nossa mãe quebrou meu braço ou era mais velho?"*, ou *"Lembra daquele Dia de Ação de Graças quando nossa mãe colocou veneno de rato na torta de maçã?"*. E meu irmão tinha uma memória excelente — uma verdadeira armadilha de aço.

Eu era rápida em cortar essas conversas.

— Não sei, Ben. Não me lembro.

Mas isso valia para os dois lados, não é? Porque quando eu contra-argumentava com os bons momentos — camarões fritos na praia, festas de dança na cozinha e aprender a desenhar —, meu irmão dizia que a maioria deles havia sido embelezada.

— Ainda está aí, Ali? — perguntou.

Era inútil discutir. Nossa mãe era, e sempre seria, um monstro para ele.

— Vaso de Rubin — falei.

— Hã?

— Você se lembra quando a mãe nos ensinou sobre espaço negativo? Ela nos mostrou aquela ilustração, o vaso de Rubin. Quando olha para ele, algumas pessoas enxergam um vaso, e outras veem dois rostos.

— Sim, mas não vejo o que isso tem a ver com...

— E ela perguntou o que era a imagem. A gente discutiu porque eu via uma coisa e você via outra, mas as duas estavam lá o tempo todo.

— Ainda não...

— Escolho ver e lembrar de uma versão da nossa mãe e você escolhe outra. Quem está certo e quem está errado?

— Sua negação é perigosa — disse Ben. — Não só para você, mas para suas meninas também, se deixar essa mulher entrar na sua casa.

Cerrei os dentes.

— Não estou em negação — retruquei. — Não esqueci como ela pode ser horrível. Mas isso foi há muito tempo. Ela estava sofrendo, Ben.

— Precisa parar de inventar desculpas para ela.

— Não estou inventando desculpas. Você deveria ter visto a mãe no hospital. Ela mudou...

Ele soltou uma risada venenosa.

— As pessoas não mudam, Alison. Não desse jeito.

— Olha, eu preciso ir, Ben.

— Você não pode...

— Conversaremos em breve — prometi, e então desliguei.

Olhei para o boneco de neve branquinho ao meu lado.

— Bom, isso correu bem demais — falei para ele.

Tudo o que o boneco fez foi me encarar por cima do nariz de cenoura, a cabeça ligeiramente inclinada para a esquerda, os olhos de carvão zombeteiros e cruéis.

06

LEVANTEI-ME, DESCI OS degraus da varanda e atravessei o gramado até o pequeno anexo que usava como estúdio de gravura. Só ia dar uma passadinha para colocar a cabeça no lugar antes de voltar para decorar os biscoitos. Mark entenderia.

Nós o chamávamos de celeiro. Era pintado de vermelho, com uma grande porta de correr na frente. Os antigos proprietários usavam para abrigar cavalos e, às vezes, quando chovia, eu jurava que ainda conseguia sentir o cheiro de estrume. Tínhamos trocado o piso, isolado as paredes e instalado eletricidade e janelas, além de um fogão a lenha e uma chaminé. Até claraboias adicionamos. Eu pintara as paredes de branco para fazer o espaço parecer claro e aberto, como uma página em branco.

Fechei a porta atrás de mim, acendi as luzes e senti meu corpo relaxar. Queria poder me trancar ali dentro pelo resto da noite. Mas sabia que não podia ficar muito tempo — os homenzinhos de gengibre me chamavam —, então só me sentei no banquinho com rodinhas na grande mesa de trabalho, tomando vinho enquanto olhava para os desenhos e as gravuras recentes. Não havia nenhum da Moxie ou de suas aventuras no Halloween. Nada do que eu *deveria* ter feito, do que fui contratada para fazer.

O que mais me cativava agora (tá, talvez estivesse um pouco obcecada) eram insetos, principalmente abelhas. Havia feito uma série inteira de gravuras de abelhas em lugares onde não deveriam estar: em banheiras e xícaras de chá, em óculos, pousadas em um urso de pelúcia. Achava que essas gravuras eram uns dos meus melhores trabalhos, com detalhes muito finos mostrando cada pelinho, cada célula deslumbrante da asa. Mas quando as levava para as galerias e lojas onde vendia meu trabalho, ninguém se interessava. As abelhas não vendiam. Moxie vendia. Era isso que os compradores e donos de lojas queriam. Mais Moxie.

— Merda de Moxie — resmunguei, dando mais um longo gole no vinho.

Estava cansada e, como uma pessoa fraca para a bebida, já me sentia um pouco tonta.

Eu não bebia com frequência. Era algo com o qual tinha muito cuidado, sabendo que o alcoolismo era de família. Mas me convencia de que uma taça de vinho de vez em quando não faria mal. E prometera a mim mesma havia muito tempo que nunca deixaria minhas filhas me verem bêbada. Se isso acontecesse, jurei que nunca mais beberia. Nem uma única gota.

Olhei ao redor do estúdio. Os poucos esboços que fiz para *Moxie Salva o Halloween* estavam enterrados em um canto. *Como* ela salvaria o Halloween? Izzy me dera ideias durante meses, mais entusiasmada do que jamais a vi. Algumas sugestões não eram tão ruins, mas nada parecera certo para mim. Suspirei enquanto pegava um dos desenhos — Moxie sentada ao lado de uma abóbora esculpida com um sorriso.

— Toc-toc! — chamou uma voz e dei um pulo. Penny abriu a porta de correr e entrou no estúdio. — Vi a luz acesa e pensei em dar uma passadinha.

Ela estava com o cabelo volumoso preso em um coque bagunçado e vestia o macacão manchado de tinta e surrado que usava todos os dias quando chegava do trabalho. Enfiou a mão no bolso da frente e tirou um saco da maconha que ela mesma cultivava, uma cepa que carinhosamente nomeara de Ovelhas Elétricas.

— Achei que poderia precisar disso — disse Penny. — Tendo sobrevivido ao Dia da Decoração e tudo o mais.

Ela sorriu para mim, os olhos castanhos calorosos fixos nos meus.

— Você nem imagina — falei, dando-lhe um abraço. Ela cheirava levemente a maconha e óleo de sândalo.

Conheci Penny na semana em que Mark e eu nos mudamos para a fazenda. Ela e Louise apareceram com um bolo de café e uma garrafa de vinho para nos dar as boas-vindas à colina. Quando Penny e eu começamos a conversar, foi como se nos conhecêssemos havia anos, como se já fôssemos velhas amigas. Falamos sobre as cores com as quais eu deveria pintar cada quarto, sobre como elas podem evocar sentimentos e memórias. Desde o início, uma parte de mim pensou: *aqui está ela, finalmente, a melhor amiga que sempre esperei ter.*

Penny e Louise chamavam a fazenda que tinham de hobby. Além da maconha cuidadosamente cultivada que plantavam e vendiam para um grupo seleto de amigos, criavam ovelhas, galinhas e abelhas. Penny era terapeuta e artista de fibras. Louise tinha sido massoterapeuta antes de sofrer um AVC, mas desistira, dedicando-se, em vez disso, à fazenda.

Enquanto Penny era definitivamente a responsável pelo meu hábito da maconha, eu culpava Louise pela minha obsessão por abelhas. Ela aprendera a infundir o próprio mel (meu favorito era o de habanero) e me convidou para ir aos apiários. Passei incontáveis horas com ela na primavera, no verão e no início do outono anteriores, estudando as abelhas, fotografando e desenhando-as. Louise foi muito paciente comigo. Ela me colocou em um traje branco de apicultor e me levou aos apiários repetidas vezes.

Liberei Penny do abraço apertado e ela me olhou preocupada. Jurava que essa mulher me conhecia melhor do que eu mesma.

— Conta tudo — falou, subindo para se sentar na mesa de trabalho ao meu lado. Ela alcançou a taça de vinho pela metade e deu um gole.

E contei para ela. Às vezes, conseguia ser ainda mais aberta com Penny do que com Mark, porque ela nunca julgava. E não desconhecia a tragédia e a dor. Anos antes de eu conhecê-la, ela e Louise tiveram um filho, Daniel, que morreu de leucemia aos 5 anos. Muitos teriam sido destruídos pela morte de seu único filho, mas Penny deixou isso moldar sua vida de uma maneira positiva. Voltou para a faculdade e se tornou uma terapeuta especializada em tratamento para luto e trauma.

Quando comecei a contar a história dos eventos dos últimos dois dias, não consegui mais parar. Ela ficou sentada escutando, me dando total e completa atenção. Finalmente terminei com Ben dizendo que fora tudo um erro.

— Nossa — disse Penny. — Mas que tsunami emocional.

Essa era uma das coisas que amava nela: nunca me responderia com baboseiras vagas de terapeuta tipo *"como isso fez você se sentir?"*.

— E ainda por cima, hoje é o Dia da Decoração! — falei. — Era para ter sido ontem, mas o Mark esperou até que eu chegasse em casa. Não queria fazer sem mim.

Penny sorriu.

— Aposto que a árvore está linda.

Revirei os olhos.

— Pois é, a casa toda está um verdadeiro paraíso invernal. E eu deveria estar lá dentro agora, colocando carinhas felizes em homenzinhos de gengibre.

— Suponho que não precisa fazer todos felizes, né? — Ela me lançou um olhar travesso. — Não dá para fazer um com uma crise existencial?

Sorri.

— Izzy e Theo estão transformando eles em zumbis com feridas sangrentas e cérebros vazando.

— Pobre Mark. — Penny riu. — Não é à toa que você veio se refugiar aqui.

— É o único lugar onde consigo pensar. Mas sei que deveria estar trabalhando na Moxie. Não faço ideia de como vou terminar o novo livro agora que concordei em deixar minha mãe morar conosco.

Ela se virou para examinar cada um dos desenhos de abelha.

— Então, nenhum progresso com a Moxie, hein?

— Que nada. — Era a única que sabia. — Sarah implorou para que eu mandasse qualquer coisa, só para mostrar que estou trabalhando nisso.

Penny assentiu.

— Não consegue fazer uns esboços rápidos? Algo para deixá-los felizes por enquanto?

Suspirei.

— Não consigo me dedicar de coração a isso agora.

— Eu sei — disse ela. Colocou o desenho que segurava em uma pilha com os outros e me olhou de novo, sorrindo. — Seu coração está nas abelhas.

Sorri de volta para ela.

— Mas as abelhas não pagam as contas.

Penny concordou sabiamente.

— Moxie é o seu ganha-pão. As abelhas são apenas para o mel de habanero.

Ri.

— Eu não poderia ter dito melhor.

Peguei a taça de vinho, dei um gole.

— É melhor eu ir — falou, dando um tapinha no meu braço e descendo da mesa. — Vou deixar você voltar para o Dia da Decoração.

Penny me deu um sorriso travesso.

Suspirei. Sabia que Mark estava me esperando lá dentro. Olhei para ela.

— Acha que cometi um erro? Deixando minha mãe ficar com a gente?

Ela me encarou em silêncio por tanto tempo que comecei a me perguntar se responderia.

— Acho que vai ser difícil. Talvez a coisa mais difícil que já fez.

Senti todo o ar ser sugado dos meus pulmões.

— Sua mãe também teve dificuldades... uma dependência em álcool, e a morte do seu pai. Não justifica muito o comportamento dela, mas pode ajudar a explicá-lo. Além disso, as coisas mais difíceis são aquelas nos moldam e nos definem — disse Penny.

Ela me deu um abraço com cheiro de sândalo e maconha, beijou minha bochecha e saiu pela porta. Esvaziei a taça de vinho, apaguei as luzes e deixei as abelhas na escuridão.

07

— FALTA QUANTO TEMPO? — PERGUNTOU Olivia, o nariz pressionado contra o vidro da janela da sala de jantar que dava para a entrada.

— Não sei.

— Eles disseram 16 horas, né?

— Isso.

— E que horas são? — perguntou ela.

Sorri.

— Dois minutos desde a última vez que você perguntou.

— Que são?

Mostrei a ela o meu relógio.

— 16h05.

Olivia estava vestida com a roupa do balé: meias cor-de-rosa, collant, sapatilhas cor-de-rosa e um pequeno tutu franzido cor-de-rosa. Ela só tinha aula às 18 horas, mas insistiu em colocar a roupa logo que chegou da escola. Queria usá-la quando encontrasse a avó.

— Assim ela vai saber que sou dançarina — explicou, e depois me pediu para fazer seu cabelo, arrumando-o em um coque de balé e prendendo-o com firmeza.

— Quando ela vai chegar? — perguntou Olivia pela centésima vez.

Suspirei. Era como esperar o Papai Noel na véspera de Natal.

Tínhamos passado os últimos dias em uma loucura de preparativos: o quarto de hóspedes fora limpo, a cama antiga retirada e substituída por uma hospitalar. A empresa de suprimentos médicos também entregou uma comadre, uma cadeira para banho, uma cadeira de rodas e um andador. Um empreiteiro veio e instalou barras de apoio e um chuveiro retrátil no banheiro do térreo. Eu falava com o Paul no telefone várias vezes ao dia. Cumprindo sua palavra, ele arranjara tudo — inclusive a entrega de compras para estarmos abastecidos com tudo o que minha mãe comia atualmente: sopas cremosas, sorvete, pudim, refrigerante e suplementos nutricionais Ensure. Até me enviou a receita de uma sobremesa que fizera para ela.

Também mandou todos os registros médicos dela para uma agência local de cuidados paliativos com a qual entrara em contato. E transferiu as receitas dela para uma farmácia na cidade. Estávamos prontos. Ou tão prontos quanto poderíamos estar.

E, para ser sincera, todas essas preparações me deram algo em que focar para que eu não perdesse o controle e começasse a me perguntar: *O que diabos fui fazer?* Havia conforto em fazer listas e riscar os itens concluídos.

Mark e eu ficamos juntos no quarto de hóspedes na noite anterior. Tínhamos substituído a bela cama de ferro antiga pela cama hospitalar alugada. Havia flores frescas na mesa. O cartaz de "BEM-VINDA, VOVÓ MAVIS" da Olivia estava colado logo acima da cama. O armário e a cômoda estavam vazios, esperando para serem preenchidos com as coisas da minha mãe.

— Acho que chegou a hora, né? — disse Mark, me abraçando.

— Sim — respondi, a realidade começando a pesar.

Minha mãe realmente viria. Nós a veríamos piorar cada vez mais. Ela estaria aqui quando morresse.

— Nervosa? — perguntou.

— Um pouco. — Me encostei nele. — Tá bem, talvez um pouco aterrorizada — admiti, apagando a luz.

— Talvez eles tenham se perdido — sugeria Olivia agora.

— Duvido, querida. Tenho certeza de que estarão aqui a qualquer minuto.

Izzy estava no quarto dela fazendo dever de casa com fones de ouvido. Mark ainda estava no trabalho. Ele se oferecera para sair mais cedo da escola, arranjar um substituto para a última aula do dia, mas garanti que não tinha problema.

— Eu dou conta — falei, sorrindo da forma mais tranquilizadora que pude. — Além disso, o Paul estará aqui. Ele pode nos vigiar, garantir que nenhuma de nós matará a outra ou algo assim.

Embora eu tenha dito isso com uma piscadela, Mark não pareceu achar graça.

Olivia se afastou da janela e deu três piruetas no piso de madeira, evitando cuidadosamente a mesa e as cadeiras.

— Bonitas piruetas — comentei.

— Não são piruetas, mãe — disse enquanto parava de girar. — São *piqués*.

Ela marchou de volta para a janela, pressionando o nariz contra o vidro frio.

— Quer ler um livro ou algo assim? — sugeri. — Talvez fazer os exercícios de matemática que a Sra. Fletcher mandou para casa?

Ela fez uma carranca.

— Não! Aí podemos perdê-la!

Eu ri.

— Acho que é pouco provável, ratinha.

— Quero ver a vovó assim que ela chegar — disse Olivia com sua voz mais teimosa. Era uma criança que não largava o osso quando decidia algo. — Quero ver a vovó antes de ela me ver.

— Por quê? — perguntei.

— Para eu decidir se gosto dela ou não — respondeu.

Sorri, acariciando seus cabelos lisos e presos para trás.

— Claro que você vai gostar dela. Ela é sua avó. — Meu maxilar trincou ao dizer as palavras.

Olivia manteve o rosto pressionado contra o vidro. Sua respiração o embaçava.

— Mas eu mal a conheço — falou.

Fiquei tensa. A culpa era minha.

Tentei abrir um sorriso.

— Bem, agora terá a chance de conhecê-la. E sei que ela está louca para te conhecer.

Ela passou um dedo pela parte embaçada no vidro, desenhando um coração e atravessando-o com uma flecha.

A sala de jantar se abria para a sala de estar à direita, onde a árvore estava iluminada, as decorações penduradas. Havia uma nova anjinha de vidro nos observando do canto, ainda mais brega que a primeira: vestida com um traje cor-de-rosa pintado com detalhes metálicos dourados, asas douradas e uma trombeta dourada gigante. Não pude evitar imaginar outro acidente que resultaria em sua queda.

Não há dúvida: sou uma pessoa horrível.

Olivia desenhou um segundo coração ao lado do primeiro.

— Qual o nome dela? Da minha avó?

— Mavis. — O nome soou cortante em minha língua.

— Eu sei disso, mãe — disse ela com sua voz de *dãã*. — Mavis *o quê*?

— Mavis Eldeen Holland.

Olivia se virou e olhou para mim, confusa.

— Mas esse não era seu sobrenome antes de casar com o papai. Como é que chama?

— Meu nome de solteira. E você está certa, não era. Meu nome de solteira era Russo.

— Então, se ela é sua mãe de verdade, por que você não tem o sobrenome dela?

Fui pega de surpresa por suas palavras: *sua mãe de verdade*. Como se eu tivesse outra mãe secreta em algum lugar. Uma mãe diferente. Uma mãe melhor.

— Ela é minha mãe de verdade. — Sorri para Olivia. — Meu sobrenome era o do meu pai. O nome dele era David Russo.

Dizer o nome dele em voz alta doeu, deixou meu peito pesado, mesmo depois de todos esses anos. Eu tinha apenas 7 anos quando ele morreu, mas sua morte nos destruiu de uma maneira da qual nunca nos recuperamos, principalmente o Ben. Foi meu irmão quem o encontrou naquele dia, no estúdio do nosso pai na antiga cocheira. Ben voltara correndo pelo gramado da frente e entrara em casa, gritando sem parar, tão histérico que não conseguia dizer as palavras quando minha mãe e eu o encontramos no hall de entrada. Seus gritos e uivos preencheram a casa, me fizeram cobrir os ouvidos. Por fim, minha mãe lhe deu um tapa, e ele conseguiu dizer:

— Ele está morto.

Não me deixaram ir ao estúdio do meu pai para ver o que o Ben encontrara. Eu tinha passado incontáveis horas observando meu pai trabalhar na antiga cocheira, pintando designs abstratos e coloridos em telas tão grandes que precisava de uma escada para alcançar o topo. Adorava assisti-lo trabalhar, ouvindo os títulos que dava às pinturas — *Três Cavalos e Um Cavaleiro, A Fuga do Tigre.*

Eu procurava desesperadamente nas pinturas algum sinal das coisas que ele dizia que estavam lá, coisas que nunca conseguia encontrar, escondidas nas explosões vivas de cores.

Minha mãe tinha ido ao estúdio enquanto o Ben continuava a uivar e gemer. Ela voltou pálida como cinzas e chamou a polícia.

— É culpa sua! — gritara Ben para ela naquela noite, depois que a polícia e a ambulância foram embora, depois que levaram o corpo do nosso pai. Ele então voltou para o estúdio e começou a derrubar coisas, a tombar telas, a jogar tubos de tinta no chão. — Você o matou!

Minha mãe ficou apenas em um canto, observando sem impedi-lo, sem dizer uma palavra. Para mim, parecia que ela ficava cada vez menor quanto mais ele gritava, e eu temia que, quando terminasse, ela estaria do tamanho de uma boneca. Talvez até desaparecesse.

Pisquei para afastar a memória antes que ela me dominasse.

— O que seu pai fazia? — perguntou Olivia.

— Ele era pintor, como a minha mãe.

— Era famoso?

— Não.

— Você tem algum dos quadros dele?

— Infelizmente, não — respondi.

Minha mãe limpara o estúdio dele após sua morte, jogando cada uma das pinturas em uma fogueira no quintal. Lembro do rosto dela, manchado de fuligem e determinado, à luz da fogueira. Por semanas, até a neve chegar, houve um círculo queimado de terra e um monte de carvões e cinzas no jardim da frente.

— Mas eles eram casados, né? Seus pais? — Olivia se afastou da janela, dando outra pirueta.

— Sim. — Então, acrescentei: — Belo *piqué*, ratinha.

Ela parecia pouco impressionada com minha terminologia de balé recém-adquirida.

— Então por que ela não é Mavis Russo?

— Ela era. Mas voltou para o nome de solteira, Holland, depois que meu pai morreu.

Olivia parou as piruetas e me olhou com o rosto franzido.

— Por quê?

— Não sei, querida.

Esfreguei as têmporas. Estava começando a sentir dor de cabeça.

Ela espiou pela janela novamente. Ainda tinha só o nosso Volvo na entrada.

— Posso perguntar para ela?

— Talvez não quando se conhecerem, tá? Pode deixá-la triste se a fizer lembrar da morte do marido.

Olivia franziu a testa, pensando nisso.

— Papai disse que ela é uma artista famosa.

— Sim — confirmei.

— E que é muito ocupada, por isso nunca a vemos.

— É isso mesmo.

— É por isso que você também é artista? Porque ela é?

Senti meu corpo se enrijecer.

— Talvez — respondi.

A verdade era que eu raramente pensava nisso. Nessa única coisa, além do sangue, que me conectava à minha mãe.

— Talvez a Izzy também seja artista quando crescer — disse Olivia, me tirando das memórias. — Igual a você e à vovó!

Sorri, pensando nas incursões de Izzy na arte: ela fizera peças de montagem com bonecas quebradas misturadas a peças mecânicas, um período de fotografia e colagens de técnica mista que continham espelhos quebrados. Ultimamente fazia vídeos curtos. O mais recente era uma série chamada *Coisas que me Tiram do Sério*: cocô de cachorro nas botas dela, caixas de supermercado excessivamente simpáticos, pessoas que faziam suposições sobre sua orientação sexual ou mesmo imaginavam que era da conta delas.

— Você mudaria seu nome? — perguntou Olivia. — Se o papai morresse?

A pergunta me surpreendeu. Não conseguia imaginar minha vida sem o Mark. Ele era a única pessoa que me fazia acreditar que merecia a vida perfeita em que de alguma forma tropeçara, quando por dentro eu me sentia uma impostora indigna.

— Bom, espero que ele não morra tão cedo, mas não, eu continuaria me chamando Alison O'Conner.

— Por quê?

— Porque é quem eu sou. E porque você e sua irmã são O'Conner, e quero ter o mesmo sobrenome que vocês. Nosso nome nos conecta. Significa que somos uma família.

Ela franziu a testa.

— Mas você e sua mãe não tinham o mesmo sobrenome. Ela não queria? Não queria estar conectada com vocês?

A dor de cabeça piorou. Massageei as têmporas, tentando aliviar a pulsação constante.

— Não sei dizer o que ela estava pensando. Mas sei que manteria meu sobrenome.

— Gosto que seja Alison O'Conner — disse Olivia.

— Também gosto — falei, como se o nome fosse um chapéu que estava experimentando para ver se me caía bem.

Um chapéu ao qual me acostumara, que me mantivera aquecida, seca e feliz por anos.

Será que eu estava à altura daquele chapéu?

Será que ele voaria com um vento forte ou ficaria firme?

Eu precisava de um ibuprofeno.

— Já volto, ratinha — falei, indo ao banheiro do térreo e pegando o frasco no armário de remédios.

Tomei três comprimidos com a água que bebi diretamente da torneira. Levantei, olhei para mim mesma no espelho e vi o rosto da minha mãe refletido. A mãe da minha infância.

Meus olhos eram castanhos e os dela azuis, pálidos e gélidos, mas nossos rostos tinham o mesmo formato, o mesmo nariz e queixo e a inclinação da testa. Às vezes me assustava ver um traço da minha mãe em mim. Eu me perguntava quem realmente estava olhando.

Encarei meu reflexo, focando as bordas.

Quem você pensa que é?

Ninguém.

Isso mesmo. Você é uma ninguém.

Por um segundo, tive certeza de ter visto um lampejo, como se não fosse sólida.

Como se eu não estivesse ali.

08

VOLTEI À SALA DE JANTAR ENQUANTO Olivia se afastava da janela, fazendo três piruetas e um *plié*. Então, começou a praticar a dança do ratinho, agachando-se, rastejando pelo chão na ponta dos pés, as mãos erguidas como pequenas patinhas.

Focada em minha filha, não vi o carro entrar na garagem, mas ela, que mantinha os olhos na janela mesmo dançando, não o perdeu.

— Ela chegou! Ela chegou!

Olivia correu para a janela, pressionando o rosto contra o vidro.

Minhas mãos estavam frias e suadas, cada músculo do meu corpo dolorosamente tenso. Minhas têmporas ainda pulsavam.

Corra, dizia meu corpo. *Fuja e se esconda.*

Mas era bobagem. Eu a convidara. Era a minha mãe.

Engoli o pânico e descansei uma das mãos nas costas de Olivia. Ela vibrava de excitação.

— É o Paul? — perguntou Olivia enquanto Paul saía pelo lado do motorista do grande SUV preto.

— Sim — respondi.

Paul usava um casaco preto longo e óculos escuros. Ele foi até o lado do passageiro e abriu a porta. Prendi a respiração enquanto o observava ajudar minha mãe a sair. Ela se movia devagar, com rigidez, e se agarrava ao braço dele enquanto ele a guiava com delicadeza, ajudando-a a se levantar do banco. Ela ficou de pé na entrada da garagem, oscilando um pouco, ainda segurando-o firmemente enquanto ele a apoiava. Paul disse algo que a fez sorrir, e senti uma pontada de ciúme ao observar como ela se inclinava para ele.

O rosto dela estava abatido. Os ossos das bochechas, sempre proeminentes, saltavam para fora, dando-lhe a aparência de uma mulher esculpida em pedra. Vestia calças pretas sob medida, um suéter branco e um casaco preto desabotoado. Tinha um longo cachecol branco enrolado no pescoço e um chapéu branco combinando. Elegante até o fim. E uma enorme mudança em relação à sua aparência no hospital, com o pijama branco e azul pendendo do corpo ossudo.

Ainda assim, parecia pequena e encolhida sob as roupas, dando-lhe quase uma aparência de múmia. Embora seu corpo pudesse estar desgastado pela idade e pela doença, os olhos eram os mesmos. Mesmo daqui, eu podia sentir o brilho gelado deles enquanto perscrutavam o quintal, depois a casa, procurando por mim.

— Ah, ela é tão pequenininha — disse Olivia. — E que chapéu lindo! E está usando um casaco chique! Gostei dela.

— Sabia que você ia gostar — falei. — Agora vamos lá fora dizer oi.

Peguei a mão da minha filha, prendi a respiração e a levei pela porta da frente.

— Você achou a gente! — falei, como se nossa família estivesse perdida, e enfim fora descoberta, naufragada em nossa própria ilha particular.

— Alison — disse Paul, vindo até mim e me dando um abraço educado, beijando o ar ao lado da minha bochecha.

— Olá, Alison — disse minha mãe. — É bom te ver de novo. Bom estar aqui.

Paul me deu um empurrãozinho na direção dela. Minha mãe não abriu os braços para me abraçar, e eu também não. Em vez disso, avancei cautelosa, mantendo distância como faria com uma cobra venenosa. Mas um aperto de mão seria seguro. Apertamos as mãos como se nos conhecêssemos pela primeira vez.

Como vai? Muito prazer em conhecê-la. Ouvi falar tanto de você.

Minha mãe me surpreendeu ao segurar minha mão com firmeza, cravando os dedos em mim com uma força que eu não esperava e me puxando para perto. Ela me abraçou e eu a abracei de volta, sentindo sua figura ossuda e curvada sob as camadas de roupa.

Foi chocante sentir como estava frágil, como parecia quebrável.

Por fim, me soltou, olhando para a minha esquerda, onde Olivia estava.

— E quem é você? — perguntou minha mãe, franzindo a testa para ela.

Prendi a respiração.

Minha mãe sorriu e continuou:

— Uma integrante do Ballet de Boston?

— Não, bobinha! — Olivia riu.

Soltei a respiração que prendia.

— Do Ballet de Nova York, então?

— Sou sua neta! Me chamo Olivia. Tenho 6 anos. E sou dançarina.

Ela fez uma pequena reverência.

— Estou vendo — disse minha mãe. — E muito bonita, por sinal.

Olivia sorriu, radiante.

— Posso mostrar minha dança do ratinho, se você quiser.

— Uma dança do ratinho? — Minha mãe sorriu para ela. — Acredito que nunca tive o prazer de ver uma dança do ratinho. Parece adorável.

Inspirei fundo e senti meu corpo todo relaxar. Talvez tudo fosse dar certo, afinal. Tínhamos feito a coisa certa. Uma coisa era pensar assim, outra era sentir agora que ela estava realmente ali.

Sem precisar de mais incentivo, Olivia se posicionou na beira da entrada da garagem.

— Você começa assim — disse, agachando-se.

— Ainda não, ratinha — falei. — Vamos levar sua avó para dentro e acomodá-la um pouco primeiro.

— Sim — concordou Paul. — Foi uma viagem longa. E Mavis recusou os remédios para dor. Não queria estar grogue quando chegasse. — Ele olhou para minha mãe, o rosto cheio de preocupação. — Tenho certeza de que quer um remédio e descansar, não é?

Minha mãe fez uma careta em resposta, mas não respondeu.

Olhei dela para Paul.

— Devo buscar a cadeira de rodas?

— Não é necessário. Nós damos conta. — Minha mãe deu um passo vacilante para a frente. — Mal posso esperar para ver esta sua casa. Parecia muito aconchegante na matéria que fizeram no *Globe*.

— Você viu aquilo? — perguntei.

— Claro que vi. — Ela piscou para mim, e então citou o artigo: — "Com *Moxie Salva o Natal,* Alison O'Conner criou um clássico natalino instantâneo. Entre o livro e a velha fazenda que transformou em um paraíso invernal encantado, é claro que ela é a Rainha soberana de tudo o que significa Natal."

Soltei uma risada envergonhada.

— Sua mãe tem acompanhado sua carreira de perto — disse Paul.

— Pelo jeito — falei.

Estava surpresa. Ela nunca falara nada disso para mim. Nós sempre conversávamos sobre as crianças, o Mark, o tempo e as viagens dela. Nunca discutimos sua vida no mundo da arte, e ela nunca perguntou sobre o livro da Moxie ou qualquer um dos meus projetos artísticos. Eu só mencionara meu contrato de publicação uma vez, mas minha mãe não pareceu muito impressionada ou quis saber mais detalhes, então não toquei mais no assunto.

Era estranho pensar que havia lido o artigo, visto as minhas fotos com Moxie em frente à nossa árvore decorada, tirando uma bandeja de biscoitos do forno, e abrindo a pesada porta de carvalho adornada com uma grande guirlanda de azevinho.

— Não deixo passar muita coisa, Alison — disse.

Ela pegou meu braço, segurou firme e oscilou um pouco. Segurei-a para ajudá-la a ficar de pé. Claramente andar não era fácil para ela, embora fizesse o melhor para provar o contrário. Não devia pesar mais do que quarenta quilos. Apenas um sopro da mulher que tinha sido um dia. Perguntei-me se deveria ter trazido a cadeira de rodas afinal.

Esta era a mulher que me vira dar os primeiros passos, falei para mim mesma. Que sem dúvida segurou minha mão para me estabilizar, para me manter de pé.

— Porém, de alguma forma, deixei passar que minha neta mais nova é uma *prima ballerina.* — Piscou para Olivia. — Agora me pergunto que outros segredos vocês têm escondido de mim.

Minha filha riu.

— Não temos segredos.

Agora foi minha mãe quem riu.

— Todo mundo tem segredos, meu amor.

— Famílias não guardam segredos uns dos outros — disse Olivia, repetindo o que Mark e eu sempre lhe dizíamos. — Exceto no Natal. E nos aniversários também!

— Segredos de Natal são o melhor tipo de segredo, não são, Olivia? — perguntou minha mãe.

Olivia praticamente guinchou de alegria.

— O Natal é o meu feriado favorito.

— O meu também — respondeu.

Trinquei o maxilar. Desde quando? Meu pai sempre fora o entusiasta das festas. Houve anos, após a morte dele, em que nossa mãe nem se deu ao trabalho de comprar uma árvore. Natal era algo que outras famílias comemoravam. Famílias como a de Mark, que ficavam felizes em estar juntas.

Paul foi até a traseira do SUV e o abriu, pegando uma grande mala de rodinhas e a bolsa de couro da minha mãe.

— Gostaria de levar isso para mim, Olivia? — perguntou, entregando-lhe a bolsa.

Ela assentiu entusiasmada e a pegou, então nos guiou para dentro.

— É por aqui, vovó! Espera só para ver o cartaz que fiz para você.

Enquanto minha mãe soltava meu braço e seguia Olivia, escondendo-a da minha vista, não pude deixar de me perguntar se isso era um novo começo ou um erro terrível.

09

PAUL ACOMODOU MINHA MÃE na cama e deu-lhe uma dose de remédios para dor enquanto Olivia e eu desfazíamos suas malas. Ela trouxera algumas roupas bonitas, mas principalmente pijamas e camisolas, roupas confortáveis para ficar em casa e dois pares de chinelos. Havia também alguns livros de mistérios, o celular e o carregador, um bloco de desenho e materiais de arte.

— Olha, um conjuntinho de aquarela — disse Olivia ao tirá-lo da bolsa.

— Gosta de pintar, Olivia? — perguntou minha mãe.

— Gosto, mas não sou boa nisso. — Ela franziu a testa. — Não como a minha mãe e a Izzy.

— Talvez eu possa te dar algumas aulas — sugeriu. — Eu dava aulas para sua mãe quando ela tinha a sua idade.

Olivia sorriu, radiante, e voltou a mexer na bolsa, tirando alguns gizes de cera, lápis de cor, e depois uma caixa de madeira. Abriu a caixa e olhou dentro.

— Que lindo! — exclamou.

Pegou o que estava na caixa e levantou na direção da luz. Meu primeiro pensamento foi: *Ah, não. Ela não trouxe aquela pedra, trouxe?*

Mas claro que trouxera. Claro que minha mãe a trouxera para minha casa, para ficar bem ao lado dela enquanto morria. Ela e a pedra compartilhavam uma história complicada — estavam ligadas de maneira inextricável.

Era um pedaço de quartzo transparente entremeado com finas faixas de turmalina preta. Era irregular e mais ou menos do tamanho e formato de um coração — não um daqueles bobos de Dia dos Namorados, mas um coração humano, com formato de punho.

Era impossível pensar em minha mãe sem pensar na pedra; impossível separar as duas. Quando criança, eu era fascinada por ela, mas também a odiava com uma fúria que não sabia ser possível sentir por um objeto inanimado.

Associava-a, consciente ou inconscientemente, à crueldade da minha mãe. A pedra apareceu na época em que ela começou a beber de verdade.

E talvez eu invejasse um pouquinho sua capacidade de capturar a atenção dela em uma época em que eu não conseguia. A pedra chegou, e nós, sua família, fomos deixados de lado, vistos como um incômodo, um alvo para sua fúria quando escolhia nos reconhecer. Minha mãe deixava a pedra ao lado dela no quarto, acariciava-a, até falava com ela com amor e admiração como se fosse um ser vivo, perfeita em sua beleza. E eu... era apenas um estorvo, um patinho feio inútil. Como poderia competir?

Quando criança, olhava para a pedra e pensava que as faixas pretas que a atravessavam eram como aquelas dentro da minha mãe: os pedacinhos de escuridão escondidos lá no fundo.

Ela a guardava em um suporte de madeira na cômoda do quarto, entre os frascos de perfume e as caixas de joias, o pote de creme, o bloco bege de pó facial que usava e o batom ceroso da cor de ameixas maduras. Ao lado, havia uma foto emoldurada dela e da melhor amiga, Bobbi, ambas parecendo impossivelmente jovens e felizes.

Eu não podia chegar perto da pedra. (Na verdade, o quarto inteiro da minha mãe era considerado proibido). Minha mãe sempre dizia que o quartzo com turmalina era precioso demais. Não queria que dedos sujos de crianças o estragassem de alguma forma ou que o levássemos para mostrar na escola, enfiado no fundo de uma mochila cheia de migalhas. Eu cometera o erro de perguntar se podia levá-lo para a escola uma vez, e minha mãe riu com escárnio, depois me mandou para o quarto por ser tão idiota.

Mas, às vezes, me esgueirava para o quarto dela apenas para tocá-lo, passar os dedos sobre a superfície áspera. E pensava em sua história, de onde viera e todas as razões pelas quais era tão sagrado para minha mãe.

A pedra fora de Bobbi antes; essa era a primeira coisa intrigante a seu respeito.

A segunda, e mais importante, era que ela tornara minha mãe famosa.

Não a pedra em si, mas a pintura que minha mãe fez dela. A pintura que começou a ascensão estratosférica de sua carreira.

A pintura de Bobbi.

Bobbi Vanderhoof tinha sido a melhor amiga da minha mãe desde a infância. Cresceram juntas, frequentaram o ensino médio, depois foram para a faculdade em Vassar. Após a faculdade, viajaram por vários meses, e quando retornaram da viagem ao redor do mundo, Bobbi estava com a pedra. Nunca soube de onde viera, ou como ela a adquirira. Só sabia que, quando voltaram, ela a tinha consigo. Elas subiram para o estúdio da minha mãe, que na época ficava no sótão da casa dos pais dela, e Bobbi posou para a pintura.

Depois, ela foi para a Califórnia, levando a pedra consigo para dar sorte. Conseguiu alguns trabalhos em comerciais, depois um papel pequeno em uma novela. Casou-se com um produtor chamado Gene e eles tiveram um filho, Carter. Enfim, conseguiu um papel em uma série de TV chamada *Wishville*, sobre uma família de bruxas que morava em uma pequena cidade da Nova Inglaterra, no qual interpretava a mãe e rainha bruxa, Tamsen. Isso atraiu atenção o suficiente para ajudá-la a conseguir o papel que mudaria sua carreira: a protagonista em um filme sobre uma detetive psíquica. Mas foi assassinada antes mesmo de começarem as filmagens.

Eu tinha 6 anos quando Bobbi morreu, então minhas lembranças dela eram nebulosas. Lembro de assisti-la na TV com minha mãe, fitas cassetes de *Wishville* que víamos tantas vezes que podíamos recitar os diálogos. E quando vinha nos visitar, eu sentia como se a conhecesse da série, como se realmente fosse uma bruxa chamada Tamsen e não a amiga de infância da minha mãe. Realidade e ficção se confundiam. Porém, disso eu tinha certeza: quando ela vinha nos visitar, minha mãe ficava feliz. Meu pai também. Os três ficavam acordados até tarde, bebendo, conversando e rindo. Eles se sentavam no pátio dos fundos, preparavam jarras de gim tônica, jogavam cartas e contavam histórias que os faziam rir tanto que minha mãe uma vez caiu da cadeira. Bobbi e Gene haviam se separado, depois se divorciado, então ele nunca a acompanhava nessas visitas — era sempre ela, e às vezes o filho. Ela tentava convencer meus pais a se mudarem para a Califórnia. Jurava que, com suas conexões, poderia conseguir trabalho para ambos na indústria — poderiam ser estilistas ou cenógrafos.

— Você pertence a Hollywood — sussurrava Bobbi, agarrando o braço da minha mãe.

E meu pai ria, balançava a cabeça e dizia que Woodstock combinava mais com eles.

Meu pai, que não era de beber, muitas vezes apagava bem antes da minha mãe e da Bobbi, deixando as duas acordadas até o amanhecer às vezes. Elas sussurravam uma para a outra, terminavam o resto do gim e compartilhavam cigarros (que minha mãe só fumava quando sua amiga a visitava).

O filho de Bobbi, Carter, era mais velho que Ben e eu. Era um garoto magro, com cabelos loiros pálidos e olheiras profundas, como se nunca dormisse. Sempre nos desafiava a fazer coisas que não deveríamos — chegava com os bolsos cheios de coisas perigosas: cigarros, fogos de artifício, canivetes. Contava histórias malucas sobre sua vida na Califórnia: as festas, as pessoas famosas, todas as namoradas que tinha.

— Já beijou uma garota, Benji? — perguntara ao meu irmão uma vez, quando estava apenas na terceira ou quarta série.

Ben apenas dera de ombros, o que fizera Carter rir e provocá-lo. Prometera que, se meu irmão levasse o traseiro magricela para a Califórnia, encontraria uma namorada para ele e, se tivesse sorte, talvez ela levasse as coisas até mais longe.

Carter dizia que o pai tinha uma casa nas colinas onde aconteciam festas todos os finais de semana, e listava as celebridades que vinham, nadavam em sua piscina e usavam cocaína na cozinha do pai. Eu nunca reconhecia os nomes das pessoas, mas meu irmão sim (ou fingia que sim).

— Mentira! — repetia sem parar.

— Real, cara — dizia Carter, sorrindo para ele, depois o agarrava em um mata-leão amigável e lhe dava um cascudo.

Bobbi e minha mãe falavam ao telefone pelo menos uma vez por semana, ou muito mais. De vez em quando, eu tentava escutar, mas minha mãe sempre atendia as ligações no quarto dela, sentada na antiga cama de quatro colunas. Às vezes as ligações eram altas e festivas, com muitas risadas. Às vezes eu pressionava o ouvido contra a porta e escutava minha mãe falando baixinho com a amiga, até sussurrando. Às vezes tinha certeza de que a ouvia chorar.

E então aconteceu o acidente. Eu me lembro (ou acho que lembro) de minha mãe recebendo a ligação. De como Bobbi sofrera um terrível acidente de carro. De como disse "Meu Deus" repetidas vezes, e depois correu para o aeroporto para pegar o próximo voo para Los Angeles. Minha mãe estava ao lado de Bobbi no hospital quando ela morreu, um dia depois. Ficou lá por uma semana, ajudando a família a organizar as coisas e planejar o funeral. Quando voltou para Nova York, trouxe uma caixa de fotografias e o quartzo com turmalina: a pedra da sorte de Bobbi.

A pedra foi colocada na cômoda da minha mãe, e às vezes eu a ouvia falando com ela. Soluçando enquanto falava. Outras vezes, discutia com a pedra, ou implorava para que lhe devolvesse Bobbi, como se a amiga estivesse presa dentro dela e pudesse emergir em uma nuvem de poeira ou fumaça, como um gênio em uma lâmpada.

A velha pintura de Bobbi feita por minha mãe ficara no estúdio dela durante minha infância, mas após a morte dela foi movida para a sala de estar, onde ficou pendurada na parede à esquerda da televisão. Bobbi como Tamsen, a rainha bruxa, passava na televisão enquanto minha mãe rebobinava e revia as fitas, e Bobbi como uma jovem recém-formada na faculdade nos observava da parede da sala, com todo o futuro pela frente e uma pedra no lugar do coração.

A pintura foi feita em uma tela grande: 60 por 120 cm. Nela, a amiga de minha mãe usava jeans e uma camisa branca, aberta para revelar uma cavidade, uma pequena caixa no peito onde deveria estar seu coração. Mas, no lugar dele, havia a pedra em formato de coração — transparente e estriada de preto. Parecia brilhar e reluzir. A imagem de Bobbi também brilhava. Ela usava um halo de luz que irradiava de seu peito. Os olhos pareciam me seguir onde quer que eu fosse, observando tudo o que eu fazia.

Quando minha mãe voltou da Califórnia após o funeral, tirou uma foto do quadro e compartilhou com o agente de Bobbi e alguns dos amigos atores da série que conhecera no funeral. Uma cópia acabou sendo publicada em um boletim para os fãs.

Os fãs de Bobbi adoraram. Minha mãe mandou imprimir cópias. Depois camisetas. Ofertas para comprar a pintura original começaram a surgir, assim como propostas para exibir seu trabalho em galerias.

Ao longo dos anos, minha mãe fez muitas pinturas apresentando a pedra. Outras de Bobbi segurando-a ou sentada ao lado dela, algumas dela sozinha, e a mais perturbadora: minha mãe e Bobbi sentadas lado a lado, ambos os peitos abertos, a pedra entre elas conectada com artérias e veias, um único coração que compartilhavam, mantendo ambas vivas.

OLIVIA SEGURAVA a pedra, passando os dedos sobre ela, e me preparei, esperando que minha mãe a repreendesse. Estava pronta para intervir, proteger e defender minha filha.

Mas minha mãe apenas sorriu para ela.

— É muito bonita — disse Olivia.

— É, não é? — perguntou minha mãe.

— Onde quer que ela fique? — indagou em resposta.

— Ah, acho que aqui mesmo na mesa de cabeceira. Assim posso vê-la o tempo todo.

Minha filha a colocou ao lado da luminária, na frente das flores frescas no vaso. Parecia brilhar com a luz do sol que entrava pela janela, pulsando e vibrando como algo vivo.

— De onde ela veio? — perguntou.

— Pertencia à minha melhor amiga. Tê-la por perto me faz sentir como se ela estivesse aqui, bem perto de mim. Você tem uma melhor amiga, Olivia?

— Sim! Ela se chama Sophie e dança comigo. Bem, dançava. Ela foi para o nível dois, então não estamos mais nas mesmas aulas, mas temos ensaio juntas. É a melhor dançarina do nível dois. E tem muitos papéis em *O Quebra-Nozes*! Sophie faz o Fritz, o irmãozinho da Clara. Tem que usar roupas de menino, mas não se importa porque é um bom papel. Também é um soldado, um floco de neve e uma dançarina de chá.

— E você? No que está atuando?

— Eu? — Olivia deu de ombros, olhando para o chão. — Sou só um ratinho.

— Bem, acho que é bom ter um único papel para se concentrar. Assim pode trabalhar duro e ser o melhor ratinho.

Olivia assentiu.

— Quando era menina, eu fazia balé.

— Sério? — Os olhos de Olivia se arregalaram.

— Fez? — interrompi. — Não fazia ideia.

— Eu também não — disse Paul. — Não consigo nem imaginar.

Também não conseguia. A ideia da minha mãe em meio a outras garotinhas, seguindo as instruções de uma professora, sendo corrigida... parecia absurdo.

— Ah, sim — falou. — Era muito trabalhoso. E no fim, não pratiquei tanto quanto deveria, então não era muito boa. Mas você — olhou para Olivia —, posso ver que leva a prática muito a sério.

— Levo sim!

— Essa é a única forma de melhorar em algo. Praticar e praticar.

Levando o conselho a sério, Olivia fez uma pirueta pela sala.

Minha mãe aplaudiu.

Ela se sentou na beira da cama da minha mãe e contou tudo sobre *O Quebra-Nozes*, as aulas de dança e sua professora, a Sra. Perez.

— Tenho uns documentos para revisar com você — disse Paul para mim enquanto minha mãe e minha filha se entrosavam por meio do balé. — Melhor irmos para a sala de jantar onde podemos espalhar os papéis?

Fiz que sim, tentando acalmar a ansiedade por deixar Olivia sozinha com minha mãe, mas certamente tudo ficaria bem. Eu estava a apenas alguns passos de distância, e Paul estava aqui. Além disso, minha mãe parecia encantada com minha filha mais nova.

Fomos para a sala de jantar, onde ele tirou alguns arquivos da bolsa transversal de couro. Continuei ouvindo Olivia tagarelar no quarto de hóspedes, a voz alegre e entusiasmada.

— Quer um café? Chá? — perguntei, tentando agir como uma anfitriã normal, para não demonstrar minha inquietação.

— Não, obrigado — respondeu ele, retirando uma lista impressa das medicações da minha mãe e suas dosagens. Até fizera um gráfico colorido para me ajudar a controlar quando dar cada uma delas. Outra pasta continha toda a documentação que eu deveria entregar à enfermeira da Kingdom Hospice, que viria logo pela manhã, além de todos os registros médicos da minha mãe. — Já enviei cópias eletrônicas de tudo isso, mas é bom ter umas sobressalentes.

Assenti, mais uma vez impressionada com a capacidade de organização de Paul. As pastas que me entregou tinham até etiquetas impressas.

Uma terceira pasta continha documentos legais, incluindo um testamento vital que dizia que não seriam tomadas medidas heroicas para mantê-la viva — sem intubação ou reanimação. Ele folheou os papéis, me mostrando tudo com rapidez. Eu assentia como se absorvesse as palavras, mas minha cabeça girava. Queria que Mark estivesse aqui. Ele era bom em prestar atenção, em lembrar detalhes. Paul deve ter visto meu olhar distante. Fechou a pasta e pousou a mão no meu braço.

— Sei que é muita coisa, mas você tem tudo que precisa. E estou a apenas um telefonema de distância.

No quarto de hóspedes, Olivia ria de algo que minha mãe disse.

— Vamos ver o que é tão engraçado? — perguntou ele.

Concordei, ansiosa para me afastar das pilhas de papelada, dos registros que provavam que minha mãe estava morrendo, e da certeza de que eu seria responsável por ela enquanto isso acontecia. Além disso, a preocupação em deixar minha filha sozinha com minha mãe ainda não desaparecera por completo.

Olivia listava todas as meninas do nível cinco que usavam sapatilhas de ponta.

— A Sra. Perez tem que te escolher e te dizer quando está pronta. Ela diz que se você começar cedo demais, pode machucar os pés e o corpo. Um dia eu terei sapatilhas de ponta. Você tem que ir até Boston ou Nova York para ser ajustada, é o que as meninas do nível cinco fazem.

Minha mãe assentiu, mas sua cabeça estava encostada nos travesseiros. Dava para ver que estava esgotada e que o remédio para dor estava fazendo efeito.

Paul parecia agitado, nervoso. Andava de um lado para o outro no quarto de hóspedes, ajustando coisas. Então saiu e foi até o carro pela terceira vez, para ter certeza de que não havia esquecido nada lá. Ele recusou de novo minha oferta de café ou comida.

— Pelo menos sente-se um pouco — falei.

Ele se sentou em uma cadeira no canto do quarto de hóspedes, inquieto como um menininho.

— Você não deveria ir logo, Paul? — perguntou minha mãe.

— Sim — respondeu, levantando-se. — É uma longa viagem.

Era impressão minha, ou ele evitara contato visual com minha mãe a tarde toda?

Será que estava chateado com ela? Por ter escolhido ficar aqui e não com ele?

Ou seria algo mais?

E agora parecia quase como se ela o dispensasse, mandando-o embora.

— Tão cedo? — falei. — Tem certeza de que não pode ficar? Jantar conosco? Dar um oi para o Mark? Ele deve chegar logo.

Paul balançou a cabeça e disse que tinha uma longa lista de coisas para fazer, incluindo embalar algumas obras de arte em casa para uma exposição que estava por vir em uma galeria. Minha mãe se sentou e começou a dar ordens para ele: "*Não esqueça isso*" e "*Diga à Cheri que...*", que foram diligentemente anotadas no celular.

Paul se virou para mim.

— A exposição é uma retrospectiva, um olhar sobre o desenvolvimento da sua mãe como artista. Vão incluir pinturas, esboços antigos e notas.

— Não esqueça os cadernos de esboços que estão guardados no arquivo grande e preto no meu estúdio — disse ela.

— Está anotado, Mavis — prometeu. — Sei onde está tudo: os cadernos de esboços, os diários...

Imaginei ele de volta na casa, destrancando a pesada porta da frente preta, entrando no hall... Será que minha mãe ainda tinha o tapete vermelho escuro? A casa ainda cheirava a lustra-móveis de limão e à tristeza? Ela ainda mantinha todas as cortinas fechadas, recusando-se a deixar entrar um único raio de luz? Meu coração apertou só de pensar, ao perceber que Paul conhecia a casa melhor do que eu agora; que pertencia àquele lugar e sabia onde minha mãe guardava todas as suas coisas.

— Não se preocupe com nada — disse Paul para ela. — Estarei de volta no final da semana. Se você se lembrar de algo que precisa de casa, é só ligar ou mandar uma mensagem e farei questão de trazer.

Ele se inclinou sobre a cama, deu-lhe um abraço rápido e gentil, e sussurrou algo para ela. Minha mãe sussurrou algo de volta e ele se afastou bruscamente, como se as palavras dela o tivessem queimado. Paul se endireitou, então pareceu lembrar que Olivia e eu estávamos no quarto. Virou-se para nós com um sorriso torto e forçado.

— Foi um prazer conhecê-la, Olivia. E vê-la de novo, Alison.

— Vou te acompanhar até a saída — falei.

— Tem mesmo que ir agora? Não pode ficar mais um pouco? Por favor? — perguntei, quando chegamos à entrada da garagem.

Ali estava. O traço de desespero que não conseguia controlar. Não tinha certeza se estava pronta para ficar sozinha com minha mãe. Ainda não. Queria um pouco mais de tempo com ele aqui, como um amortecedor. Paul a conhecia tão bem. Sabia quando ela estava com dor, quando estava cansada e com sede. Sabia tudo o que ela precisava, e providenciava antes mesmo que fosse pedido.

— Desculpe, realmente não posso.

Parecia determinado. Mas havia algo mais. Parecia abalado. Assustado, até.

Estaria a doença da minha mãe pesando sobre ele? Ou eram as demandas crescentes dela? Ou seria alguma outra coisa que eu não conseguia vislumbrar?

Ele deve ter visto a preocupação e a apreensão no meu rosto, como eu lutava contra a vontade de agarrá-lo pelas lapelas e exigir que não me deixasse ali com ela. Lançou-me um olhar compreensivo e tocou meu ombro.

— Você vai ficar bem — prometeu, com um sorriso de *você consegue* enquanto se sentava no assento do motorista do SUV preto. — Me ligue sempre que precisar de algo. Estarei de volta no final da semana.

Ele fechou a porta do carro e se afastou com um aceno rápido que mais parecia uma continência.

ALGUMAS HORAS depois, todos já tínhamos terminado o jantar. Minha mãe não estava com fome, mas conseguiu tomar um pouco da sopa que eu trouxe em uma bandeja.

Estava na cozinha limpando tudo quando alguém me agarrou por trás, e dei um pulinho.

— Desculpe — sussurrou Mark na minha nuca enquanto me abraçava. — Não queria te assustar.

— Estou um pouco tensa, acho. E pensei que você e Olivia já tivessem saído para o ensaio.

— Vamos sair em um minuto. Olivia teve que voltar correndo para pegar o suéter.

Os braços de Mark ao meu redor, geralmente reconfortantes, pareciam apertados demais. Não gostava de me sentir confinada, presa, sem poder me mover. Lutei contra a vontade de arranhar seus braços e empurrá-lo para longe.

— Olivia está encantada com sua mãe — disse ele.

— Hum.

Lembrei de como fiquei preocupada em deixar as duas sozinhas. Mas tinha sido bom, claro. Até mais do que bom. Minha mãe foi tão doce com ela, tão gentil e carinhosa.

— E talvez seja a medicação que ela está tomando, mas ela parece... quase agradável. Engraçada, até. Acho que nunca vi esse lado dela. — Ele beijou minha nuca. — Vai dar certo. Fizemos a coisa certa.

Tentei relaxar o corpo e a mente, dizendo a mim mesma que ele tinha razão, mas não conseguia dissipar a sensação de que algo estava errado. Que havia algo que eu deixara passar.

— Pai? — chamou Olivia do corredor. — Vamos! Vamos nos atrasar!

— Volto logo — falou, me apertando mais forte antes de enfim me soltar.

Izzy estava na casa da Theo. Ela entrara e cumprimentara a avó antes do jantar. Foi educada, mas parecia ansiosa para sair de casa.

Agora estávamos só minha mãe e eu em casa. Terminei de arrumar as coisas na cozinha e fui até o quarto de hóspedes para ver como ela estava.

Respirei fundo, como um mergulhador se preparando para submergir, e entrei no quarto dela.

— Posso te trazer mais alguma coisa? — perguntei, andando até a mesa de cabeceira para dar uma arrumada.

Peguei a xícara de chá e o copo de água, evitando cuidadosamente a pedra, que estava bem no centro. Parecia irradiar frio, como se me empurrasse para longe com dedos gelados. Mas com certeza era minha imaginação. Era apenas uma pedra. Uma pedra boba para a qual eu dera poder e significado demais quando era criança.

— Quero agradecê-la, Alison. Sei que não deve ser fácil — disse minha mãe, as palavras embargadas, arrastadas. O dia tinha sido cansativo e sua dor aumentara. A pedido dela, eu lhe dera uma dose extra de morfina logo após o jantar. Suas pálpebras pareciam pesadas, os olhos vidrados e estreitos. Estava recostada contra os travesseiros, o rosto pálido e esquelético. — Me ter aqui.

Sorri para ela.

— Não seja boba. Estou muito feliz por tê-la aqui. Vai dar tudo certo — falei, forçando as palavras a saírem, como se recitasse um encantamento mágico, como se apenas ao falar em voz alta pudesse torná-lo realidade.

Ela sorriu vagamente para mim e fechou os olhos.

Recuei em direção à porta. Moxie me esperava do outro lado, observando com atenção. Parecia hesitante em entrar no quarto. Costumava adorar ter novas pessoas em casa, mas não dizem que alguns cães podem sentir o cheiro do câncer? Talvez a fragilidade e a doença de minha mãe estivessem deixando inquieta a minha cachorrinha sempre alegre.

Minha mãe abriu os olhos de repente e levantou a cabeça. Algo em seus movimentos parecia errado — eram abruptos, como se fosse puxada por cordas invisíveis.

— Pode continuar repetindo isso para si mesma o quanto quiser — disse ela, a voz zombeteira e cruel. — Mas nós duas sabemos a verdade, não é?

Congelei. Cerrei o maxilar tão forte que tive medo de que travasse.

— E que verdade é essa?

Atrás de mim, Moxie soltou um ganido nervoso.

Minha mãe deu uma risada cansada e seca, então fechou os olhos e adormeceu sem responder.

TODO MUNDO SEMPRE QUER *saber sobre a pedra. As pessoas perguntam, mas nunca contei a história para ninguém além de você.*

A história da pedra é, na verdade, a história da Bobbi.

Estávamos juntas naquele dia, mas foi minha amiga quem a encontrou. Ela foi procurar um fantasma e voltou com essa pedra linda.

Nunca tínhamos planejado ir ao México. Deveríamos ter voltado para casa na semana anterior, mas nenhuma de nós queria que a viagem acabasse, ou voltar ao mundo real com todas as expectativas e realidades. Eu queria continuar viajando para sempre. Só me sentia verdadeiramente em casa quando Bobbi estava ao meu lado.

Então, quando ela sugeriu a Península de Yucatán — onde poderíamos nos deitar na areia, fumar um pouco de Acapulco Gold e beber tequila —, eu topei. Era 1972, e todo mundo fumava um pouco de maconha naquela época, até garotas de Vassar.

Em Yucatán, conhecemos um jovem em um bar à beira-mar — Miguel. Ele era até bonito. Meu espanhol era pura merda. (Ainda é.) Então eu só entendia algumas palavras do que Bobbi e Miguel diziam, mas ela se virava e traduzia para mim enquanto os dois conversavam.

Ele contava tudo a respeito de um cenote assombrado não muito longe dali. Uma poça profunda em calcário — como uma caverna, mas não exatamente, Bobbi explicou enquanto ele explicava para ela. Dava para ver que tinha dificuldades para entender os detalhes pois continuava pedindo para ele repetir.

— Mal — *disse Miguel várias vezes. Não tive problemas para entender essa palavra. Significava* mau.

Também conhecia a empolgação crescente no rosto da Bobbi.

Adorava observá-la quando conversava com os outros. Era a pessoa mais expressiva que eu já conhecera, e fora a protagonista em todas as peças escolares. Mas era mais do que isso: Bobbi tinha um carisma natural que capturava a atenção das pessoas. Todos queriam estar ao seu redor, para aproveitar seu brilho.

Os homens se apaixonavam por ela no mesmo instante, e estranhos começavam conversas e lhe contavam coisas. Até naquela viagem, os moradores locais ofereciam alegremente dicas sobre as melhores praias, os restaurantes e cafés escondidos que não estavam em nenhum guia turístico, os alojamentos seguros, confortáveis e absurdamente baratos. E, claro, os lugares assombrados.

Meu Deus, como a Bobbi era fascinada por histórias de fantasmas, pelo sinistro e macabro. Adorava a Torre de Londres e todos aqueles terríveis instrumentos de tortura. As algemas, o cavalete, aquela coisa horrível chamada Filha do Necrófago.

Ela me arrastava para castelos mal-assombrados; as ruas onde Jack, o Estripador, perseguira suas vítimas; as catacumbas em Paris, com suas paredes alinhadas com os ossos meticulosamente empilhados de milhões de pessoas.

Enfim, enquanto conversava com Miguel, Bobbi tinha aquele olhar, aquele que me dizia que em breve me arrastaria para nadar em uma caverna assombrada.

Miguel contou a ela uma história complicada sobre o cenote. Disse que, no início dos anos 1900, havia um homem europeu imensamente rico. Ele chegou e começou a construir uma enorme propriedade ali na vila, perto da água. Pagou muito dinheiro a muitas pessoas para ajudar na construção, mas enlouqueceu. Começou a falar sozinho. A discutir consigo mesmo.

— Loco — *disse Miguel. Também entendi isso.*

Certa noite, segundo a história, esse europeu rico se cansou de discutir com as vozes em sua própria cabeça e bebeu uma garrafa de tequila, encheu os bolsos de pedras pesadas e se jogou no cenote, afundando rapidamente.

Miguel jurou que, se fôssemos até lá, nadássemos fundo o suficiente e colocássemos nossas cabeças debaixo d'água, ouviríamos ele falar conosco. Que diria coisas que só os mortos poderiam saber.

Bobbi e eu bebemos mais tequila e fumamos um pouco de maconha com Miguel — não conte para a sua mãe que eu te disse essa parte, mas você já é velha o suficiente para saber a verdade.

Então, ele pegou um guardanapo e desenhou um mapa com as direções para o cenote.

Uma hora depois, eu seguia Bobbi por uma trilha na selva, com uma lanterna que o recepcionista do hostel encontrara para nós. Estava com medo de sermos capturadas, de sermos jogados em uma prisão mexicana — como disse, meu espanhol era ruim, mas entendia o que NO TRESPASAR *significava, e as placas estavam por toda a parte. Além disso, tinha horror a cobras, aranhas e escorpiões. Mantive os olhos no pequeno funil de luz da lanterna emprestada de Bobbi, implorando para darmos meia-volta.*

Minha cabeça girava por causa da tequila e da maconha. Eu tinha certeza de que havia algo mais naquilo — não era um barato normal. Não me sentia tranquila e em paz com o mundo. Sentia como se tudo ao meu redor estivesse quebrado e fora do lugar, como um quebra-cabeça com bordas afiadas que não queriam se encaixar.

Desculpe. Onde estava mesmo? Seguindo a Bobbi, certo. Desculpe, estou cansada. Mas não há muito mais para contar. E não posso parar agora. Esta é a melhor parte.

Chegamos a uma cerca de arame com mais placas de proibido entrar. Alguém tinha cortado um buraco na parte inferior da cerca, grande o suficiente para que apenas uma pessoa passasse. Bobbi conferiu o mapa, disse que aquele era o lugar, exatamente onde Miguel o desenhara. Reclamei, disse que ela devia estar brincando, que dava para imaginar o tipo de bichos rastejantes que estariam no chão, que pegaríamos tétano daquela cerca enferrujada... mas sabia que não adiantava. Bobbi rastejou pelo buraco. E eu a segui, claro.

Andamos por um caminho ladeado de pedras — então chegamos a um conjunto de degraus esculpidos na pedra clara, descendo por um estreito corredor entre duas rochas. Nós nos esprememos por ali. As escadas eram escorregadias, irregulares. Bobbi falou para eu tomar cuidado e pegou minha mão. Descemos, as paredes úmidas de calcário crescendo ao nosso redor. A temperatura caía conforme descíamos. Eu sentia como se estivéssemos entrando no centro da Terra. Enfim chegamos ao último degrau. Havia uma poça de água escura diante de nós, perfeitamente imóvel. Quando Bobbi a iluminou com a lanterna, a luz refletiu como um grande espelho escuro.

Ela me entregou a lanterna e começou a se despir.

— Não vai entrar aí, vai? — perguntei. Achava que ela enlouquecera. Toda a situação, o fato de estarmos ali, era simplesmente absurdo.

Sabe o que ela respondeu?

— Claro que vou. Quero ouvir quais segredos o morto tem para me contar.

Ficou parada por alguns segundos, de frente para a água, de costas para mim, a pele pálida como alabastro. Parecia perfeita, como uma deusa esculpida em pedra.

Mergulhou graciosamente, quase sem fazer barulho.

Esperei, vasculhando a superfície da água com o feixe da lanterna. A piscina não era muito grande — talvez uns três metros de diâmetro.

Bolhas surgiram. Mas Bobbi continuava submersa.

Juro que meu coração batia tão forte que eu tinha certeza de que podia ouvir o eco reverberar pelas paredes de calcário gotejantes na pequena câmara.

Chamei seu nome.

Ela estava debaixo d'água havia muito tempo.

Tempo demais.

Tirei os sapatos, coloquei a lanterna no chão. Não sou a melhor nadadora, e aquela água escura me aterrorizava, mas era Bobbi lá embaixo. Minha Bobbi.

Então, justo quando eu estava prestes a mergulhar, ela emergiu, ofegante.

— Aponte a luz para cá — falou. — Peguei uma coisa.

E sabe o que eu pensei?

Pensei que ela tinha encontrado os ossos daquele louco morto havia tanto tempo. Que emergiria da água segurando o crânio dele nas mãos. Podia vê-lo claramente: as órbitas oculares vazando água escura como lágrimas.

Abaixei-me para pegar a lanterna e iluminei Bobbi, que boiava e segurava um pedaço de pedra na mão. Mas não parecia calcário. Essa pedra era transparente, com faixas de um mineral mais escuro entremeado.

Bobbi piscou para a pedra, virou-a na mão como se não fosse o que esperava, como se estivesse surpresa. Ela começou a dizer algo.

— O quê? — perguntei.

— Deixa pra lá — respondeu.

Nadou até a borda da piscina e saiu, ainda segurando a pedra.

— Bem, o cara morto falou com você? — indaguei.

Ela não respondeu. Só continuou olhando para a pedra como se fosse um quebra-cabeça que tentava resolver.

— É bonita, não é? — falou.

— Claro — respondi.

Então eu disse que ela deveria se apressar e se vestir. Aquele lugar me dava arrepios. Mal podia esperar para ir embora.

Mas ela estava certa. É uma pedra bonita, não acha?

Posso te contar um segredo?

Às vezes, quando olho para ela, ainda consigo vê-la naquela piscina — a Bobbi jovem, recém-formada na faculdade —, segurando essa mesma pedra, boiando. A expressão no rosto dela. A expressão de puro encanto.

Às vezes eu penso... bem, não importa.

Me faz um favor, sim?

Mova a pedra um pouco mais para perto de mim.

Gosto de mantê-la perto.

10

MOXIE ESTAVA ROSNANDO.

Abri os olhos. Ela estava aos pés da nossa cama, os pelos do dorso eriçados.

Eu havia sonhado com nossa antiga casa em Woodstock. A casa da minha mãe. Era criança de novo, caminhando pelos cômodos sombrios como um fantasma. Nada estava como me lembrava. Havia portas onde não deveriam existir, e não conseguia encontrar meu quarto. Estava procurando um lugar para me esconder. Um bom lugar onde ela não me encontraria.

— *Quem você pensa que é?* — dizia, enquanto me caçava de um cômodo para o outro.

Só que não era minha mãe. Não de verdade.

Ela flutuava em vez de andar, e sua voz era como o chiado de fogos de artifício no Dia da Independência, o zumbido de insetos.

Usava um vestido cor-de-rosa horrível, com acabamentos em dourado.

O mesmo vestido que a nova anjinha de vidro usava, pendurada na nossa sala de estar.

Mas não era nenhum anjo.

O vestido se transformara em uma carapaça brilhante e dura.

Seu abdômen estava esticado, volumoso, e tinha seis pernas que se arrastavam pelo chão e pelas paredes enquanto se moviam em minha direção.

Ela falava comigo, mas eu não conseguia mais entender as palavras.

Saíam como um zumbido grave e baixo.

Abri os olhos e olhei para o relógio: 3h03.

Sentei e respirei fundo, dizendo a mim mesma que estava segura. Era uma adulta, a salvo no meu quarto, com meu marido roncando baixinho ao meu lado.

Moxie ainda estava em alerta aos pés da nossa cama, rosnando baixo e grosso, como se dissesse: *você realmente achou que estaria segura?*

Sacudi o Mark para acordá-lo.

— Moxie está ouvindo alguma coisa.

— Deve ser um cervo lá fora — falou, virando-se. — Shh, Moxie. Boa menina.

Ele se sentou, deu um tapinha reconfortante nela, depois voltou a se deitar e colocou um travesseiro sobre a cabeça.

Moxie saltou da cama e seguiu para a porta do quarto, ainda rosnando. Andava cautelosa, como se estivesse com muito medo do que havia lá fora.

A gigantesca inseto-mulher-anja com o vestido cor-de-rosa.

Era um zumbido que eu ouvia vindo do andar de baixo? Ou seria apenas o rosnado da Moxie?

O chão, a casa inteira, parecia vibrar com o zumbido.

— Mark? — falei, sacudindo-o novamente.

— Só um cervo — murmurou. — Conhece a história do cachorro e do cervo.

Mas quando havia um cervo no quintal, Moxie latia e pulava para a janela.

Agora era diferente.

Era algo *dentro da casa*.

— Mark?

— Cachorros... melhores que seres humanos porque sabem, mas não falam — murmurou mais uma vez.

Outra citação de Emily Dickinson.

Dickinson tinha um cachorro da raça Terra-Nova chamado Carlo. Meu marido era cheio de fatos e citações de Dickinson, até mesmo dormindo. Mas será que o cachorro da poeta a acordava à noite, rosnando assim?

— Mark, não acho que seja um cervo. Ela está ouvindo algo *dentro da casa*.

Sem resposta. Apenas mais roncos suaves.

Apesar de amar meu marido, ele era inútil de noite. Mesmo quando as meninas eram bebês, era sempre eu quem acordava quando choravam, quem as trocava e as alimentava de madrugada.

Era eu quem levantava para acalmar pesadelos, medir febres, procurar monstros embaixo da cama. Sempre foi mais fácil fazer essas coisas sozinha do que acordá-lo e esperar que ficasse lúcido o suficiente para ajudar.

Levantei e segui a Moxie pelo corredor. Ela avançava pelo carpete devagar, com cautela. Esse comportamento era muito atípico dela. Era uma das cachorras mais tranquilas que eu já tinha visto. Nada reativa ou territorial. E nunca a vi com medo de nada.

Segui minha cadelinha, fazendo uma pausa para abrir a porta do quarto de Olivia. Ela emperrava, como a maioria das portas velhas da nossa casa, e soltou um rangido quando a empurrei. Minha filha mais nova dormia profundamente, cercada pelos montes de bichos de pelúcia com os quais insistia que a aconchegássemos todas as noites. A luz noturna de joaninha emitia um brilho suave.

Fechei a porta devagar e abri a próxima à direita, espiando e vendo Izzy dormir em sua cama com os fones de ouvido. Parecia tão jovem, dormindo com aquela camiseta velha e grande do Mark com estampa da Universidade de Vermont, o rosto sem maquiagem, relaxada. Vulnerável. Seu quarto estava uma bagunça: roupas e livros jogados por todos os lados, latas coloridas vazias de energético em todos os cantos. A mesa estava coberta com coisas que usava para a sua arte: engrenagens velhas, partes de bonecas, revistas recortadas e pedaços de espelho quebrado. Notei uma cópia do *I Ching* e um baralho de tarô. Quando foi que minha filha começou a se interessar por adivinhação?

Sabia que havia outros jovens que compartilhavam coisas com as mães. Que contavam sobre experimentar maconha, confessavam quem ficava com quem nas festas, as pequenas tristezas e dramas da vida adolescente. Izzy costumava ser assim comigo. Até o ano anterior, chegava em casa da escola ou de uma festa para me contar alguma bobagem que o Noah fizera, ou que a Chloe não estava mais falando com a Ella, ou que a Sasha fora pega fumando cigarro eletrônico no banheiro da escola. Nos últimos tempos, ela não andava mais com o mesmo grupo. Estava saindo com novos amigos, do clube de teatro e de cinema, da Aliança LGBTQIA+. E de repente, minha filha se tornou um livro fechado. Uma guardiã de segredos. Exatamente como eu fui na idade dela; como ainda era.

Um metro à minha frente, Moxie estava no topo da escada, rosnando tão baixo e profundo que as paredes pareciam vibrar.

— Shh, Moxie. Tá tudo bem — falei sem convicção.

Ela começou a descer as escadas, o dorso arqueado, a cabeça baixa, os dentes à mostra. Eu nunca tinha visto minha labradora tola e amável tão feroz assim.

Havia um chiado nítido vindo do andar de baixo.

E luzes piscando.

Congelei, segurando firme no corrimão, sem querer segui-la. Sem querer ver o que estava lá embaixo à minha espera.

Engoli em seco, forcei meus pés a avançarem enquanto a seguia escada abaixo até a sala de estar.

A televisão estava ligada. A tela mostrava apenas estática, e o cômodo inteiro piscava com o brilho branco.

Minha mãe estava sentada no sofá, hipnotizada ao olhar para a estática na TV, o controle remoto na mão.

— Mãe? — falei. — O que está fazendo?

Ela estava de camisola branca. Os pés descalços, pálidos, pareciam alabastro contra o piso de madeira.

Ela olhou para mim, surpresa.

— Alison?

— Sim?

— O que diabos está fazendo aqui?

Olhei ao redor da sala. Vi a árvore apagada se erguendo em um canto, a nova anja balançando levemente, observando-nos com uma curiosidade fria. Lá fora, o luar iluminava a neve recém-caída. Eu conseguia distinguir vagamente a forma do boneco de neve de pelúcia no banco, de costas para nós.

O comportamento de Moxie mudou completamente. Bocejou, nervosa, e foi para sua cama no canto, onde se enrolou firme em uma bola, os olhos fixos em nós.

— É a minha casa. — Engoli em seco e dei um passo em direção à minha mãe.

— É você mesma? — perguntou.

— Claro.

Será que era efeito do remédio? Ou seria a própria doença? O estresse e o cansaço do dia? Precisava falar com a enfermeira sobre isso pela manhã. Se essa confusão e andança noturna fossem se tornar frequentes, precisávamos estar preparados.

Minha mãe sorriu para mim.

— Fico feliz que seja você, Ali Abelhinha. Às vezes eles não são quem dizem ser. Às vezes usam máscaras diferentes.

Minha boca secou, meu coração martelou no peito.

— Quem, mãe?

— Você não se lembra? — perguntou.

Balancei a cabeça.

Minha mãe olhou para o controle remoto na mão.

— Tentei fazer uma ligação — falou, apertando os botões. — Mas não consigo completar.

Ela parecia tão pequena, tão perdida e triste. Meu coração doeu um pouco ao vê-la assim.

— Isso é o controle remoto, mãe — expliquei, com a voz baixa e calma.

Ela colocou o controle no ouvido como se fosse um telefone.

— Não consigo completar.

Soava desesperada enquanto agitava o controle e pressionava os botões com o dedo indicador.

— Para quem está tentando ligar?

— Bobbi — disse minha mãe. — Preciso falar com ela.

Ótimo. Um telefonema para os mortos. Era só o que me faltava às três da manhã.

— Preciso perguntar a ela o que fazer. Se há um jeito de parar isso.

— Parar o quê, mãe?

Ela segurava o controle remoto com força, e continuava apertando os botões.

— Não finja que não sabe, Ali. Isso não vai ajudar nenhuma de nós duas.

Fui até ela, peguei o controle de suas mãos com gentileza e apertei o botão de desligar. A tela passou da estática crepitante para o preto, e o cômodo escureceu.

— Vamos voltar para a cama, tá?

Peguei-a delicadamente pelo braço, ajudei-a a se levantar. Estava tão leve, não havia quase mais nada ali. Uma sombra de mulher.

— Onde estamos? — perguntou, olhando ao redor, o pânico aumentando.

— Na minha casa — repeti.

Guiei-a pelo chão da sala de estar, passando pela sala de jantar, em direção ao quarto de hóspedes, que ficava do outro lado da cozinha.

— Não deveríamos estar aqui — disse minha mãe.

Ela virou a cabeça com rapidez, vasculhando as sombras.

— Claro que deveríamos. Aqui é onde eu moro. Eu, o Mark e as meninas. E você está aqui com a gente. Não se lembra? O Paul te trouxe hoje de tarde.

— Não é seguro — falou, os olhos frenéticos.

Pensei na lista de medicamentos que o Paul deixara, nas instruções para lhe dar um Ativan se parecesse agitada. Isso definitivamente se qualificava. Um Ativan a caminho.

Chegamos à porta do quarto de hóspedes e eu a guiei para dentro. Ajudei-a a voltar para a cama, aconchegando-a como havia feito com Olivia havia apenas algumas horas.

— Claro que é seguro. Está segura aqui. Vamos cuidar bem de você — expliquei da forma mais calma que pude.

Era minha voz de mãe, a que eu usava para afastar pesadelos e febres.

Ela riu. Foi uma risada de folhas secas pisoteadas.

— É você quem não está segura, Alison. É você quem está em perigo.

Meu coração gelou e parou dentro da gaiola em meu peito.

Olhou para mim, agarrou minha mão com a dela, que era ossuda, parecida com uma garra.

— Sempre foi você.

11

— TUDO BEM, RATINHA? — perguntei, espiando dentro do quarto da Olivia.

Eu a chamara para o café da manhã três vezes, e ela não havia descido. Era sempre a primeira a chegar na cozinha, fazendo um pedido complicado de café da manhã: cereal com seis rodelas de banana e três morangos, torrada com açúcar e canela dos dois lados do pão.

Mas ali estava Olivia, ainda na cama, um montinho enterrado sob a colcha cor-de-rosa e branca, uma barricada de bichos de pelúcia ao redor dela.

Ela se mexeu sob as cobertas, mas não falou nada.

— Olivia? — chamei, encarando o montinho, de repente tomada por um medo totalmente irracional de que não era minha filha que estava ali. — O que tá acontecendo, Liv?

O montinho ficou imóvel.

Não é a Olivia. Não é a Olivia. Não é a Olivia.

Mandei meu cérebro calar a boca. Estava me sentindo desgastada e esgotada. Não tinha conseguido dormir direito depois de encontrar minha mãe na sala de estar. Fiquei revivendo o que ela tinha dito:

É você quem está em perigo.

Sempre foi você.

Entrei no quarto da Olivia e parei ao lado da cama. Eu conseguia ver o leve subir e descer das cobertas: a respiração da minha filha.

Mas e se não fosse ela?

Balancei a cabeça e disse a mim mesma que estava sendo boba, que meu pesadelo e as andanças noturnas da minha mãe tinham me assustado. Só o fato de ela estar na minha casa, o modo como isso fazia meu universo infantil e meu universo adulto se chocarem, tinha me deixado nervosa. O mundo estava desequilibrado. Era assustador.

Eu não era uma pessoa que se assustava com facilidade.

Devorava filmes de terror, sentia até um pequeno arrepio com os sustos, mas quase nunca me assustava de verdade. Sempre achei os filmes de terror catárticos: você entrava no cinema, enfrentava os horrores, o sangue e o *gore* na tela grande e saía sentindo uma onda de adrenalina porque confrontou seus medos e sobreviveu. Assistir e ler sobre terror fazia com que eu me sentisse corajosa de uma maneira que não me sinto na vida real. Mark detestava suspenses e terror. Preferia as grandes epopeias históricas e romances que te fazem se sentir bem. E, claro, era louco pelos filmes de Natal da Hallmark, que admitia serem melosos e estereotipados.

— Mas é isso que é reconfortante e satisfatório — explicava. — Você sabe exatamente o que vai acontecer. Sabe que o casal vai ficar junto no fim, o negócio será salvo, e vão aprender o verdadeiro significado do Natal.

Eu sempre o zoava por causa disso: as cidades com nomes festivos idiotas e neve falsa, os romances previsíveis, os biscoitos e o chocolate quente, os personagens propensos a acidentes, sempre caindo ou esbarrando uns nos outros, e uma ou outra aparição do verdadeiro Papai Noel. Ridículo.

Olivia se mexeu sob a colcha pesada e soltou um gemido baixo, como um filhotinho.

— Quem está aí? — falei.

Contei até três na minha cabeça, então prendi a respiração e puxei as cobertas, revelando minha filha mais nova enroscada, abraçando seu bicho de pelúcia favorito, o Cãozão.

Claro que era a Olivia. Expirei aliviada.

Ela tinha o Cãozão desde bebê. Ele já foi branco, mas agora era de um cinza doentio, com o pelo embaraçado e os grandes olhos de plástico marrons arranhados e sem brilho. Olivia parecia pálida e assustada em seu pijama favorito estampado com pequenas bailarinas.

Afastei alguns dos animais na cama e me sentei ao lado dela, pousando a mão em sua testa.

— Está se sentindo bem?

Alguns dos colegas de balé dela tinham faltado por causa da gripe. Era só o que faltava. Mas, graças a Deus, sua testa estava fresca.

— Tive um pesadelo — disse Olivia, apertando o Cãozão contra o peito.

Eu também, quase falei. *Eu também*.

Mas era minha responsabilidade afastar os pesadelos. Não contar os meus para ela.

Acariciei seu cabelo.

— Quer me contar, ratinha?

O queixo dela tremeu um pouco.

— Achei... achei que talvez ele tivesse me seguido. Que estava aqui, escondido embaixo da cama ou no armário, então eu não queria sair da cama. Achei que se ficasse aqui e me escondesse, ele não ia me pegar.

Todos os músculos do meu corpo se tensionaram.

Pensei na minha mãe na noite anterior. *Fico feliz que seja você. Às vezes eles não são quem dizem ser. Às vezes usam máscaras diferentes.*

Minha mãe parecia não se lembrar de nada disso naquela manhã. Quando levei o café logo cedo, ela sorriu, me cumprimentou e disse que tinha dormido muito bem. Perguntei se ela gostaria de uma TV no quarto para não precisar ir até a sala de estar, ao que respondeu que não tinha interesse em assistir à televisão.

— Mas estava com a TV ligada ontem à noite — lembrei-a.

— De jeito nenhum. Dormi aqui a noite toda.

— Você estava na sala de estar — falei. — Com a televisão ligada.

Ela balançou a cabeça e me olhou como se eu tivesse perdido a razão.

— Eu nem gosto de televisão, Alison. Isso é para pessoas com vidas vazias.

Agora, com a voz calma e nivelada, perguntei a Olivia:

— Ele quem? Do que você tem medo, Liv?

Ela franziu a testa, baixou a voz e olhou ao redor para ter certeza de que estávamos sozinhas.

— O Rei dos Ratos — sussurrou. — Sonhei que era a Clara e tinha um vestido azul muito lindo. E tinha sapatilhas de ponta, mãe, sapatilhas de ponta mesmo, como uma bailarina de verdade, e conseguia dançar nelas, bem na ponta dos pés... era como voar! — Parecia eufórica, mas então seu rosto obscureceu. A voz dela ficou mais aguda, mais agitada conforme falava. — Mas *ele* estava lá. Estava me observando das sombras, das coxias na beira do palco. Depois estava no palco, tentando me pegar. Eu continuava pulando para trás e girando, mas ele chegava mais e mais perto, dançando na minha direção.

Acariciei o cabelo dela.

— Bem, foi só um sonho, ratinha. Não tem Rei dos Ratos ou outro rato por aqui.

— Tem certeza? — Olhou ao redor, preocupada.

— Claro que tenho.

— Você pode procurar?

Me ajoelhei, olhei embaixo da cama.

— Não tem nada aqui. Fora uma ou duas bolas de poeira.

Fingi um espirro dramático (*aaa-atchim!*), o que a fez sorrir.

Abri a porta do armário, vi um mar de roupas cor-de-rosa e roxas, tudo vibrante, alegre e cheio de brilho. Nenhum Rei dos Ratos maligno ousaria se esconder ali.

— Tudo em ordem — falei para Olivia.

Fui até a janela e abri as cortinas e persianas cor-de-rosa para deixar o sol entrar, preenchendo o quarto com luz.

— A Moxie pode vir procurar também?

Cruzei os braços sobre o peito.

— Ué, não confia em mim?

— É só que...

— Só o quê?

— Ela consegue ver coisas que a gente não vê.

Lembrei da frase de Dickinson que Mark tinha murmurado ontem à noite: como os cachorros eram *melhores que seres humanos porque sabem, mas não falam.*

— Claro — falei, a voz trêmula. — Vamos chamá-la para dar uma olhada.

Fui até a porta e chamei Moxie. Ela veio correndo, o rabo balançando, achando que talvez fosse ganhar um biscoito.

— Boa menina — falei, coçando a cabeça preta e macia dela.

Ela farejou o quarto e me olhou, sem dúvida alguma decepcionada por não receber nenhum petisco. Bati na ponta da cama e

Moxie pulou, feliz com o convite. Ela se enroscou em Olivia e lambeu seu rosto, fazendo-a gargalhar.

— Viu — falei. — Ela está te dizendo que está tudo bem. Agora, acho que vocês duas deviam correr lá para baixo e tomar café. A Moxie também ainda não comeu.

— Tadinha — murmurou Olivia, fazendo carinho atrás das orelhas da cadela.

— Estamos atrasadas esta manhã. O estômago dela deve estar roncando.

— Posso comer panquecas de gengibre? — perguntou. — Com chantilly?

— Não sei se temos tempo para isso hoje — falei, olhando meu relógio. — Não quero que perca o ônibus.

Ela fez um biquinho dramático.

— Vamos fazer assim: você come cereal agora, e aí podemos fazer café da manhã para o jantar. Eu faço as panquecas de gengibre.

— E salada de frutas? E bacon?

Assenti.

— Tudo isso. — Puxei as cobertas de vez e peguei sua mão. — Vamos, ratinha, se apresse e se arrume. Vou descer e preparar uma tigela de cereal para você e fazer seu lanche.

— Posso comer o cereal com a vovó no quarto dela? — perguntou, com o rosto ainda mais animado.

Sorri.

— Tenho certeza de que ela adoraria.

Olivia franziu a testa.

— O que foi? — indaguei.

— Acho que ela estava no meu sonho também. A vovó.

— É?

— Só que não era bem ela. Não de verdade. Era alguém que não era legal.

Minha mão tremeu quando a levantei para acariciar seu cabelo.

— Bem, é assim que você sabe que foi só um pesadelo bobo. Porque sua verdadeira avó está lá embaixo te esperando, e ela é muito, muito legal, não é?

Olivia sorriu e assentiu.

Engoli em seco o nó duro na minha garganta.

OLIVIA SE ARRUMOU em tempo recorde e desceu correndo a velha escada de madeira, o corrimão antigo de bordo enfeitado com guirlandas de pinho e laços vermelhos.

Moxie estava ao lado dela, as unhas arranhando as amplas escadas e o chão da sala de estar e da sala de jantar enquanto corria até a tigela de comida no canto da cozinha. Ficava bem ao lado da porta dos fundos, que levava à pequena horta de ervas, legumes e verduras, agora coberta por uma fina camada de neve. Ao lado da horta, havia uma pereira, agora desfolhada. As peras do verão eram conservadas, congeladas e transformadas em geleias e tortas.

Olivia pegou sua tigela de cereal no balcão. Izzy estava ali com a própria tigela de cereal e a xícara de café, os fones de ouvido a postos, a música pulsando enquanto olhava o celular.

— Calma aí, apressadinha — disse, tirando os fones. — Aonde você vai?

— Vou comer com a vovó! Quer vir?

Izzy balançou a cabeça, curvada sobre a própria tigela.

— Não, tô bem aqui.

Colocou os fones de novo, a batida agora transformada em um uivo irritado.

Eu estava na cozinha, preparando o lanche da Olivia. Izzy comprava o almoço todos os dias, preferindo as saladas da cantina ao que tínhamos em casa.

Mark já fora para o trabalho. Saía todos os dias às 6h30 para chegar à escola a tempo. Às vezes, quando tinha muito material para preparar ou uma reunião cedo, saía antes das 6 horas.

Olivia correu para o quarto de hóspedes, carregando a tigela.

— Cuidado — gritei, justo quando ela tropeçou, mas se equilibrou, o leite espirrando no chão.

Ela não era uma criança muito graciosa.

Fui até lá e limpei o leite derramado.

— Bom dia, Olivia — disse minha mãe alegremente. — Como está minha bailarina favorita?

— Tive um pesadelo.

— Bem, suba aqui para me contar sobre ele. E eu vou te contar meu truque para manter os pesadelos longe.

Pensei na noite anterior, no aviso da minha mãe — *É você quem está em perigo* —, e como agora, à luz do dia, no meio da normalidade da nossa rotina matinal, aquilo parecia um pesadelo. Ainda assim, senti um nó de apreensão diante da ideia de deixar Olivia lá dentro sozinha com ela.

As duas vão ficar bem juntas, dizia para mim mesma. Nada de ruim aconteceria.

Era isso o que queríamos, não era? Uma chance para as meninas criarem laços com a avó.

Voltei para a cozinha para terminar o lanche de Olivia. Ela gostava da mesma coisa todos os dias: um sanduíche de pasta de amendoim com geleia de amora, purê de maçã, biscoitinhos e um suco de caixinha. Se eu mudasse alguma coisa, como trocar o purê de maçã por palitos de cenoura, ou geleia de uva em vez de amora, ou pasta de amendoim crocante em vez de lisa, ela não comia.

O rádio da cozinha estava sintonizado na Vermont Public Radio. Gostava de ouvir as pessoas falando ao fundo, me atualizando sobre tudo o que eu precisava saber do mundo enquanto me preparava para o dia. Eles falavam sobre o tempo, sobre uma frente fria e a possibilidade de neve durante a noite.

— É estranho — disse Izzy.

Estava sem os fones de ouvido de novo, a música pausada.

— O quê? — perguntei, olhando por cima do sanduíche de pasta de amendoim que eu estava fazendo.

Será que ela estava falando sobre o boletim meteorológico? Neve em dezembro não era nada estranho. Na verdade, havia uma camada fresca lá fora: cerca de um dedo de altura tinha caído durante a noite. Naquele início de inverno, a neve fresca sempre parecia mágica. Em março e abril, todos nós nos queixaríamos ao acordar e ver tudo coberto por ela.

Izzy olhava na direção do quarto de hóspedes.

— Ter ela aqui. É como… uma estranha. Mas está aqui na nossa casa.

— Não é uma estranha. É a sua avó — falei, mantendo a voz leve e alegre.

Izzy deu um gole no café. Começara a tomar este ano, mas colocava tanto creme e açúcar que mais parecia sorvete de café derretido.

— Ela é assustadora pra caramba — comentou.

Coloquei a faca que estava usando de lado.

— Izzy!

— Bem, é verdade.

— Não é nem um pouco verdade. — As palavras saíram defensivas demais, me lembrando de todas as vezes que estive do lado da minha mãe nas discussões com o Ben. — Sua vó tem sido incrivelmente gentil desde que chegou. Sua irmã a adora.

Ela colocou a xícara de café na mesa e me encarou com seus grandes olhos castanhos, contornados com a maquiagem preta pesada.

— É isso que é tão assustador — falou. — É como... como se estivesse se esforçando demais. Diz e faz todas as coisas certas. Mas parece... sei lá... falso. Acho que gostava mais dela quando era uma velha rabugenta que odiava crianças.

Abri a boca para argumentar, mas as palavras não vieram. Não vieram, percebi, porque uma parte de mim acreditava que Izzy tinha razão. Parecia quase como se minha mãe estivesse encenando para todos nós, e Olivia e Mark caíram na lorota. E por acaso eu também não tinha caído lá no hospital, quando ela pediu pela primeira vez para vir? Quando disse que não tinha o direito de pedir, mas que o que mais queria era uma chance de consertar as coisas entre nós antes de morrer. Por acaso não era exatamente o que uma parte de mim sempre quisera ouvir?

Será que ela estava manipulando todos nós?

Que coisa terrível de se pensar de uma senhora à beira da morte, tentando com todas as forças ser grata à família da filha por acolhê-la. Lembrei de como ela parecera deplorável na sala de estar na noite anterior, de quanta pena senti dela.

— Sei que não é fácil — disse, por fim. — Nem para a gente nem para ela. Ela está doente e em um lugar novo. Está fazendo o melhor que pode. É isso o que todos nós precisamos fazer.

Izzy balançou a cabeça e deu uma risada de desprezo e desdém.

— Tanto faz, mãe.

Ela pegou os fones de ouvido e os colocou de novo, olhando para o celular. Os polegares voaram enquanto digitava mensagens, ou usava o Snapchat, ou seja lá o que estava fazendo. Sem dúvida reclamando de mim para a Theo. Quase podia ler as palavras:

Minha mãe só fala merda.

Arranquei os fones de ouvido dela.

— O quê? — perguntou, irritada.

— Sua avó está tentando. Talvez esteja tentando demais, e dá para ver, mas pelo menos está. E eu estou tentando. Todos nós estamos. Preciso que tente também.

— Beleza — respondeu, estreitando os olhos. — E o que você gostaria que eu fizesse, mãe?

— Não sei, Iz. Só tenta fazer um esforço com tudo isso. Com a sua avó aqui. Se envolva mais.

— Me envolver mais. Entendi — disse ela com frieza, voltando a colocar os fones de ouvido.

Virei-me, terminei de arrumar o lanche da Olivia e olhei meu relógio.

— Faltam cinco minutos para o ônibus chegar — falei.

Izzy desceu do banco.

— Acredite ou não, eu sei ver as horas, mãe.

Ignorando-a, entrei no quarto de hóspedes com a Moxie nos meus calcanhares.

A cadela parou na porta, observando.

Olivia estava na cama ao lado da minha mãe, que sussurrava algo para ela.

— Olivia, está quase na hora do ônibus — falei, forçando um sorriso de *tudo está perfeitamente normal.* — Vem pegar suas coisas e colocar o casaco. Sua irmã está te esperando.

— Tá bem, mãe — disse ela, descendo da cama. Então parou, voltou e beijou minha mãe na bochecha. — Te vejo mais tarde.

— Não se eu te vir primeiro — respondeu minha mãe.

Olivia riu.

Desde quando minha mãe se tornara a rainha das respostas afiadas?

— Vamos, Liv — disse, pegando sua mão. — Vamos pegar suas coisas.

Levei Olivia para a sala e a ajudei a colocar a lancheira na mochila.

— Vamos, lesma! — chamou Izzy.

— Eu não sou uma lesma!

Olivia bateu os pés. Encarei minha filha mais velha. Chamá-la de lenta ou pedir que se apressasse só a fazia demorar mais.

— Tanto faz. Estou indo. Não quero perder o ônibus.

— Também não quero perder! — gritou Olivia, de repente em pânico.

Correu para pegar o casaco e então o largou, percebendo que o gorro ainda estava no armário.

— Ninguém vai perder o ônibus — falei, ajudando-a a vestir o casaco.

Izzy saiu pela porta da frente e começou a descer a entrada da garagem, as botas pretas deixando pegadas na neve fresca.

— Tenha um bom dia, Iz! — gritei para ela, que não respondeu. Então respondi por ela: — Obrigada! Pra você também, mãe!

Peguei o gorro de panda de Olivia e o coloquei na cabeça dela, puxando as abas sobre as orelhas.

— Ei, Liv?

— O quê?

— O que a sua avó estava te falando quando eu entrei? O que ela sussurrou para você?

Olivia sorriu.

— Não posso te contar, mãe — respondeu, colocando as luvas e pegando a mochila.

Arrepios percorreram meus braços, cada pelinho se eriçando como um soldado em posição de sentido. Meu maxilar trincou, mas me forcei a sorrir.

— Ah, é? Por que não?

— É segredo — disse ela, rindo.

Então saiu correndo porta afora atrás da irmã.

12

SE NÃO ESTIVESSE com um crachá da casa de repouso pendurado em um cordão em volta do pescoço, eu nunca teria adivinhado que a mulher que apareceu na nossa porta era a enfermeira que o Paul contratara. Teresa usava leggings desbotadas, sandálias papetes com meias grossas e uma camiseta do Grateful Dead. Os cabelos grisalhos e cacheados estavam presos em uma trança frouxa que descia até as escápulas. Carregava uma bolsa de couro surrada e usava um cristal de ametista em uma corrente de prata no pescoço.

Meu primeiro pensamento quando abri a porta e apertei sua mão foi: *Caramba, minha mãe vai te detestar.*

Moxie veio cumprimentá-la.

— Mas que belezura — disse Teresa, dando uma boa coçadinha nas orelhas da Moxie.

A cadela retribuiu lambendo a mão dela algumas vezes.

— Essa é a Moxie — falei. — Se não tomar cuidado, ela vai te cobrir de beijos caninos.

— Existem sinas bem piores — respondeu.

Ela saberia, não é? Essa mulher guiava as pessoas da terra dos vivos para o reino dos mortos.

— Entre, o quarto da minha mãe é logo ali.

Levei a pobre enfermeira desavisada até o quarto da minha mãe e me preparei para o comentário ácido que viria.

Teresa largou a bolsa no chão, caminhou até a beira da cama e pegou a mão da minha mãe.

Mordi o lábio. Essa mulher bem-intencionada definitivamente não tinha chance. Minha mãe não era uma pessoa de muito contato físico.

— Mavis, é um prazer conhecê-la — disse a enfermeira com uma voz calma e sincera. — Meu nome é Teresa, e venho da casa de repouso Kingdom Hospice. Serei sua enfermeira principal. Você verá outras, mas na maior parte do tempo serei eu. Vamos passar bastante tempo juntas. — Ela abriu um sorriso para minha mãe que pareceu aquecer todo o quarto. — E darei a você e à sua filha o número do meu celular. Estou disponível a qualquer hora, dia ou noite. Se tiver alguma dúvida, se precisar de qualquer coisa, é só me ligar. Se eu não puder ajudar, prometo que encontrarei alguém que possa.

Minha mãe sorriu e deu um tapinha na mão da enfermeira.

— Santa Teresa — falou. — Gostei da sua blusa.

Soltei o ar que nem percebi que estava segurando.

— Obrigada — disse Teresa.

— Eu adorava Grateful Dead — comentou.

Olhei para ela, semicerrando os olhos como se tentasse focá-la melhor, e reconhecer quem era aquela pessoa no leito hospitalar alugado.

— Como assim? Gostava? — Não consegui esconder o choque.

Minha mãe assentiu e sorriu.

— Ah, sim. Bobbi e eu íamos aos shows deles.

Soltei uma gargalhada.

— Mentira!

Não conseguia imaginar a cena de jeito nenhum: minha mãe dançando desengonçada com os Deadheads ao som de *Fire on the Mountain* em uma nuvem de fumaça de maconha.

— É verdade, querida — afirmou ela.

Agora eu tinha *certeza* de que a doença e os medicamentos a estavam afetando. Ela nunca me chamara de *querida* em toda a vida. Olhei dela para Teresa, suspeitando que minha mãe estava atuando na frente da enfermeira. Interpretava o papel de uma mãe afetuosa e atenciosa, morrendo de maneira pacífica e cheia de gratidão, cercada de amor na casa da filha.

— Na verdade, na faculdade, nós os seguíamos por toda a Nova Inglaterra, pela Costa Leste inteira de cima a baixo. Bobbi era uma fãzona — continuou minha mãe. — E não era só pela música, era toda a experiência. Era uma cena e tanto os acampamentos que se formavam ao redor das arenas... um mar de camisetas tie-dye, tapeçarias, cobertores e barracas em estacionamentos e parques. Nós vendíamos joias nos shows.

Como eu nunca ouvira falar dessa história antes?

— Sério? — perguntei.

Claro, eu sabia que minha mãe tinha se formado em Vassar em 1972 e devia ter vivido a onda hippie, mas nunca imaginei que tivesse participado dessa maneira. Sabia que ela era fã de rock clássico, que às vezes cantarolava junto com as músicas antigas no rádio. Mas de alguma forma, eu perdera esse capítulo inteiro da vida dela.

Ela assentiu.

— Cristais e contas enroladas em arame. Nós acampávamos no banco de trás da antiga perua Ford da Bobbi, e ganhávamos dinheiro suficiente para um pouco de comida e gasolina para ir ao próximo show.

Balancei a cabeça, ainda sem conseguir imaginar nada daquilo. O que mais eu não sabia sobre a minha mãe e vida dela antes de mim?

Teresa sorriu.

— É bem possível que nossos caminhos tenham se cruzado naquela época. Também fui a vários shows.

— Talvez eu tenha vendido um colar de cristal para você — disse minha mãe.

— É provável — concordou Teresa com um sorriso enquanto tocava o próprio colar.

— Essa ametista é linda. — Minha mãe se virou e olhou para o quartzo na mesa de cabeceira. — Faz anos que não ouço Grateful Dead — continuou, saudosamente.

— Eu poderia colocar algumas músicas deles mais tarde, se você quiser — sugeri.

Minha mãe sorriu.

— *Box of Rain*. Essa sempre foi uma das minhas favoritas.

— Minha também — comentou Teresa. Ela abriu a bolsa e tirou alguns papéis. — Certo, hoje vamos resolver as coisas menos divertidas antes que a música e a dança comecem. Vamos preencher os documentos de admissão, depois vamos revisar todos os seus medicamentos e falar sobre o plano.

— O plano — começou minha mãe, sorrindo de forma sombria — é que eu morra no final.

Minha respiração falhou. Não é que eu não soubesse e aceitasse a verdade: ela ia morrer, e seria logo. Mas não parecia justo. Eu queria mais tempo. Para consertar as coisas, como minha mãe prometera. Para tentarmos nos conhecer novamente. Ouvir a anedota sobre os shows do Grateful Dead me fez perceber o quanto ansiava em descobrir todas as coisas que não sabia sobre ela.

A verdade era que eu queria mais histórias boas, lembranças boas para ajudar a afastar as ruins. Depois que minha mãe se fosse, queria poder lembrar dela como alguém que dançou ao som de Grateful Dead e vendeu colares de cristal em shows, como uma artista incrível que me ensinou a pintar e desenhar, deixando para trás seu próprio legado: um amor pela arte transmitido para mim e, depois, para minha própria filha.

Teresa assentiu e pegou a mão da minha mãe de novo. Para a minha surpresa, minha mãe a agarrou de volta e a apertou.

— Esse é o plano para todos nós um dia, não é? — disse a enfermeira. — Mas estamos aqui para ajudá-la nessa jornada da maneira que desejar, cercada pelos seus entes queridos e estando o mais confortável possível. Vamos garantir que tenha tudo o que precisa.

— Parece que estamos planejando um cruzeiro — comentou minha mãe.

Houve um pequeno vislumbre da mãe que eu conhecia, com comentário sarcástico e tudo. Tive que sorrir, até gargalhar. E ela riu comigo.

Terminamos a papelada e organizamos os medicamentos. Teresa preparou uma tabela, ainda mais detalhada do que a que Paul deixara, para me ajudar a controlá-los. Prescreveram morfina de ação prolongada a cada doze horas para a minha mãe, mas ela poderia receber uma dose extra de ação rápida a cada quatro horas, se necessário. Havia doses mínimas e máximas a serem seguidas, baseadas no nível de dor. Revisamos uma tabela de dor ridícula, com uma carinha verde sorridente em uma extremidade (para 0 dor/sem dor) e um rosto vermelho franzido com lágrimas (10) na outra. Também havia Ativan disponível para ansiedade. Teresa disse que era um medicamento comum, afinal a ansiedade era uma parte perfeitamente natural do processo de fim de vida. Depois tinham os comprimidos para os efeitos colaterais dos outros medicamentos — laxantes, remédios para náusea —, cada um com as próprias instruções de quando e quanto dar, e o que fazer se não funcionassem.

Minha mãe parecia exausta e bastante desconfortável ao final da visita. Teresa pediu que ela classificasse sua dor de 0 a 10.

— Vocês duas precisam praticar — disse a enfermeira, e lhe deu uma dose de morfina de ação rápida quando minha mãe respondeu que sentia um 7.

Logo em seguida, minha mãe adormeceu.

— É certo dar tanta morfina para ela? — perguntei enquanto acompanhava Teresa até a porta.

— Nosso trabalho é mantê-la sem dor tanto quanto for possível. Devemos se preocupar com o vício em opioides em uma paciente nas últimas semanas de vida? Não. Se ela estiver com dor, dê a dose conforme o necessário. Só faça um relatório. Dependendo da quantidade que ela precisar da de ação rápida, poderemos aumentar a de ação prolongada. Mas nunca dê mais do que a quantidade máxima listada no frasco, a menos que fale comigo antes. Morfina demais pode diminuir a respiração dela, e até parar o coração.

Assenti.

— Minha mãe estava andando pela casa às três da madrugada ontem. Parecia... fora de si. Não lembrava onde estava ou como tinha chegado aqui. Acha que isso pode ser o medicamento?

Teresa franziu a testa.

— Pode ser. Ou pode ser a doença. Provavelmente uma combinação dos dois. Mas andar por aí nessa condição é perigoso, ainda mais em um espaço desconhecido. Ela está muito frágil e instável. A última coisa que queremos é que caia e quebre o quadril. Queremos que ela passe os últimos dias aqui, com a família, em vez de sentindo dor em um hospital. — A enfermeira parou, refletindo. — É melhor colocar as grades nas laterais da cama à noite. E vamos aumentar o Ativan antes de dormir. Dê a ela dois comprimidos hoje à noite em vez de um e veja se ajuda. Se vocês duas estiverem acordadas, dê mais morfina e Ativan se for depois da uma da manhã.

— Tudo bem.

— Você tem algum monitor de bebê antigo, por acaso?

— Hum... talvez no porão. Posso dar uma olhada.

— Pode ser útil. Poderia colocá-lo no quarto dela, e se ela se levantar, você vai ouvi-la. Além disso, se ela acordar e precisar de algo, tudo o que precisa fazer é chamar por você.

Assenti outra vez.

— Se eu não encontrar o antigo, vou comprar um novo.

— Há alarmes de cama que poderíamos conseguir também, mas acho que não queremos ser radicais. Ainda não. Não queremos agitá-la ou assustá-la.

— Não — falei. — É claro que não.

— Só precisamos fazer tudo o que pudermos para mantê-la segura.

Assenti, pensando novamente na noite anterior.

É você quem não está segura, Alison. É você quem está em perigo.

TERESA JÁ TINHA IDO EMBORA, minha mãe estava apagada por causa dos remédios, e eu vagava pela casa como um fantasma. Me sentia agitada, inquieta. Moxie me seguia, parecendo nervosa, absorvendo minha energia.

Peguei meu celular e liguei para a Penny.

— Como estão as coisas? — perguntou ela.

— Melhor do que eu esperava, mas...

— O quê?

— Minha mãe meio que me assustou ontem à noite.

— Ah, é?

— Ela estava andando pela casa e parecia... confusa. Me disse que eu estava em perigo.

— É, eu também me assustaria. Acha que isso de andar à noite vai acontecer sempre?

— Espero que não. Vamos aumentar a medicação dela e ver se ajuda. Durante o dia ela parece bem. Melhor que bem, na verdade. É engraçada e encantadora. Mark e Olivia a adoram.

Penny podia ouvir a hesitação na minha voz.

— Mas...?

— É só que não consigo me livrar da preocupação. E toda vez que deixo a Olivia sozinha com ela, fico esperando que algo terrível aconteça. Que ela faça ou diga algo assustador.

— E ela já fez?

— Não. Na verdade, é muito doce com a Liv.

— Ali, isso tudo é muito difícil. Vai ser um grande ajuste. Pegue leve consigo mesma, tá? Tente não deixar esse ciclo de preocupações sair do controle.

Eu ri.

— Vou tentar.

— Foque no presente. Lembre-se de respirar. De tirar um tempo para si mesma. E confie que as coisas vão ficar bem. Vocês todos vão encontrar um jeito de superar essa situação.

Agradeci a Penny e desliguei, decidindo focar minha energia nos afazeres domésticos.

Lavei a louça do café da manhã.

Juntei a roupa suja dos cestos e botei para lavar na máquina. Varri a lavanderia que ficava ao lado da cozinha e que antes era a despensa. Mantivemos a pia original de porcelana e algumas das prateleiras. Guardávamos todos os nossos produtos de limpeza ali, e na parede direita, itens extras de despensa como os potes de vidro de peras da árvore no quintal que Mark e eu conservávamos a cada verão, algumas garrafas de vinho, conservas extras e suprimentos que usávamos quando a energia acabava: água engarrafada, velas, lanternas, um rádio, pilhas extras e um pequeno fogareiro de acampamento. Sempre me confortava saber que essas coisas estavam ali, que estávamos preparados.

Mark mandou uma mensagem ao meio-dia para saber como estavam as coisas, e respondi dizendo que estava tudo bem e que Teresa, a enfermeira, tinha feito sucesso com a minha mãe. E pelo jeito minha mãe é uma fã secreta do Grateful Dead, escrevi.

Ele me enviou uma série de emojis morrendo de rir.

Desci ao porão, encontrei uma caixa de coisas antigas de bebê, coisas que pretendia organizar havia anos, e tirei os monitores que usávamos com a Olivia. Estavam enterrados sob o cobertor de bebê dela, o pequeno chapéu que usara ao voltar do hospital, um chocalho macio em forma de elefante e algumas roupinhas pequenas das quais eu não conseguira me desfazer.

Ver tudo aquilo me atingiu com uma pontada de nostalgia, uma sensação de que o tempo estava passando rápido demais — quando foi que a bebezinha que usara aquele macacão cor-de-rosa fizera 6 anos? Levei as roupas e o cobertor até o rosto, esperando sentir o cheiro de bebê dela, mas tudo que senti foi o odor de mofo do porão.

Mark e eu não planejáramos ter uma segunda criança. Izzy seria nossa única filha. Era algo que tínhamos discutido, algo com o qual ambos estávamos confortáveis. A verdade é que eu ficara tão estressada durante minha primeira gravidez e a infância de Isabelle, que não tinha certeza se conseguiria passar por aquilo de novo. Ela fora um bebê difícil. Teve cólicas, era irritadiça e só parecia se acalmar quando estava em movimento. A garota não gostava de ficar parada. Mark e eu a carregávamos presa ao nosso peito e dançávamos e a balançávamos até que dormisse. Além disso, Mark acreditava que ter um único filho era a coisa certa a fazer, eticamente, em um mundo superpopuloso.

Eu tinha 37 anos quando engravidei da Olivia. Izzy estava no quinto ano. Eu estava tomando pílula. Não deveria engravidar, e era a última coisa que Mark ou eu esperávamos. Lembro de mostrar a ele o teste de farmácia que fiz. Nós dois olhávamos incrédulos para o sinal de positivo. Chorei enquanto ele me abraçava, prometendo que tudo ficaria bem.

— Nós vamos conseguir fazer isso — dissera. — Podemos ter esse bebê. Mas se não quiser...

Desde o momento em que vi aquele sinal de positivo, nunca houve dúvida em minha mente. Sabia que queria aquela criança. Estava assustada, sim. Sentia que era velha demais, que isso poderia me testar de todas as maneiras possíveis. Mas eu a queria. Eu a queria desesperadamente. Disse tudo isso para o meu marido, e perguntei se ele tinha certeza de que era o que queria também. Mark concordou sem hesitar, nós dois chorávamos enquanto ele me beijava, beijava meu rosto, minha barriga, e começava a falar com o bebê, que tinha o tamanho de uma semente de gergelim à época. Ele saiu para comprar picles e sorvete para comemorar (uma combinação bem nojenta) e ficamos acordados a noite toda depois de colocar Izzy na cama, conversando sobre como seria essa nova criança que entrara em nossas vidas.

— Nosso pequeno acidente — falava brincando.

— Não existem acidentes — corrigia ele. — Não de verdade. Tudo acontece por uma razão.

Então minhas preocupações começaram.

— Mas tenho 37 anos. Existem riscos. E se algo der errado? E se não pudermos arcar com os custos? E se eu...

— É um voto de confiança — respondeu, me envolvendo em seus braços, me beijando. — Um voto de confiança que daremos juntos, lado a lado, como sempre. Para sempre e todo o sempre.

LEVEI OS monitores para a cozinha e coloquei pilhas novas. Pareciam funcionar bem.

Entrei no quarto da Olivia, arrumei a cama e empilhei todos os bichos de pelúcia que estavam no chão. Peguei um livro e alguns brinquedos para montar uma sessão de brincadeiras com eles: o Cãozão lia um livro sobre labradores; Samuel, o gambá, jogava baralho com Hedgie, o ouriço; Trixie, a coelha, estava pendurada de cabeça para baixo na cabeceira da cama. Sempre fazia travessuras. Olivia adorava ver o que sua bicharada tinha aprontado enquanto estava na escola.

Depois, fui para o quarto da Izzy, pisando com cuidado, como se pudesse haver uma armadilha para ursos ou um fio de disparo esperando por mim. Talvez uma câmera escondida, pronta para capturar provas de que eu invadira, bisbilhotara, procurara por... o quê? Drogas? Uma pilha inexplicável de dinheiro? Alguma coisinha que pudesse me dar um vislumbre do mundo da minha filha mais velha e de quais segredos ela poderia estar escondendo?

Parecia errado violar a privacidade dela assim.

Congelei e dei um passo para trás, dizendo a mim mesma que não era a coisa certa a fazer. Mark não aprovaria. Sempre defendeu que todos na nossa família respeitassem o espaço pessoal um do outro.

— Adolescentes precisam de autonomia — dizia sempre. — Precisamos dar à Izzy permissão para tomar suas próprias decisões, cometer seus próprios erros.

Ela, que tendia a se rebelar contra qualquer coisa que considerasse normal e convencional, às vezes até se rebelando apenas por se rebelar, era uma aluna nota 10. Uma daquelas crianças que se destacava em tudo a que se dedicava. E ela se dedicou a uma variedade de coisas ao longo dos anos: balé, hóquei sobre a grama, ginástica, clube de xadrez, clube de teatro e, hoje em dia, o clube de cinema da escola e seus projetos de arte.

— É excepcionalmente talentosa — dissera a professora de artes, a Sra. Paresky, na nossa última reunião de pais e professores, enquanto nos mostrava uma série de colagens e pequenas esculturas que minha filha fizera com lixo coletado do rio atrás da escola.

Escondido em cada escultura havia um monstro com olhos vermelhos acesos de LED. De acordo com Izzy, era um símbolo que representava a praga da poluição.

Uma das colagens de lixo estava pendurada na parede em cima da cama: uma roda de bicicleta velha transformada em uma estranha mandala, os raios entrelaçados com fitas, embalagens de barras de chocolate, corda e cabelo. Espiando por trás dos raios estava um rosto escuro com olhos vermelhos brilhantes: o monstro das coisas abandonadas e descartadas. A habilidade dela de dar vida ao lixo, de fazer com que parecesse uma criatura sinistra me observando na parede, me assustava.

Virei-me para longe do monstro da roda e observei o resto do quarto de Izzy, que estava no seu estado habitual de bagunça. Havia roupas espalhadas pelo chão, e era impossível dizer o que estava sujo e o que estava limpo. A mesa estava atulhada com o computador, livros, desenhos, uma estranha variedade de objetos que usava para as colagens e peças de montagem: revistas e jornais recortados, partes de relógios quebrados, penas de gaio-azul, porcas e parafusos. Havia um ferro de solda e uma pistola de cola quente. O *I Ching* e o baralho de tarô que eu notara na noite anterior.

Avancei, estudando a mesa de cabeceira: uma xícara de café, uma lata vazia de energético, carregadores para o celular e para os fones de ouvido. Abri a gaveta. Mais carregadores, canetas, um brinco solitário, um alfinete, creme para as mãos, a ponta de um lápis de olho preto velho e algumas pilhas AA. Nada chocante ou nefasto. Nada de maconha, cigarros eletrônicos ou pílulas estranhas. Fechei a gaveta e fiquei muito quieta, ouvindo.

Havia um zumbido fraco.

Pensei na noite anterior. No meu sonho. Em minha mãe me perseguindo, aquela perversa anja-inseto. Tinha certeza de que podia senti-la atrás de mim, me observando, tentando me alcançar com pequenas antenas trêmulas, as asas grotescas estendidas.

Engoli em seco. Minha boca tinha gosto de metal. Dei meia-volta.

Nada.

É claro que não.

Minha mãe — minha verdadeira mãe, não a versão pesadelo de anja-inseto — estava dormindo lá embaixo. E as meninas estavam na escola. Mark estava no trabalho. Moxie estava enrolada em sua caminha na sala de estar.

Era só o primeiro dia inteiro da minha mãe aqui, e eu já estava perdendo a cabeça.

Nada bom. Nada bom mesmo.

Precisava me controlar. Talvez tirar um cochilo para clarear a mente. Pensei no conselho da Penny e respirei fundo.

Fiquei parada de novo, ouvindo.

Havia algo ali, no silêncio; algo que não pertencia àquele quarto. Não era o sibilar e o bater dos aquecedores antigos, ou o clicar e o zumbir da geladeira lá embaixo. Nem os rangidos comuns de uma casa antiga.

Era um zumbido baixinho. Toques muito leves, como dedos contra o vidro.

Tum, tum, tum.

Vinha de trás das pesadas cortinas blecaute penduradas na janela de Izzy. A garota não gostava de sol.

Avancei com as pernas bambas.

Meus dedos tocaram a superfície das cortinas escuras. Agarrei uma ponta.

Não quero ver, não quero ver, não quero ver, gritava uma voz no fundo da minha cabeça.

Lá estava de novo, mais alto dessa vez.

Zumbindo. Um suave *tum, tum, tum.*

Algo do lado de fora, batendo no vidro, querendo entrar.

Com o corpo rígido, puxei a cortina. A luz do sol de inverno me cegou por um segundo, me fazendo semicerrar os olhos quase completamente. Então eu vi.

Havia uma grande mosca preta batendo de forma desesperada contra o vidro duplo da janela.

Não.

Não era só uma única mosca.

Olhei para baixo e vi que, abaixo daquela, havia dezenas delas. Moscas gordas e pesadas, todas aglomeradas no canto inferior, zumbindo, batendo contra a janela, tentando sair. Formavam uma massa grotesca que parecia se mover como uma só, no formato vago de uma mão humana, pressionando-se contra o vidro, batendo e tateando.

Com uma careta, destranquei a janela e a abri, o ar frio invadindo o quarto. As moscas se reajustaram, rastejando umas sobre as outras, os dedos da mão se estendendo. Peguei um catálogo de equipamentos de vídeo na mesa de Izzy e o usei para expulsar as horríveis intrusas. Empurrei-as com o catálogo, as agrupei, bati nelas quando estavam no ar. Eram lentas, quase letárgicas, voando para fora de maneira embriagada assim que foram forçadas a sair. Algumas delas permaneceram no quarto, zumbindo ao redor, batendo nas paredes e no teto. Bati nas que não consegui forçar pela janela, seus corpos não tão pequenos fazendo uma bagunça nojenta no catálogo enrolado. Quando tive certeza de que tinha expulsado todas, fechei a janela com força e a tranquei. Então tentei recuperar o fôlego.

Limpei as entranhas das moscas das paredes e joguei fora o catálogo. Procurei por comida no quarto de Izzy, algum motivo para estarem ali: um caroço de maçã apodrecido, um prato com migalhas. Não havia nada além da xícara de café e de algumas latas vazias de energético. Peguei a xícara e as latas e saí do quarto, sentindo minha pele arrepiar. Meus olhos vasculhavam as sombras atrás de movimento, meus ouvidos atentos ao zumbido e ao som de qualquer pequeno intruso que eu pudesse ter deixado passar.

13

— ESTAVA TE ESPERANDO — disse minha mãe.

Ela dormira por quase três horas.

Estava apoiada nos travesseiros, o cabelo bagunçado, a pele de um amarelo pálido e doentio contrastando com as fronhas brancas. As olheiras pareciam cavidades embaixo dos olhos. Estava se afundando em si mesma, ficando mais esquelética a cada hora.

— Não sabia onde você estava — falou, soando tão angustiada quanto uma garotinha que se perdeu no supermercado, separada da mãe. — Acordei e tinha grades na cama. Não consegui tirá-las.

Estendeu a mão para os trilhos laterais e os sacudiu.

— Desculpa. Não são grades, são proteções para que não caia da cama. Devia ter me chamado. Eu estava na cozinha, teria ouvido. Estava fazendo sopa de frango com macarrão — acrescentei com um sorriso. — Paul me contou que é uma das suas favoritas.

Entrei no quarto, carregando o monitor de bebê, o alto-falante Bluetooth e meu iPad.

— O que é tudo isso? — perguntou minha mãe, franzindo a testa.

— O monitor é para eu poder ouvi-la se me chamar, não importa onde eu esteja. Ou se estiver no meu estúdio.

Mostrei a ela o pequeno receptor a pilha que carregaria comigo.

— Então não vou mais acordar me perguntando onde você está? Ou se alguém vai aparecer? — Ela me encarou acusatoriamente. — Me sentindo como uma prisioneira.

Eu me senti péssima.

— Desculpa. Com o monitor instalado, tudo o que precisa fazer é chamar e estarei aqui — prometi. — Vou poder te ouvir de qualquer lugar da casa.

— E o que é isso? — perguntou, olhando desconfiada para o alto-falante Bluetooth que eu estava instalando.

— Uma surpresinha. — Coloquei uma playlist no meu iPad. — Espera só. Você vai gostar.

Box of Rain começou a tocar. Sorri para a minha mãe.

— Que diabos é isso? — sibilou ela, os olhos frios e prateados semicerrados como os de uma cobra.

— A música que pediu — gaguejei. — The Grateful Dead. Lembra quando disse que...

— Desliga isso! — ordenou. — Agora!

— Mas você...

— Eu não escuto esse tipo de música! Isso é só barulho. Uma barulheira insuportável.

Cuspe voava de sua boca enquanto falava. Ela se levantou bruscamente, agarrando a barra de segurança na lateral da cama, sacudindo-a, tentando empurrá-la para baixo como se fosse fugir ou vir para cima de mim.

O que acontecera com a mãe nostálgica de Deadhead daquela manhã? Aquela que me chamara de *querida*?

Seria a medicação? A dor?

Será que esquecera que pediu para ouvir a música?

Desliguei o som.

— Tudo bem — falei, fazendo o possível para manter a voz calma e alegre. — Desculpa. Pensei que...

— Você não pensou. Nunca pensa.

As palavras dela eram como ganchos que me puxavam de volta para a minha infância, para a maneira como era cruel depois de algumas bebidas.

Ela está doente, falei para mim mesma. *Acordou sozinha e ficou com medo.*

Respirei fundo, determinada a virar o jogo.

— Prefere ouvir outra coisa?

Ela sorriu para mim. Mas era um sorriso distorcido, maníaco. Um sorriso que eu reconhecia de quando era pequena. Um sorriso rígido, repuxando todos os músculos do rosto dela, mostrando os dentinhos amarelos.

As cicatrizes nas minhas costas doeram.

Eu queria correr. Dar o fora dali.

— Um passarinho com a asa quebrada no fundo de um poço — sussurrou.

Meu coração batia forte no peito.

— O quê?

— Um grito patético que ninguém consegue ouvir.

Minha boca ficou seca. Comecei a recuar.

— Eu... vou dar uma olhada na... sopa — gaguejei.

— *Iii-iii-iii* — guinchou. — Pobre passarinho azul, morrendo sozinho lá embaixo.

— Vou voltar com uma tigela de sopa e alguns biscoitos — falei, forçando as palavras enquanto lutava para não sair correndo e gritando do quarto.

Minha mãe sorriu.

— *Iii-iii-iii* — cantou. — Você lembra, não é, Alison?

Saí do quarto, balançando a cabeça. *Não, não, não!*

Corri para a cozinha, apoiei as costas na parede e me obriguei a respirar fundo. Minhas pernas estavam fracas e trêmulas. Escorreguei até ficar agachada, toda encolhida como uma garotinha, escondida no canto da cozinha. Lágrimas arderam nos meus olhos.

Moxie veio me ver, cutucando meu rosto com o focinho.

— Estou bem, menina — disse a ela.

Mas eu não estava bem. Não de verdade.

Era impossível.

Não havia como a minha mãe saber sobre o passarinho no poço. Ninguém sabia. Ninguém jamais soube. Nem Ben. Nem mesmo Mark ou Penny. Ninguém. Nunca.

Fechei os olhos e vi, ouvi: o passarinho azul machucado no fundo do poço, os gritos ecoando através do tempo e do espaço e voltando para me encontrar.

ACONTECEU CERCA de um ano depois da morte do meu pai. O suicídio dele me deixou arrasada e com raiva o tempo todo. Eu não queria encarar o luto ou tentar entender as coisas. Tinha 8 anos e meu mundo virara de cabeça para baixo. Eu queria machucar tudo ao meu redor.

Além da raiva constante, eu me sentia sozinha de um jeito que nunca me sentira antes. O alcoolismo da minha mãe piorou sem meu pai para interferir, para mantê-la sob controle. Ela começou a beber durante o dia, e quando eu chegava da escola à tarde, nunca sabia quem ia encontrar. Uma mãe carinhosa que tinha assado biscoitos e queria ir à cidade para visitarmos a livraria ou comprarmos novos materiais de arte, ou uma mãe bêbada, zangada como uma vespa, procurando alguém em quem descontar a raiva.

Eu sempre chegava em casa exausta da escola: era cansativo, tanto mental quanto fisicamente, fingir o dia todo, fazer de conta que era uma menina boa e feliz, uma aluna nota 10 cuja mãe não bebia, cujo pai não se matara, cujas costas não estavam cobertas de cicatrizes.

Ben também mudara. Ele estava menos presente e não tinha muito tempo para a irmã caçula. Tinha treino de futebol ou basquete todos os dias depois da escola e só voltava para casa na hora do jantar. Às vezes, nem isso, preferindo comer na casa de um amigo e jogar videogame, talvez até dormir lá. Quando estava em casa, se trancava no quarto depois do jantar para fazer a lição e jogar, e não abria a porta quando eu batia e chamava por ele.

Mas eu não tinha esportes ou amigos para me prender depois da escola, então nos dias em que minha mãe me recebia no hall de entrada cheirando a gim, dizendo: *acho que não estou me sentindo muito bem hoje*, eu entendia como um aviso para sair e ficar fora. Ia sempre para o bosque, não importava o clima.

Deixava minha mochila, colocava botas resistentes e pegava a espingarda de chumbinho do Ben.

Ela ficava guardada no fundo do armário do hall, junto com a velha jaqueta de lã vermelha e preta do meu pai — uma das poucas peças que minha mãe não jogara em sacos e levara para o Exército da Salvação. Eu colocava a enorme jaqueta na qual me perdia, pegava a espingarda e saía sorrateiramente pela porta dos fundos na cozinha, atravessando o quintal. Nossa casa, grande, colonial, com dois andares e pintada de cinza ardósia, parecia uma prisão da qual eu fugia. Mesmo com as luzes acesas, a casa sempre parecia escura e fria, como se fosse feita de pedra úmida e não de madeira centenária. As cortinas estavam sempre fechadas e as janelas nunca eram abertas. A casa era abafada e sufocante. Era como estar em um túmulo.

O estúdio da minha mãe ficava nos fundos da casa, onde antes era a antiga varanda fechada. A gente chegava lá por uma porta no fundo da sala de jantar. A porta dos fundos da cozinha dava para o pátio — era por ali que eu saía furtivamente carregando a espingarda. Fechava a porta devagar e corria pelo pátio, depois pelo gramado e em direção ao bosque que ficava no fim do terreno.

Nunca me permitia olhar para trás ao me afastar. Chamar a atenção da minha mãe enquanto escapava dava azar. Mantinha os olhos nas árvores e as mãos firmes na espingarda ao andar, sentindo tanto ela quanto a casa me observarem.

O bosque se estendia por quilômetros. Havia antigas estradas de madeireiros onde as pessoas andavam de moto e quadriciclo no verão, e de moto de neve no inverno, mas eu as evitava. Fazia meu próprio caminho pela floresta densa, explorando.

Caminhava por horas, atirando em qualquer coisa que se movesse. Ou que não se movesse. Atirava em placas de PROIBIDO ULTRAPASSAR. Garrafas de cerveja velhas. Mirava em esquilos, outros roedores e pássaros, embora nunca tenha acertado nenhum. Minha mira era péssima.

Cerca de um quilômetro atrás da nossa casa, fora de uma trilha havia muito esquecida, descobri o buraco de porão abandonado, onde antes já houvera uma casa. Nunca contei para a minha mãe ou para o meu irmão sobre ele. Nunca os levei lá. Era o meu segredo, um lugar só meu.

A fundação de pedra em ruínas estava tomada por brotos de árvores e coberta por décadas de folhas caídas. Encontrei coisas dentro e ao redor do que restava da velha casa: um pote enferrujado, uma garrafa de vidro antiga, uma colher de prata e um botão de metal. Imaginava a família que poderia ter vivido ali e, na minha cabeça, eram uma versão espelhada da nossa família: mãe, pai, filho e filha. Dizia a mim mesma que foram felizes. Que tiveram uma boa vida. Que ficaram juntos e se amaram muito. Então, quando a injustiça da felicidade de faz de conta deles parecia demais para suportar, eu inventava coisas terríveis que lhes aconteceram: uma gripe, um incêndio, um homicídio seguido de suicídio. Tirava o final feliz e tornava tudo macabro. Depois, ficava literalmente sobre as ruínas de suas vidas, me sentindo muito satisfeita comigo mesma.

Atrás do buraco do porão havia um velho poço, um círculo de pedra que descia cerca de doze metros. Estava seco, sem água no fundo, apenas um tapete de folhas podres. Eu jogava bolotas e pedrinhas só para vê-las despencarem até o fundo sem fazer barulho. Fazia pequenas figuras com galhos, formando braços e pernas, pequenos corpos amarrados com capim. Alinhava-os na borda e os empurrava para vê-los caírem.

Às vezes, eu conversava com o poço, gritava lá dentro, minhas próprias palavras ecoando de volta para mim. Conversava principalmente com meu pai, berrando com ele.

— POR QUE, POR QUE, POR QUÊ? COMO PÔDE NOS DEIXAR?

Gritava e chorava, lembrando de como seus braços ao meu redor pareciam sólidos e seguros, dos enormes quadros que ele pintava, vendo universos inteiros neles, de como me chamava de tesouro.

— EU TE ODEIO! — berrava, como se ele agora morasse ali, um sapo mágico vivendo no fundo do poço.

Então eu enxugava as lágrimas com a manga da jaqueta áspera de lã, pegava a espingarda e voltava a atirar.

Nunca achei que fosse acertar nada.

Mas sonhava em conseguir.

Queria acertar uma criatura selvagem. Fazê-la sofrer.

Sentia algo doentio e venenoso dentro de mim, e achava que se machucasse alguma coisa, talvez minha própria dor diminuísse. Que de alguma forma isso poderia melhorar as coisas.

Mas quando acertei o passarinho azul e o vi cair da árvore, pulando desesperadamente para tentar voar, a asa gravemente ferida, não senti alívio nem catarse. Senti como se tivesse me tornado um monstro.

Fiquei parada sobre ele, vendo-o bater as asas e pular em círculos, guinchando.

Meu coração batia descontrolado no peito, também como um pássaro frenético. Minhas mãos na espingarda estavam escorregadias de suor e doíam de tanto apertá-la.

Tentei matar o passarinho. Acabar com o sofrimento daquela pobre criatura que guinchava. Encontrei uma pedra grande, segurei-a sobre o pássaro, mas não consegui soltá-la.

— *Iii-iii-iii* — guinchava o pássaro, frenético, batendo as asas em círculos.

Mas eu não era uma assassina. Apenas uma mutiladora de criaturas inocentes.

Tirei o casaco do meu pai, depois o moletom, que usei para envolver o pássaro agitado. Achei que deveria correr para casa, tentar encontrar um veterinário ou um centro de resgate de pássaros. Ligar para algum adulto que pudesse me ajudar.

Mas não foi isso que eu fiz.

Porque se o levasse para casa, teria que contar a todos o que fiz.

Teria que mostrar quem eu realmente era.

Admitir que minha mãe estava certa afinal: eu era uma criança que não valia a pena amar. Era terrível, pior que inútil, com algo obscuro e venenoso dentro de mim. Talvez ela realmente devesse ter me afogado quando nasci.

Levei o pássaro enrolado no moletom até o poço.

Segurei-o ali por um segundo, sobre a abertura que parecia uma grande boca escura.

Senti o passarinho se debater desesperadamente nas minhas mãos, o coraçãozinho acelerado.

Deixei-o cair.

Eu o vi cair.

Virei-me e corri para longe, achando que talvez pudesse esquecer. Não ouvir os gritos lamentáveis e desesperados. Mas as paredes arredondadas do poço só amplificaram o som.

— *Iii-iii-iii* — gritava o passarinho enquanto eu corria pelo bosque, para longe daquele velho poço, tropeçando em raízes, os galhos arranhando meu rosto.

Iii-iii-iii.

Foi a coisa mais terrível que eu já fizera.

Até hoje, tantos anos depois, me vejo de volta naquele poço em meus pesadelos, ouvindo o pássaro guinchar.

Sabia que ele já não existia mais, que seus ossos viraram pó, mas ainda podia ouvi-lo.

E agora o som vinha do quarto da minha mãe.

— *Iii-iii-iii* — guinchava ela em uma imitação perfeita.

Mas como ela sabia dessa história?

14

— QUEM VAI ME levar para o ensaio no teatro no fim de semana? — perguntou Olivia.

— Ainda não sei, querida. Hoje é só terça-feira. O fim de semana está tão longe.

Minha cabeça doía. Eu me sentia esgotada e cansada, completamente exausta, e ainda eram 18 horas.

— Mas *não* está — reclamou. — Não mesmo. E quem for pode assistir ao ensaio geral. Não quer me ver com a fantasia de ratinho?

— Acho que prefiro ver só na noite da estreia — respondi.

Ela fez cara de emburrada e enfiou um pedaço de panqueca na boca.

— As fantasias de ratinho são as mesmas todo ano — disse Izzy. — As mesmas que usei lá atrás, quando era do nível um.

Os olhos de Olivia se arregalaram.

— Você foi um ratinho?

— Claro. Todos do nível um começam como ratinhos.

Olivia olhou para a irmã, fascinada, sem conseguir acreditar que, lá atrás, antes mesmo dela nascer, Izzy fora um ratinho.

Estávamos sentados à mesa tomando café da manhã no jantar, como eu prometera de manhã: panquecas de gengibre, bacon e salada de frutas. A manhã parecia ter sido há um milhão de anos. Espetei uma uva e ela pulou do garfo.

— Vocês todos vão poder ir à noite de estreia? — perguntou Olivia.

— Claro que estaremos lá — respondeu Mark.

— Mas quem vai ficar com a Needle? — questionou, de repente preocupada.

— Needle? — perguntei.

Será que eu tinha ouvido direito?

Olhei para o Mark e ele deu de ombros, como quem diz *essa menina fala cada coisa*. Ele estava certo, é claro. Olivia tinha uma imaginação bem fértil e, além disso, às vezes seus pensamentos vinham tão rápido que não conseguia expressá-los a tempo e as palavras se misturavam.

— A vovó — corrigiu ela. — Ela não pode ficar sozinha, né?

Assenti.

— É, verdade. Não tinha pensado nisso até agora, mas temos bastante tempo para resolver. Talvez possamos chamar a Teresa ou uma das enfermeiras da casa de repouso. Ou talvez a Penny possa vir ficar com ela. Tenho certeza de que ficaria feliz em ajudar, e acho que ela e a sua avó se dariam bem.

— Queria que a vovó pudesse ver o balé — disse Olivia.

— Eu sei, querida — respondi. — Eu também. Mas ela está doente demais para aguentar ficar sentada por tanto tempo.

— O pai da Gina, o Will, vai gravar um vídeo na noite de estreia — disse Mark. Will trabalhava na emissora local e sempre era responsável por fazer um vídeo profissional do *Quebra-Nozes*. — Vou falar com ele, ver se conseguimos uma cópia antes. Aí podemos montar uma exibição particular para ela em casa.

— No quarto da vovó? — perguntou Olivia, ansiosa.

— Claro — respondeu. — Podemos levar a TV até lá e assistir todos juntos.

— Com pipoca? Como nas noites de cinema? — continuou ela.

— Pipoca, Twizzlers, Butterfingers. Todas essas gostosuras — afirmou.

Olivia se remexeu de excitação na cadeira.

— Você vai assistir com a gente também, Izzy? No quarto da vovó?

— Claro — respondeu Izzy. — Alguém pode me passar a calda?

Eu convidara a minha mãe para se juntar a nós na mesa, mas ela estava cansada demais e pediu para jantar na bandeja. Passei a tarde inteira pisando em ovos perto dela, querendo, e ao mesmo tempo temendo, trazer à tona o assunto do passarinho azul. Como sabia disso? Mas ela não mencionou mais nada. Nenhum outro terrível *iii-iii-iii*. Parecia bem agradável quando voltei com a sopa, e disse ser a melhor que já tinha provado. Também ficou entusiasmada com as panquecas.

— Acho que nunca comi panqueca de gengibre antes, e com certeza nunca no jantar, mas entendi por que é a comida favorita da Olivia. Estão uma delícia, Ali.

Apesar dos elogios, ela não comeu muito. Só algumas mordidas.

Olivia tagarelava animadamente sobre o ensaio desde que chegara da escola: como no sábado seguinte passaria o dia todo no antigo teatro com a companhia de balé, ensaiando as cenas, experimentando as fantasias e fazendo um ensaio geral completo. O espetáculo seria no fim de semana seguinte.

Izzy também parecia estar de bom humor e animada. Balançava a perna, falava mais do que o habitual, estava inesperadamente paciente e amigável com a irmã. Até entrou e tomou chá com minha mãe quando chegou da escola — ideia dela. Do corredor, ouvi as duas rindo juntas e senti uma pontada de ciúme ao notar que fazia tempo que nós duas não ríamos assim.

— E como foi seu dia, Iz? — perguntou Mark.

— Incrível. Incrível mesmo. — Ela pegou outra panqueca e encharcou de calda, depois ergueu a cabeça, os olhos brilhando. — Tenho uma ideia para um novo projeto. Acho que vai ser muito bom.

— Ah, é? — falei. — Conta pra gente.

— Vou fazer um diário em vídeo. E talvez, quando tiver material suficiente, vou editar e produzir um documentário — explicou, falando rápido, do jeito que fazia quando estava muito empolgada com algo.

— Que legal! — disse Olivia. — Você vai fazer um filme?

Izzy assentiu.

— Posso participar? — pediu.

— Claro, antinha.

— Posso usar minhas coisas de balé?

— Pode usar o que quiser — respondeu. — Coisas de balé, suas asas malucas de fada, suas botas de cowboy cor-de-rosa... tudo o que costuma usar.

— Um documentário sobre o quê? — perguntei.

— Sobre a nossa família. Sobre a vovó estar aqui e como isso está deixando tudo uma merd... — Ela olhou para a irmã e se conteve. — Como isso está deixando tudo *interessante*. E as coisas por aqui vão ficar cada vez mais intensas e interessantes, né?

Franzi a testa para ela, mordi o lábio.

— Não sei, Iz, vamos ter que perguntar à sua avó como se sente ao ser filmada.

Minha mãe nunca gostou de ser fotografada. Eu não achava que ela fosse gostar de ter uma câmera na cara, ainda mais agora. Lembrei-me do Ben perseguindo-a com uma Polaroid quando éramos crianças, tentando tirar uma foto dela. Ela sempre se esquivava, virava de costas, cobria o rosto. No fim, ficou tão irritada com as tentativas constantes que quebrou a câmera e jogou-a do outro lado da sala.

— Já falei com ela — disse Izzy. — Quando fui levar o chá depois da escola. Ela adorou a ideia!

— Mesmo? — perguntei.

Ela assentiu.

— Disse que eu podia entrevistá-la e ela ia, tipo, contar a história da vida dela. Acha que vai ser bom ter um registro do tempo dela com a gente aqui, algo para lembrarmos depois.

Minha mãe tinha fama de ser avessa a entrevistas. Em um artigo no *New York Times* de alguns anos atrás, foi chamada de "a reclusa pintora estadunidense Mavis Holland". Costumava mandar Paul em seu lugar para inaugurações de galerias e eventos em museus.

— Eu só...

As palavras evaporaram. Não era isso que eu queria? Que minha filha, ou melhor, que minhas duas filhas conhecessem minha mãe? Do que eu tinha tanto medo? Por que essa ideia me dava arrepios?

— Disse que eu deveria fazer um esforço — falou ela, exasperada. — Que queria que eu me envolvesse mais.

— Sim, é verdade. Mas eu não...

— Bem, essa é a forma que encontrei, mãe. É o meu jeito de me envolver mais. Se você não aprova, então...

— Acho que é uma ótima ideia — disse Mark. Olhou dela para mim, e continuou: — Tenho certeza de que sua mãe aprova. Ela só quer ter certeza de que respeitaremos os desejos e a privacidade da sua avó.

— Claro — disse Izzy. — Não vou filmar coisas que a envergonhem ou algo assim. Não sou idiota. Não vou mostrá-la no banheiro ou toda mole e babando por causa dos remédios. Sério, ela parece animada com a entrevista. Pode perguntar para ela! E acho que seria bem legal, sabe? É uma maneira de eu conhecê-la melhor e de ela me conhecer melhor também, que é o que você quer, né, mãe?

Olhou direto para mim, me desafiando a dizer a verdade.

Engoli em seco, sem conseguir falar, então assenti de leve.

— Bem, mal posso esperar para ver o resultado — falou Mark. — Adoro que esteja assumindo um projeto tão grande. Seu documentário vai ser incrível, Iz, não tenho dúvidas.

Ela sorriu, o rosto corando um pouco.

Comemos em silêncio por um minuto, até que Olivia voltou a tagarelar sobre os ensaios de balé.

Olhei para o meu prato, notando um movimento. Havia uma mosca ali, pousada na borda, provando o xarope de bordo com sua terrível trompinha. Eu a espantei, e ela saiu voando em zigue-zague como uma bêbada.

— Está tudo bem, mãe? — perguntou Izzy.

— É só uma mosca — falei.

— Onde? — indagou Olivia, cobrindo o prato de maneira protetora com as mãos.

— Ela voou — respondi, olhando ao redor, sem saber para onde tinha ido, em qual prato mergulharia em seguida. — Mas isso me lembrou... não tem guardado comida no seu quarto, tem, Izzy?

Ela me olhou como se eu tivesse perguntado se havia um tubarão de estimação escondido no armário.

— Hum, não, mãe. — Ela espetou uma framboesa com o garfo como se a fruta pudesse tentar fugir.

Quando era pequena, houve um incidente com gelatina vermelha que acabou manchando permanentemente o carpete do corredor. Depois disso, estabelecemos a regra de não levar comida para o andar de cima.

— Bem, eu fui lá hoje de manhã e tinha moscas — falei. — Um monte delas.

— Eca! — comentou Olivia. — A Izzy tem moscas!

— Cala a boca, cara de rato!

E lá se foi a tentativa dela de ser legal com a irmã.

— Izzy — repreendeu Mark.

— Talvez você possa usar elas no seu filme. As moscas. Podia treinar elas ou algo assim. Como um circo de moscas — disse Olivia, dando risadinhas.

Izzy lançou um olhar de nojo para a irmã, depois se virou para mim e para Mark.

— Não tinha moscas no meu quarto quando saí para a escola hoje de manhã.

— Tem certeza de que eram moscas? — questionou Mark, servindo-se de mais panquecas.

— É claro que eram moscas — respondi. — Tinha uma delas aqui no meu prato. Você não viu?

Olhei ao redor da sala, para o teto, me perguntando para onde ela fora.

Izzy me olhava como se eu tivesse perdido a cabeça, como se as moscas fossem alucinações.

— Não está na época das moscas — disse ele.

— Isso pode até ser verdade, mas elas obviamente não receberam o recado — falei.

Ele franziu a testa para mim, depois voltou o olhar para Izzy.

— Nada de comida no quarto — ordenou.

— Mas, pai, eu...

— Sem mas — interrompeu.

— Sem mas, mas, mamamama — cantou Olivia, o que logo se transformou em uma interpretação completamente inapropriada de *Poker Face*, da Lady Gaga.

Ela não sabia mais nada da letra da música, então continuava repetindo esse verso várias vezes, improvisando alguns versos extras. De alguma forma, a música se transformou em *Fat Bottomed Girls*, do Queen, uma música que meu marido tocara para as meninas em várias ocasiões. Mark e eu nos encaramos, sabendo que deveríamos pará-la, mas rindo demais para sequer tentar. Foi então que Izzy se juntou, acompanhando Olivia no refrão, criando um ritmo com as mãos ao bater na mesa. E durante esses poucos momentos histéricos, as moscas esquecidas e minha mãe dormindo no silêncio do seu quarto, Mark e eu nos olhando por cima da mesa, rindo tanto que nossos olhos estavam marejados, não parecia existir nada de errado no mundo.

15

— COMO UMA PESSOA pode saber de algo que é impossível que ela saiba? — perguntei.

Penny olhou para mim, intrigada. Estávamos no meu estúdio. Eram quase 22h30. As crianças, Mark e minha mãe estavam todos deitados e dormindo profundamente (bom, talvez não a Izzy, que costumava ficar acordada até 23 horas ou 00 horas lendo, trabalhando em arte e vídeos e trocando mensagens com a Theo). Eu segurava o antigo monitor de bebê da Olivia na mão. O volume estava no máximo, e conseguia ouvir a respiração entrecortada da minha mãe, ruidosa e irregular — nada parecida com aquela suave de bebê que o receptor costumava transmitir.

Logo antes de ela dormir, eu dera à minha mãe a dose extra de Ativan junto com a morfina, e ela estava em um sono profundo. Parecia mais fraca e retraída naquela tarde e noite. Sonolenta, perguntou onde estava Paul. Informei que ele voltaria na sexta-feira.

— E Benji? — perguntou.

Fiquei surpresa ao ouvi-la mencionar meu irmão. Pelo que eu sabia, não conversavam havia anos. E ela não o chamava de Benji desde que ele era um menininho.

— Está na Califórnia — respondi. — Na casa dele.

Será que ela sabia de algo sobre a vida dele lá? Será que pensava nele? Alguma vez se perguntava como seria a versão adulta de seu único filho?

Minha mãe assentira.

— Bobbi também mora lá. Laurel Canyon. Ela diz que eu deveria visitá-la de novo em breve.

Em seguida, fechara os olhos e adormecera.

Estava aconchegante no estúdio. Eu tinha acendido a lareira e todas as luzes. Pelas janelas, dava para ver a neve caindo: flocos grandes e fofos que não pareciam reais, mas a neve falsa dos filmes de Natal que Mark assistia.

Penny e eu compartilhávamos um baseado.

Era a única hora que eu fumava: tarde da noite, quando sabia que as crianças e Mark estavam na cama. Meu marido sabia que eu fumava e não tinha problema com isso, embora não quisesse se juntar a mim. Ele ficava feliz com uma cerveja de vez em quando, ou um pouco de rum na gemada do Natal.

Repeti minha pergunta para Penny, reformulando um pouco.

— Consegue explicar? Como uma pessoa pode saber de algo que não tem como saber?

Passei o dia inteiro pirando com aquilo, andando em círculos, tentando encontrar uma explicação lógica para a minha mãe saber sobre o pássaro no poço.

— Tipo, por exemplo, como eu deveria saber exatamente sobre o que está falando agora? — perguntou Penny, arqueando uma sobrancelha.

— É, tipo isso — respondi, rindo.

Ela riu comigo. Só de estar ali com ela eu me sentia relaxada, como se tudo estivesse bem no mundo.

Estávamos olhando alguns esboços que eu tinha de *Moxie Salva o Halloween*. Tinha esperanças de que revisá-los com Penny pudesse me inspirar, para que eu avançasse no livro. Mas minha mente estava em outro lugar. Estava de volta ao meu eu de 8 anos na floresta, carregando uma espingarda de chumbinho e olhando para aquele velho poço.

Penny pegou um novo esboço que fiz antes que ela chegasse: um close de uma mosca gorda. Ela franziu a testa para o desenho. Eu também. Por que eu tinha desenhado aquilo?

— Quer me contar o que está por trás dessa pergunta? — Largou o esboço e fixou os olhos cor de avelã nos meus.

Dei mais uma tragada no baseado, deixei a fumaça invadir meus pulmões, e então exalei, observando-a subir.

— Fiz uma coisa horrível quando era criança. Algo que nunca contei para ninguém.

Penny assentiu, esperando, mantendo os olhos nos meus.

Então contei. Comecei com o suicídio do meu pai, como estava furiosa o tempo todo depois disso, com raiva dele por nos deixar, com raiva da minha mãe por beber mais depois que ele se foi, com raiva do mundo inteiro. Contei sobre pegar a espingarda de chumbinho do Ben e atirar no pássaro azul, sem ter coragem de matá-lo e acabar com o sofrimento do pobre animal.

— Eu o joguei em um poço velho. Só deixei ele lá e fui embora. Ele gritava. Pulava em círculos, batendo a asa quebrada junto com a boa, desesperado tentando voar. Juro que consegui ouvir aquele pássaro durante todo o caminho de volta, mesmo depois de entrar em casa.

Ainda o ouço, quase falei para ela. *Nunca parei de ouvi-lo.*

Penny me encarava através da névoa da fumaça, sem dizer nada. Eu não conseguia ler a expressão dela, o que me deixava nervosa.

— Acha que sou uma pessoa horrível? — perguntei.

— Não, Ali. Claro que não. — Ela pegou minha mão e a apertou. — Acho que você era uma criança de 8 anos com muita dor. Uma criança que passou por uma perda indescritível, que sofreu abusos e guardou tudo em segredo.

Assenti para ela, engolindo o nó na garganta.

— Matou outra coisa? Outros animais?

— Meu Deus, não!

— Então além de não ser uma pessoa horrível, também podemos descartar uma possível psicopata. — Sorriu.

Não me senti muito confortada.

— Mas ainda não contei a parte mais estranha — falei.

— Tudo bem — disse Penny, assentindo. — Sabe que eu adoro coisas estranhas.

— Hoje de tarde, minha mãe mencionou o pássaro no poço. Ela sabia de tudo. Até como o pássaro era. Mas é impossível. Porque eu estava sozinha naquele dia. E nunca contei a ninguém sobre isso. Até agora.

Penny exalou, observou a fumaça subir, depois olhou para mim.

— Tem certeza de que nunca contou para ela? Ou mencionou ao seu irmão?

— Absoluta. É um daqueles segredos que a gente nunca conta a ninguém, sabe? Que passamos a vida inteira sabendo que é só nosso. — Mordi o lábio. — Minha mãe saber sobre o pássaro... parece... impossível. Fico pensando nisso toda hora. Como ela sabe?

Penny prendeu atrás da orelha um cacho que escapara do rabo de cavalo.

— Bem, talvez ela estivesse lá na floresta, observando. Talvez tenha te seguido.

— É disso que tenho tentado me convencer, porque não tem mesmo outra explicação, mas não consigo acreditar. Quer dizer, por que ela faria algo assim?

Lembrei-me de como a floresta era densa, escura e cheia de sombras. Minha mãe não era do tipo aventureira, que gostava de natureza. A ideia dela de aventura era uma ida à cidade, ou pegar o trem para a cidade. Exceto por passeios como esses, raramente se aventurava além da casa, ou mesmo no quintal. E os caminhos que eu seguia para chegar ao velho porão eram difíceis e sem placas, complicados de trilhar. Não conseguia imaginá-la cambaleando, tropeçando pela floresta sem que eu percebesse.

Aquela velha construção abandonada na floresta era só minha. Nunca levei Ben até lá ou contei a ele sobre o porão. Era meu lugar secreto. Aonde eu ia para escapar da minha mãe nos dias em que ela bebia; nas tardes em que chegava da escola e ela me avisava que não estava bem. A ideia de que ela pudesse ter me seguido naquela floresta, pudesse ter estado lá, observando como uma sombra, parecia completamente errada, a pior forma de invasão.

— Talvez ela estivesse preocupada com você? — sugeriu Penny.

Eu ri.

— Pouco provável.

— Bem, te seguir parece mais provável do que ser vidente — falou.

— Verdade. — Olhei para os meus desenhos: as abelhas, a mosca com o corpo peludo e os olhos compostos voltados para mim. — Acha que existem pessoas assim? Pessoas que simplesmente sabem das coisas. Videntes.

Pensei em Izzy. No livro e nas cartas de tarô no quarto dela. Na esperança de que talvez fosse possível ter algum senso do que o futuro reservava, de saber coisas que era impossível saber.

Penny sorriu.

— Estou aberta à possibilidade. Mas por acaso eu acredito que a sua mãe é uma? Não. Não mais do que as outras mães. Você não percebe coisas sobre suas próprias filhas? Não sabe quando algo está errado? Não sente coisas sem que elas digam?

— Claro — falei.

Sabia quando minhas filhas estavam mentindo. Sabia quando algo as incomodava. Mas ter visões claras de coisas que aconteceram com elas quando estavam longe de mim? Com certeza não.

Olhei para Penny.

— Precisa conhecer a minha mãe.

Ela arqueou uma sobrancelha.

— Para que eu possa dizer se ela tem dons sobrenaturais?

Revirei os olhos.

— Não. Só para conhecê-la mesmo. Você deveria passar lá para tomar um café. Que tal amanhã de manhã?

Ela assentiu.

— Claro. Meu primeiro compromisso é só às 11 horas.

— Perfeito — falei. — Venha depois que as meninas forem para a escola. A enfermeira chega às 10 horas, então teremos um tempinho.

— Vai ser bom. Tenho que admitir, estou muito curiosa sobre essa pessoa.

— Sabe o que dizem sobre a curiosidade — avisei.

Ela franziu a testa e pegou minha mão de novo.

— Ali, posso dar um conselho?

— Claro.

Penny me olhou daquela forma profunda e penetrante tão característica dela, e que eu conhecia tão bem.

— Não dê à sua mãe mais poder do que ela já tem.

— O que você...

— Quero dizer, não pense que ela tem habilidades sobrenaturais. Sua mãe não consegue ver dentro da sua cabeça.

— Eu sei disso.

— Você não é mais uma menininha indefesa. Ela não vai mais te machucar.

Assenti, dizendo a mim mesma que o que ela disse era a mais pura verdade.

Então por que eu não acreditava nela?

16

O PÁSSARO ESTAVA GRITANDO de novo.

Eu estava lá, parada em frente ao velho poço circular, com medo de olhar dentro dele. Ouvi o pássaro gritar, *iii-iii-iii*, mas estava mais alto, mais rouco, quase como uma voz humana.

Uma voz chamando *Ali, Ali, Ali...*

Devagar, avancei, pousei a mão na pedra cimentada e áspera e me obriguei a olhar para baixo, mas mantive os olhos bem fechados, sem querer ver.

O que quer que estivesse me esperando lá embaixo era horrível. Horrível demais. Eu não conseguia olhar. Mas precisava. Tinha que ver. Ouvi a voz de Penny: *você não é mais uma menininha indefesa.*

Contei até três e abri bem os olhos.

Estava na minha própria cama, com Mark ao meu lado.

Nenhum poço.

Nenhum pássaro.

Era só um sonho.

Virei, abracei meu marido e senti o conforto da respiração dele subindo e descendo, o calor do seu corpo. Olhei para o relógio ao lado da cama: 4h43 da manhã.

O monitor de bebê crepitava e zumbia, mas não era só estática... havia uma voz, suave e baixa:

— *Iii-iii-iii.*

— Sua mãe está chamando — murmurou ele, virando-se.

Fiquei imóvel, ouvindo.

— Ali, Ali, Ali — sussurrava minha mãe.

Carregando o monitor, eu me levantei, atravessei o quarto e saí para o corredor. O monitor zumbia. Minha mãe sussurrava, suave e baixinho, dizendo palavras que eu não conseguia entender. Como se estivesse falando com alguém.

— Tem certeza? — perguntou ela, a voz clara. — Precisa ser assim?

Ouvi o som metálico da grade lateral da cama sendo abaixada.

Desci as escadas correndo e dei de cara com Moxie rosnando no meio da sala.

— Está tudo bem, garota — falei. — Sou eu.

Havia um zumbido baixo vindo do quarto da minha mãe.

Moxie recuou, foi para a caminha e choramingou.

Atravessei a sala de estar e a de jantar e andei pelo corredor em direção ao quarto de hóspedes.

Quando me aproximei, ouvi ela cantando:

— *Don't sit under the apple tree with anyone else but me, anyone else but me...*[1] — A voz dela estalava como um disco de vinil antigo.

— Mãe? — chamei, entrando no quarto.

Ela riu.

— É o que você acha?

O quarto tinha um cheiro forte, como se tivesse sujado a cama.

— Aconteceu algum acidente? — perguntei, me aproximando, mas os lençóis pareciam limpos.

Ela riu de novo.

— A vida é um grande acidente, não acha? O simples fato de os seres humanos estarem aqui nada mais é do que uma série de acidentes. Lugar certo na hora certa, lugar errado na hora errada. Estrelas colidindo. A sopa primordial contendo os elementos certos para sustentar a vida.

Ela estava sentada na beirada da cama com a grade abaixada. Fazia frio. Frio demais. Olhei e vi que a janela estava aberta.

— Está congelando aqui — falei, me apressando a fechá-la e trancá-la. — Por que abriu a janela?

Fiquei horrorizada com a ideia de que ela se levantara da cama sozinha. Estava tão fraca e frágil, tão instável.

Ela não respondeu. Apenas continuou sentada, se balançando de leve.

---

1 Em tradução livre: "Não se sente debaixo da macieira com ninguém além de mim, com ninguém além de mim...". [N. da T.]

— Mãe?

Ela levantou o rosto e olhou para mim. Seu cabelo caía sobre os olhos, que pareciam quase pretos, como os olhos de uma boneca.

— Não sou a sua mãe.

— Claro que é.

— Não. Eu definitivamente não sou.

Mesmo tendo fechado a janela, ainda sentia uma lufada de ar frio. Parecia emanar dela. Como se fosse uma mulher feita de gelo.

Dei um passo para trás e engoli em seco. Obriguei-me a dizer as palavras, a fazer a pergunta.

— Quem é você, então?

Ela sorriu.

— Você se esqueceu mesmo?

Estendeu a mão longa e ossuda para mim. Por acaso seus dedos estavam se alongando, os braços se desenrolando como asas terríveis? Dei um pulo para trás e acendi a luz.

Era apenas a minha mãe, respirando com bastante dificuldade, curvada na beira do colchão, parecendo que cairia a qualquer momento.

Coloquei uma das mãos no ombro dela.

— Vamos voltar para a cama. E tomar algo para relaxar. Como está a dor?

— Horrível — falou com a voz trêmula. — Indescritivelmente horrível.

Eu a guiei de volta para a cama, ajustei as cobertas ao redor dela e levantei as grades. Então dei a ela tanto a morfina de ação rápida quanto o comprimido de Ativan que dissolvia debaixo da língua. Anotei as doses e a hora no quadro ao lado da cama.

Ela olhou para mim, piscando, como se tentasse me reconhecer.

— Por que está fazendo isso comigo? Por que está me deixando congelar?

— Você abriu a janela — falei. — Vou pegar mais um cobertor para você. E fazer uma xícara de chá bem quente.

— Onde estamos? — perguntou, olhando ao redor.

— Na minha casa — expliquei.

— Por que estamos aqui?

— Porque está ficando com a gente. Lembra?

— É um engano — disse ela. — Não quero ficar aqui. Preciso ir para casa.

— Vou fazer uma xícara de chá para você. Vai se sentir melhor.

— Liga para o Paul — insistiu ela.

— Tudo bem. Podemos ligar para ele. Mas é muito cedo. Ainda não são nem 5 horas da manhã. Vamos tomar um chá. Está com fome? Talvez possamos tomar um café da manhã? Um ovo *poché*? Depois ligamos para ele, pode ser?

Virei, abri o armário e peguei outro cobertor na prateleira de cima. Levei até a cama e coloquei sobre as cobertas.

— Assim está melhor, não está?

Ela descansou a cabeça no travesseiro.

— Volto já — avisei. — Vou trazer uma xícara de chá de hortelã.

— Eu não gosto de chá de hortelã.

— Você gostava ontem. Disse que era o seu favorito.

— Camomila — falou.

— Camomila, então.

Fui para a cozinha e preparei o chá, tomando cuidado para não deixá-lo muito quente. Queria aquecê-la, não queimá-la. Voltei com o chá e coloquei na bandeja da cama.

— Está tudo errado — reclamou, olhando ao redor do quarto, depois para a xícara que eu trouxera.

— O chá? — Se me dissesse que queria hortelã, eu ia surtar.

— Não. O chá está bom. Mas como eu cheguei aqui?

— O Paul te trouxe.

— Então ele precisa me levar de volta para casa. Não é seguro. Por favor. Vamos ligar para ele. Agora.

Respirei fundo e soltei o ar devagar.

— Mãe, eu...

Do andar de cima veio um grito. Um grito alto e desesperado, que parecia cortar o ar ao meio, fazer as paredes vibrarem. Era contínuo e ficava cada vez mais alto, mais agudo.

Esse era o som da Olivia com dor. Uma dor horrível, horrível demais. A única vez que a ouvi gritar assim foi quando ela quebrou o braço no ano anterior.

— Eu te disse — afirmou minha mãe, os olhos arregalados e aterrorizados. — Não é seguro.

Dei as costas para ela e saí correndo do quarto de hóspedes em direção às escadas.

17

OLIVIA GRITAVA, UM GRITO AGUDO e desesperado. Corri pela sala de jantar e de estar, subindo as escadas dois degraus por vez, com Moxie logo atrás de mim.

Como ela ainda conseguia respirar, gritando tão forte, tão alto, sem parar?

Mark estava no corredor do andar de cima, quase chegando à porta dela. Tinha acendido as luzes, que pareciam brilhantes demais. Nos encaramos e trocamos um olhar de puro pânico.

Meu coração estava acelerado, bombeando adrenalina. A porta do quarto da Izzy se abriu na nossa frente.

— Mãe? Pai? — perguntou, piscando para nós.

Mark escancarou a porta do quarto de Olivia e nós dois entramos correndo, esperando... o quê? Algo horrível. Porque era esse tipo de grito.

Mas ela estava ilesa e inteira.

Eu me permiti respirar. Mark acendeu as luzes.

Ela estava de pé no meio da cama, abraçando Cãozão contra o peito, o rostinho vermelho e retorcido pelos gritos. Estava tão histérica que nem parecia nos ver. E por meio segundo, mal a reconheci. Era como se uma criança selvagem e feroz tivesse subido na cama da minha filha, vestindo seu pijama do *Quebra-Nozes*. Seus olhos pareciam enormes, cheios de lágrimas. As cobertas e os bichos de pelúcia estavam no chão.

— Olivia? O que foi? — perguntou ele. — O que aconteceu?

Ela continuava aos berros. Era como se estivesse em outro lugar, no universo do medo, e não pudesse nos ouvir.

Será que era um pesadelo? Um terror noturno?

O que se deve fazer em um terror noturno? Acordar a criança? Não acordá-la? Eu tentava me lembrar e não conseguia.

— Olhe para mim, Liv — disse Mark, a voz firme e calma. Caminhou na direção dela. Ela se voltou para ele. — Me diga qual é o problema.

Olivia apontou para o chão, onde alguns dos bichos de pelúcia que colocávamos cuidadosamente ao redor dela todas as noites tinham caído da cama e formavam uma pilha. Ali estavam Freddy, o ursinho cor-de-rosa, Trixie, a coelha marrom, Hedgie, o ouriço, Samuel, o gambá, e outros embaixo.

Mas havia algo errado.

Um deles estava se mexendo.

— Mark! — gritei, dando um pulo para trás e apontando.

— O Rei dos Ratos! — soluçou Olivia.

Não era (pelo que pude notar) o Rei dos Ratos, mas um rato cinza comum, com uma longa cauda e olhos pretos brilhantes. Ele emergiu de debaixo da pilha de bichos de pelúcia fofos, então se virou e rastejou de volta. Parecia tão grotesco ali, se arrastando sobre o rosto do amado ursinho cor-de-rosa de Olivia.

Já tinha visto ratos de relance antes, mas nunca um tão de perto. Fiquei surpresa com o tamanho. A cabeça e o corpo deviam ter uns vinte e cinco centímetros, e a cauda acrescentava mais uns quinze centímetros. Era muito maior do que os camundongos que às vezes capturávamos na cozinha ou na despensa, mastigando caixas de biscoitos de água e sal e sacos de granola com xarope de bordo.

Olivia nos proibira de machucar os camundongos (e Mark era um firme defensor de não matar nenhum ser vivo), então tínhamos uma pequena armadilha de metal. Pegávamos o animal, levávamos para o campo atrás do celeiro e o soltávamos. Eu desconfiava de que era sempre o mesmo camundongo que aparecia. Depois de provar a granola orgânica com xarope de bordo de Vermont que guardávamos na despensa, não havia como mantê-lo afastado.

A criatura que agora se esgueirava pelos bichos de pelúcia da minha filha não caberia na pequena armadilha de metal.

Sua pelagem era de um cinza escuro, quase preta, e brilhante como uma mancha de óleo. Ele também se movia como óleo, viscoso e fluido, o corpo parecendo mais líquido do que sólido.

— Me arruma alguma coisa para pegar ele! — ordenou Mark, encarando o rato. — Fique em cima da cama, Liv.

Olivia tinha parado de gritar desesperadamente, embora ainda chorasse, o corpo todo sacudindo com os soluços.

Olhando aflita ao redor do quarto, avistei a lixeira de plástico cor-de-rosa debaixo da mesa dela. Joguei os papéis amassados no chão e a passei para Mark. Notei que Izzy estava parada na porta com a câmera na mão, gravando. Há quanto tempo estava ali?

Ele segurou a lixeira cor-de-rosa sobre o rato, movendo-a conforme o animal se movia. Então, em um movimento rápido, jogou-a, prendendo o rato embaixo dela.

— Boa, pai! — comemorou Izzy.

— Preciso de algo para cobrir a abertura — disse ele. — Uma tábua ou papelão grosso, qualquer coisa.

Notei o livro ilustrado de capa dura de *O Quebra-Nozes* na mesa de Olivia, peguei-o e o levei até ele. A imagem na capa mostrava Clara assistindo ao Quebra-Nozes e o Rei dos Ratos lutarem com espadas. O Rei dos Ratos tinha olhos vermelhos brilhantes, uma capa vermelha e uma coroa dourada pontiaguda.

— Vou levantar a borda um pouquinho, você desliza o livro por baixo — falou.

Eu me abaixei e segui as instruções, mantendo meus dedos longe da borda enquanto ele levantava e eu, com cuidado, deslizava o livro por baixo da lixeira. Imaginei uma criatura feroz, com dentes amarelos longos, e que provavelmente tinha raiva ou alguma praga horrível.

— Excelente — disse Mark. — Pegamos ele.

Ele se abaixou e segurou o livro enquanto virava a lixeira cor-de-rosa de cabeça para cima. Podíamos ouvir o rato se debatendo de maneira frenética ali dentro, jogando o corpo pesado contra as paredes lisas da lixeira.

Olivia soltou um pequeno soluço. Fui até ela, ajoelhei na cama desarrumada e a abracei. Ela se afundou e se agarrou a mim, o corpinho enfim relaxando.

— Está tudo bem — sussurrei para ela. — O papai pegou ele.

— Preciso fazer a pergunta óbvia: como entrou um rato no quarto da Olivia? — perguntou Izzy, ainda segurando a câmera e filmando.

— Não sei — respondi. — Ratos são bons em passar por espaços pequenos. Está frio lá fora e a nossa casa é quentinha.

— Nunca tivemos ratos antes — disse Mark, franzindo a testa para a lixeira e para a criatura que se debatia dentro dela.

Ele carregou o conjunto com cuidado na direção da porta, como se estivesse segurando uma bomba.

— Ele não era pequeno quando entrou — falou Olivia.

Soltei-a do abraço, mas fiquei bem próxima à cama, ainda mantendo um braço ao redor dela. Seu corpo continuava a tremer.

A essa altura, Izzy entrara no quarto e estava com a câmera apontada para a irmã.

— Como assim, Liv? — perguntou.

— Era o Rei dos Ratos. Quando entrou no quarto, estava de pé nas patas traseiras, e era maior que o papai.

— Você estava sonhando, querida — falei, fazendo carinho nas costas dela.

— Eu não estava sonhando — insistiu Olivia. — Estava bem acordada.

— Não existe Rei dos Ratos — disse Izzy de trás da câmera. — É sério.

— Existe sim, e lá vai ele — disse ela enquanto Mark o levava para fora.

O enorme livro do *Quebra-Nozes* estava preso sobre a abertura da lixeira para que o rato gigante não escapasse.

Raspa. Tum. Raspa. Tum.

Izzy girou a câmera, seguindo o pai.

Soltei Olivia e me levantei da cama, chutando a pilha de bichos de pelúcia no chão, para garantir que o rato não viera acompanhado de um amigo. Meu pé bateu em algo duro. Abaixei-me, empurrei Freddy e Trixie para o lado e soltei um pequeno e estranho suspiro estrangulado quando vi o que estava debaixo deles.

— O que a pedra da sua avó está fazendo aqui? — perguntei.

— Não sei — disse Olivia. Seu rosto estava manchado, e ainda segurava os soluços.

Olhei nos olhos dela.

— Foi você que pegou?

— Não!

— Então, como ela veio parar aqui? — perguntei.

Izzy deu um passo para trás para enquadrar a mim e a Olivia na filmagem.

— Não sei — repetiu ela com lágrimas nos olhos. — Talvez ele tenha trazido?

— Ele quem?

— O Rei dos Ratos.

— Não existe Rei dos Ratos — falei, a voz alta e aguda.

— Existe sim — retrucou Olivia. — Você não viu? O papai acabou de levá-lo para fora.

Me obriguei a respirar fundo.

— Aquilo era um rato, Liv. Só um rato comum.

— Ele se transformou. Antes de vocês entrarem.

— Olivia...

— A vovó Needle vai acreditar em mim — disse ela.

Cerrei os dentes.

— Por que chama ela assim?

— Porque ela falou que eu devia chamá-la assim. Needle Sivam. Acho que é meio bobo, mas ela disse que é um dos nomes dela e que posso saber dele porque sou especial.

Minha pele se arrepiou.

— Um dos nomes dela?

— Uhum. Disse que, com o tempo, vai me ensinar os outros também. Aí, quando eu souber todos, a gente vai se conhecer de verdade. Ela diz que eu sou a menina especial dela. Sua guerreira.

Ouvi passos se aproximarem e me virei, assustada. Izzy estava apontando a câmera para mim. Tinha esquecido que ela estivera ali, filmando o tempo todo.

Ela se aproximou para um close-up. Levantei a mão.

— Tira essa merda de câmera da minha cara, por favor!

Izzy saiu do quarto, mantendo a câmera virada para mim.

— Claro, mãe — falou. — Como quiser.

Ouvi-a se afastar pelo corredor, sem dúvida atrás do pai e do rato, esperando conseguir uma filmagem da soltura: o corpo grosso e brilhante se esgueirando pelo campo coberto de neve atrás da nossa casa.

PEGUEI OS BICHOS DE PELÚCIA, coloquei-os de volta ao redor de Olivia, alisei seu cabelo úmido e perguntei se queria waffles ou panquecas para o café da manhã. Mark voltou carregando a lixeira cor-de-rosa vazia e o livro. Izzy vinha logo atrás dele.

— Onde está o rato? — perguntou Olivia, claramente aterrorizada.

— Ele já foi, Liv — prometeu Mark.

— Mas ele pode voltar.

— Não. Ele não vai voltar.

— Os camundongos que a gente leva para fora às vezes voltam.

— Bem, o rato não vai voltar — disse. Parecia pálido, abalado.

— Como você sabe? — perguntou ela.

— Porque ele morreu, Liv. Eu o matei.

— E posso confirmar — disse Izzy, apontando a câmera para todos nós. — Posso mostrar o vídeo se quiserem. Foi meio incrível. Ele o acertou com aquele velho Papai Noel de ferro fundido da varanda. Tripas de rato por todo lado! Quem diria que um rato podia sangrar tanto assim?

Meu corpo ficou tenso.

— Chega, Isabelle — repreendeu Mark.

— O que aconteceu com capturar e soltar? — perguntei.

— Era um rato, Ali. Não um camundongo do campo.

Assenti. Fazia sentido. Ainda assim, a imagem do meu doce marido, um amante dos animais, esmagando uma criatura até a morte com o Papai Noel de ferro fundido me deixou enjoada.

— Papai matou o Rei dos Ratos — disse Olivia.

— De fato — confirmou.

Mark colocou a lixeira no chão e foi abraçar nossa filha e beijar o topo da cabeça dela.

— Igual ao Príncipe Quebra-Nozes! — exclamou.

— Sim, mas foi muito mais legal do que no balé — comentou Izzy. — O Príncipe Quebra-Nozes não usa um Papai Noel de metal para espancar o rato até a morte.

— Detalhes desnecessários, Iz — falei.

— Bem, foi o que aconteceu. Só estou reportando os fatos. Registrando eles. Não é isso que uma documentarista deve fazer?

Revirei os olhos para ela.

— Pai, adivinha? A mãe disse um palavrão — dedurou Olivia.

— Disse? — perguntou Mark, olhando para mim e me lançando um sorriso fraco. — Bem, acho que em momentos de estresse todos nós cometemos deslizes. Para ser sincero, acho que também soltei algumas palavrinhas essa manhã.

— Com certeza soltou enquanto estava no quintal, sacudindo aquele Papai Noel — disse Izzy, acariciando a câmera. — Está tudo documentado.

— Alison! — A voz da minha mãe chiou no monitor de bebê.

— O que foi agora? — perguntei em voz alta, temendo o que mais a manhã poderia trazer.

— Onde está a minha pedra? — gritou, a voz metálica chegando através do velho monitor. — O que fez com a minha pedra?

18

DESCI AS ESCADAS CORRENDO e entrei no quarto da minha mãe, o monitor de bebê chiando na minha mão, o que a fez gritar com o barulho. Ela cobriu os ouvidos e uivou junto com o ruído estático do monitor.

— Desculpa! — falei enquanto desligava o aparelho, interrompendo o barulho. — Está tudo bem. — Para provar, levantei a pedra e mostrei a ela. — Olha aqui. Tá vendo? Estou com ela. Está tudo bem.

— O que você fez? — perguntou ela, os olhos gélidos e acusadores. Estendeu as mãos para a pedra, tentando alcançá-la desesperadamente enquanto eu a entregava. Arrancou-a de mim, arranhando meu dedo, e então a segurou bem perto, examinando-a como se procurasse rachaduras ou danos. Ou talvez achasse que eu tentara lhe dar uma pedra falsa. Como se eu tivesse vendido a verdadeira e entregado um pedaço de vidro estriado no lugar.

— Eu a encontrei no quarto da Olivia — expliquei. — Ela deve ter pegado. Desculpa.

Esperava que ela perguntasse se Olivia estava bem. Ela ouviu os gritos lá em cima, viu quando saí correndo do quarto para ver o que tinha acontecido com a minha filha. Com a menininha que dizia amar. Com a menininha que dizia ser tão especial a ponto de compartilhar seu nome secreto com ela.

Ela diz que eu sou a menina especial dela. Sua guerreira.

Minha mãe franziu a testa, os olhos escurecendo.

— Ela *roubou* minha pedra?

Meu corpo ficou tenso e precisei segurar as palavras: *ela está bem, a propósito, obrigada por perguntar.*

Forcei um sorriso.

— Não foi por mal. Tenho certeza de que só queria olhar. Ela ficou tão atraída pela pedra, e eu...

— Isso é inaceitável, Alison. Não quero ninguém tocando nas minhas coisas.

— Eu sei. Vou falar com ela. Garantir que não aconteça de novo.

— *Ninguém* pode tocar nesta pedra — alertou minha mãe.

Enquanto ela falava, fui transportada de volta à minha infância, a um momento em que ela *me* flagrou em seu quarto, olhando a pedra, estudando-a.

— Fora! — gritara. — Fora, antes que estrague tudo.

Eu, com 8 anos de idade, saí do quarto correndo, pedindo perdão, me desculpando repetidas vezes, arrependida.

— Você não sabe o que é se arrepender — dissera ela. — Vou fazê-la se arrepender de verdade.

Naquele instante, como se lesse meus pensamentos, disse:

— Se Olivia fizer isso de novo, vai se arrepender.

Já era demais. Endireitei a postura e soltei o ar com raiva pelas narinas dilatadas. Não podia voltar no tempo e proteger meu eu mais jovem, mas com certeza podia proteger minha filha.

— É só uma criança de 6 anos, mãe. Uma criança que, por acaso, te adora. Está atraída pela pedra porque é sua, porque significa muito para você. Se eu fosse você, me sentiria *honrada* por ela ter pegado emprestado. Veja pelo que é: Olivia está procurando uma maneira de se aproximar de você. — Minhas palavras eram alimentadas por uma raiva fervente.

Minha mãe apenas me encarou.

— E se ameaçar alguma das minhas filhas *de novo*, vou mandá-la para um asilo.

Minha mãe gargalhou.

— Parece que alguém deixou de ser frouxa.

Cerrei os dentes, tentando conter minha fúria crescente.

— E não vou tolerar grosserias também. Não na minha casa.

— Você não sabe o que é grosseria, menininha.

— Devo pegar o telefone e ligar para o Paul? Pedir a ele para começar os preparativos para te levar para uma instituição? Dizer que preciso que saia daqui no início da semana que vem?

— Não ousaria — disse minha mãe.

— Tenta a sorte — retruquei.

— Então chegamos a esse ponto — disse, tentando usar um tom de tristeza. — Ameaças a uma velha moribunda. — Fez um biquinho exagerado.

— A culpa é sua — falei. — E só você pode mudar isso. Não preciso que seja a avó ou a hóspede perfeita. Só preciso que seja decente. Grata. E que nunca mais ameace minhas filhas.

Nos encaramos como dois pistoleiros em um velho faroeste. Por fim, ela assentiu, o que era o mais próximo de um acordo, uma trégua.

Senti uma estranha satisfação por tê-la enfrentado pela primeira vez.

— Como eu disse — continuei —, vou conversar com a Olivia sobre a pedra e garantir que ela não a pegue de novo. Não quero que diga uma palavra a ela sobre isso. Entendeu? Nem uma palavra.

Minha mãe assentiu.

— Vou ficar quieta... Quieta como um rato. — Sorriu com malícia.

Devia ter escutado a gente lá em cima. Ou ouviu a Izzy e o Mark saindo de casa com a criatura. Minha mãe riu como se o rato fosse parte de alguma pegadinha que pregara.

A inquietação no meu peito se intensificou.

DEPOIS DE UMA XÍCARA do meu chocolate quente especial com sabor de pirulito e uma tigela de mingau de aveia com gotas de chocolate, Olivia parecia de volta ao normal. Eu lhe disse que a avó estava cansada demais para uma visita matinal, então ela se sentou no balcão de café da manhã, tagarelando até a hora de se vestir para a escola. Mark foi trabalhar e as meninas pegaram o ônibus. Às 8h30, ouvi uma batida na porta. Então ela se abriu, e Penny chamou:

— Olá?

Havia esquecido que a convidara para tomar café com a minha mãe. Estremeci um pouco, esperando que minha mãe se comportasse. Por outro lado, talvez fosse melhor se ela não se comportasse, para que Penny visse a versão não tão agradável dela. Parecia que minha mãe enganara todo mundo. Com certeza minha melhor amiga sensível e perceptiva seria capaz de ver a verdadeira face dela.

— Entre — chamei da cozinha. — Estava fazendo mais café pra gente.

Penny entrou carregando um prato, tirou o casaco e as botas, e se juntou a mim na cozinha.

— A Louise fez um bolo de café com mirtilo para nós — explicou, sorrindo orgulhosa.

Colocou o bolo na mesa e me deu um abraço e um beijo na bochecha. Estava com as roupas de terapeuta: meias de lã e uma saia longa azul, uma camisa roxa e um de seus suéteres grossos de tricô por cima. O cabelo estava trançado e preso com uma presilha de couro com um bastão polido.

— Maravilha! Ei, você devia tê-la trazido.

Penny pegou um pouco da cobertura esfarelada do bolo de café e colocou na boca.

— Ela estava ocupada com coisas da casa. Tem algum drama com uma das galinhas ficando choca, e quer resolver isso antes que as outras tenham a mesma ideia. Está tentando uns truques. Um deles envolve colocar um saco de ervilhas congeladas debaixo da galinha para afastá-la dos ovos.

Ela balançou a cabeça, como quem diz: "dá pra acreditar?".

Eu ri.

— Parece que a Louise anda bem ocupada.

— Pois é! Além disso, não queríamos sobrecarregar sua mãe. Ela pode vir outro dia para conhecê-la. Vai servir de desculpa para fazer outro bolo de café.

— Perfeito.

O café estava passando, então peguei as xícaras.

— Posso ajudar em alguma coisa? — perguntou.

— Claro. Pode fatiar o bolo e colocar nos pratos para a gente.

Ela conhecia minha cozinha tão bem quanto a sua própria e pegou os pratos, uma faca e garfos.

— Como está indo sua manhã? — falou enquanto cortava o bolo.

Eu ri.

— Bom, começou com a minha mãe gritando por mim às 4h30. De alguma forma, ela levantou da cama e abriu a janela.

— É, definitivamente não é um bom começo — comentou Penny, colocando a primeira fatia generosa do bolo de café em um dos pratos.

Assenti.

— E aí a Olivia acordou histérica por volta das 5 horas, porque... você não vai acreditar: tinha um *rato* no quarto dela.

— Um rato? — Ela largou a faca e olhou para mim, as sobrancelhas erguidas. — Um rato de verdade? Não um camundongo?

— Ah, não. Não era nem de perto um camundongo. Era um rato legítimo e enorme. E para piorar, a pobre Olivia continua tendo pesadelos com o Rei dos Ratos do *Quebra-Nozes*. Aí aparece um de verdade no quarto dela... agora acha que *era mesmo* o Rei dos Ratos.

— Tadinha — comentou ela. — Às vezes aparecem uns ratos no nosso celeiro. A gente precisa guardar todos os grãos e a comida das ovelhas e galinhas em latas de lixo de metal. Uma vez apareceram tantos que colocamos veneno. Não precisamos fazer isso há um tempo, acho que ter muitos gatos ajuda a mantê-los afastados.

— Bem, o Mark matou o nosso com um Papai Noel de ferro fundido.

— Não acredito! — riu. — O Mark? O *seu* Mark? Que estuda Emily Dickinson e é amante de tudo que é natalino? O cara que pega camundongos, dá nomes fofos para eles e depois os solta?

— Ele mesmo.

— Uau! Adoraria ver isso.

— Talvez esteja com sorte. Izzy aparentemente filmou tudo.

Ela riu outra vez e balançou a cabeça.

— Nunca falta emoção na sua casa.

Como se fosse um sinal, minha mãe chamou:

— Alison? Alison! Cadê você?

— Muito bem — falei, virando-me para Penny. — Acho que não podemos adiar mais. Venha conhecer a minha mãe.

Assentiu, seu olhar caloroso ajudando a dissipar minhas apreensões. Conduzi-a até o quarto de hóspedes carregando uma xícara de chá para minha mãe. Penny levava os pratos com bolo.

— Mãe, gostaria que conhecesse minha amiga Penny. Penny, esta é minha mãe, Mavis.

— É um prazer conhecê-la, Mavis — disse ela com um sorriso caloroso.

— Uma das enfermeiras? — perguntou minha mãe.

— Não. Sou vizinha da Alison.

— E melhor amiga — acrescentei.

— E trouxe um bolo de mirtilo com creme azedo que minha esposa fez — falou Penny, estendendo um prato para minha mãe.

Prendi a respiração, imaginando qual julgamento ou comentário desagradável ela poderia fazer à menção da esposa de Penny.

— Que gentileza — comentou, sorrindo e aceitando a fatia do bolo. — Venha, sente-se ao meu lado. Quero ouvir tudo sobre você e sobre a esposa que fez uma delícia dessas.

Minha mãe era cheia de surpresas.

Ela deu uma mordida no bolo enquanto Penny puxava uma cadeira para perto da cama.

— Delicioso! — proclamou. — É feito com cardamomo?

Minha melhor amiga sorriu.

— É o ingrediente secreto. Só um toque. E raspas de limão.

— Maravilhoso — disse minha mãe, fechando os olhos para saborear a próxima mordida. Então os abriu, olhou para Penny e perguntou: — Me diga, há quanto tempo conhece minha Ali Abelhinha?

Penny sorriu ao ouvir o velho apelido. Também queria sorrir, mas depois dos acontecimentos daquela manhã, não consegui.

Ela estava fazendo charme. Comecei a pensar que talvez a chave para mantê-la bem-comportada fosse ter um fluxo constante de visitas. Os problemas só pareciam acontecer quando estávamos sozinhas.

— A gente se conheceu quando ela e Mark se mudaram para cá. Nossa, já deve fazer quase dez anos, não é, Ali?

Assenti.

— Sim, Izzy estava no segundo ano. Tinha a mesma idade que Olivia tem agora. Não parece verdade.

— O tempo é uma coisa engraçada. Passa tão rápido, não é? Em um minuto seus filhos são bebês fofinhos; no seguinte, cresceram, saíram de casa e construíram suas próprias vidas — falou minha mãe com tristeza, como se realmente sentisse falta de mim e do meu irmão

Penny ficou por quase uma hora. Minha mãe foi doce e encantadora. Essa era a mãe fã de Grateful Dead. A mãe que me chamava de *querida* e contava histórias engraçadas de quando eu era pequena, de como era uma criança ansiosa, com medo de rachaduras na calçada e ovos malcozidos.

— Ela costumava pensar demais em cada coisinha. Encontrava algo para se preocupar e ficava doente de tanta ansiedade — contou minha mãe a Penny. Então, virou-se para mim e disse: — Espero que tenha superado isso, Ali. Toda essa preocupação com coisas que não pode controlar. Inventando problemas...

Assenti para ela. Minha mãe olhou para minha melhor amiga.

— O que acha, Penny? Minha Ali Abelhinha ainda inventa problemas?

Ela olhou para mim e sorriu.

— Não mais do que o resto de nós — falou. — Agora, falando em problemas, vou te contar o que a pobre Louise está fazendo em casa com nossas galinhas poedeiras.

Minha mãe riu da história, admirando a dedicação de Louise às aves e à produção de ovos.

No final da visita, Penny prometeu voltar em breve com a esposa e trazer um pouco de mel infundido com maconha para a minha mãe. Mavis nos surpreendeu ao admitir que já gostara de fumar um baseado ou comer brownies de maconha, embora não fizesse isso havia anos.

— Na faculdade, Bobbi e eu fumávamos o tempo todo. Todo mundo fumava naquela época. — Apertou a mão de Penny enquanto se despediam, acrescentando: — Deve ser uma terapeuta maravilhosa. Tão perspicaz e boa ouvinte. Estou tão feliz por Ali tê-la na vida dela.

Penny sorriu, sem ao menos se incomodar em se perguntar como minha mãe sabia que era terapeuta. Esse assunto não viera à tona durante a visita. Contara à ela tudo sobre a fazenda, os animais, Louise e as abelhas e a variedade de maconha caseira chamada Electric Sheep. Mas não mencionara nada sobre sua vida profissional. E eu com certeza não tinha dito nada. Minha mente se concentrou no problema, sondando-o como se cutucasse um dente dolorido de maneira cautelosa e cuidadosa, até que encontrei uma explicação plausível.

Olivia devia ter mencionado. Podia até imaginar: minha filha tagarela contando à avó tudo sobre seus amigos, depois sobre os nossos, incluindo as tias da casa ao lado, Penny e Louise.

19

PAUL CHEGOU AO MEIO-DIA de sexta-feira, como prometido. Parecia mais magro, mais pálido do que no início da semana. Havia círculos azulados sob seus olhos.

Fui até a entrada para encontrá-lo.

Ele me abraçou, um daqueles abraços fracos que as pessoas dão porque sentem que devem. Então se afastou, viu meu rosto e pareceu preocupado.

— Tudo bem? — perguntou. — A Mavis está...?

— Ela está bem — falei. — As coisas estão boas na maior parte do tempo.

Seus ombros relaxaram.

— Que bom. — Seus olhos iam da casa para mim e de volta para a casa.

— Minha mãe parece estar se adaptando bem. Temos nossos altos e baixos. — Fiz uma pausa, pensando que isso era um grande eufemismo. — Mas, no geral, eu diria que está indo bem.

Olhei para o Paul. Sua expressão deixava claro que suspeitava que eu não estava sendo cem por cento sincera.

— A enfermeira é boa?

— Sim. A Teresa é ótima. É bastante pé no chão. No começo, fiquei um pouco preocupada que não fosse o tipo da minha mãe, mas, no fim, elas gostaram muito uma da outra. Ela vem todas as manhãs. Na verdade, acabou de sair.

— Fico feliz que esteja indo bem. A Mavis está acordada?

— Ah, sim, está ansiosa pela sua chegada.

Ele assentiu, embora eu tenha visto a sombra da decepção em seu rosto. Mas era bobagem. Com certeza não viera até ali esperando encontrá-la adormecida.

— Bom, bom. Tenho alguns documentos para revisar com ela. E trouxe mais algumas coisas da casa em Woodstock. Alguns livros e itens pessoais para ajudá-la a se sentir mais em casa.

Ele alcançou o banco de trás, onde estavam empilhados alguns sacos e uma caixa.

— Paul?

— Sim?

— Conhece a minha mãe. Talvez melhor do que qualquer outra pessoa. Melhor do que eu, com certeza.

Ele abriu a boca, depois a fechou de repente, os lábios cerrados. Assentiu.

— É que eu estava me perguntando se, antes de ficar doente, ela estava... não sei, mostrando algum sinal de desorientação?

— Desorientação?

— É que... bem, são umas coisinhas. Ela tem andado pela casa, levantado no meio da noite e saído da cama. E há momentos em que parece genuinamente desnorteada. Parece não saber onde está. Certa noite ela conseguiu até abrir a janela do quarto.

Ele pareceu preocupado.

— Isso não aconteceu mais. Na maior parte do tempo, está bem lúcida. Mas de vez em quando... é quase como se a personalidade dela mudasse. Ela me disse até que não é realmente a Mavis.

— Não é a Mavis?

A mandíbula de Paul se retesou, e ele semicerrou os olhos como se eu estivesse saindo de foco. Como se talvez eu não fosse realmente a Alison.

— E algumas vezes ficou agitada, dizendo que não deveria estar aqui. Que é perigoso.

— Perigoso? — Arqueou as sobrancelhas.

— Estava falando sobre isso com a Teresa, e ela perguntou se poderia haver um pouco de demência nesse comportamento.

Ele balançou a cabeça.

— Não. Pelo menos, não que eu saiba. Nunca vi nenhum sinal disso. Mavis... bem, ela sempre foi afiada, perfeitamente lúcida.

— Talvez seja só a doença e a medicação.

As linhas na testa dele se aprofundaram ao me lançar um olhar grave de preocupação.

— Está mesmo bem com essa situação, Alison? — perguntou. — Sei que a presença dela aqui é complicada. Se precisar de mais apoio, podemos conseguir mais enfermeiras, ter alguém aqui o tempo todo, se necessário.

— Não — falei. — Sério. Estou bem. Está tudo sob controle.

— Parece cansada — disse ele.

Mordi o lábio para não dizer: *você também, Paul.*

E, honestamente, eu estava cansada. Não estava dormindo bem. Revirava-me noite toda, ouvindo o chiado no velho monitor de bebê, imaginando que escutava coisas: sussurros, zumbidos, o grito distante de um pássaro.

— Tem sido... uma adaptação difícil — admiti. — Mas agora criamos uma rotina. É sério, estamos bem. Você vai ver.

— E o Mark, as meninas, eles estão bem com tudo isso?

— Sim. Na verdade, estão ótimos. Ele acha minha mãe bastante charmosa. Olivia está apaixonada por ela. Até Izzy se aproximou. Ela tem entrevistado minha mãe, fazendo um diário em vídeo.

— Um diário em vídeo?

— Minha mãe parece estar gostando de ser entrevistada e filmada.

O rosto dele se contraiu em um sorriso.

— Sua filha vai ter que me contar os segredos dela. Tenho tentado fazer a Mavis dar entrevistas há anos.

Paul olhou de mim para a casa.

— Vamos entrar — falei. — Ela está esperando por você. Vai ficar tão feliz em vê-lo.

Seus olhos estavam fixos na porta da frente e, por meio segundo, tive certeza de que ele não ia entrar. Que ia apenas me entregar os papéis e ir embora. Sua expressão me dizia que entrar na casa para vê-la era a última coisa que queria fazer.

E mais uma vez me peguei pensando se eram o luto e o horror da doença dela e da morte iminente que o assustavam, ou se era algo mais.

— PAUL — CHAMOU MINHA MÃE quando ele entrou.

— O próprio — respondeu. Foi até a beira da cama, inclinou-se e beijou sua bochecha, a pele pálida e delicada como papel de seda. — É bom vê-la, Mavis.

— Se é tão bom, por que não veio antes? — perguntou ela.

Não consegui descobrir se estava brincando ou realmente chateada. Talvez um pouco dos dois?

— Porque combinamos sexta-feira. — Havia suor na testa dele.

— Combinamos?

Ele assentiu.

— Estava em casa, cuidando da longuíssima lista que fizemos. Enviei todas as pinturas, esboços e diários para a retrospectiva de Toronto. E mandei as novas peças para Ravenwood, em Nova York. Comecei a organizar as coisas que me pediu, fechando a casa. Estive bastante ocupado. — Sua voz vacilou.

Paul, que normalmente era tão confiante e no controle, parecia estar com dificuldades. Abriu a boca como se fosse dizer algo mais, mas nenhuma palavra saiu.

— Que ótimo — disse minha mãe. — É bom saber que está fazendo por merecer o seu salário.

Ele pareceu se encolher um pouco, depois forçou um sorriso.

— Tenho uma pequena pilha de papéis que precisam da sua assinatura e algumas perguntas. Está disposta?

— Claro.

Ela se sentou, de repente parecendo muito alerta.

— Vou deixá-los a sós, então — falei. — Vou passar um café. E tenho alguns bolinhos de canela frescos.

— Perfeito — disse Paul, remexendo na bolsa e tirando uma pasta.

Na cozinha, preparei o café e coloquei os bolinhos de canela no forno para aquecê-los. Depois, montei um prato com os bolinhos quentes e fui andando até o quarto.

— Por favor — dizia Paul. — Isso não pode ser verdade.

Parei de supetão, então me afastei para o lado no corredor, ouvindo.

— Não finja que não sabia esse tempo todo — disse minha mãe. — É uma das pessoas mais inteligentes que conheço, Paul. A verdade estava na sua cara e você se recusou a enxergar.

Será que estavam falando sobre a doença dela? Sobre sua morte iminente e a negação dele?

— Mas isso não é possível — insistiu.

Ela riu.

— Não tem ideia do que é possível ou não.

Ele disse algo em um tom baixo e ofegante, algo que não consegui entender. Minha mãe voltou a rir, mas era uma risada maldosa, cruel. Então ela sussurrou alguma coisa, que saiu em um sibilo longo e sinistro.

Houve apenas silêncio por longos segundos.

— Não — disse Paul com firmeza. — Eu não vou. Não posso.

— Ah, vai sim. Depois de tudo que fiz por você, Paul? Não tem o direito de negar.

Mais silêncio, depois um sussurro, seguido por passos vindo na minha direção. Eu me afastei rapidamente pelo corredor, em direção à cozinha, ainda segurando o prato de bolinhos de canela.

Ele quase esbarrou em mim.

— Paul? — chamou minha mãe do quarto. — Volte aqui!

Olhou para mim — fora de si, desesperado —, balançou a cabeça e correu para a porta da frente.

— Paul! — gritou ela. — Não se atreva a ir embora!

Coloquei os bolinhos na mesa de jantar e o segui pela porta da frente, sem me preocupar em fechá-la ao correr para a entrada, onde ele estava destrancando seu SUV. Sem casaco, eu tremia com o frio.

— Paul? O que está acontecendo?

Ele se virou do carro aberto para mim.

— Eu não... eu não posso...

— Pode falar comigo, Paul.

— Desculpa — disse, os olhos marejados. — Eu sinto muito. É minha culpa. Nunca deveria... — Parou. — Mas eu não sabia. Juro.

— Não estou entendendo. Por favor, volte, tome uma xícara de café. Podemos conversar.

Entrou no carro.

— Paul! — gritava minha mãe dentro de casa.

Ele olhou da casa para mim, o rosto cheio de angústia enquanto girava a chave na ignição. O motor rugiu.

Lá dentro, minha mãe berrou o nome dele, depois outras palavras que não consegui entender — por acaso ela estava gritando com ele em outro idioma? —, seguidas de um gemido baixo e um estrondo.

Paul voltou os olhos arregalados de medo para mim enquanto engatava a marcha à ré. Ele baixou o vidro.

— Essa não é a Mavis — disse, e depois se afastou.

20

— COMO ESTÁ SE SENTINDO? — perguntei.

Minha mãe dormira a maior parte da tarde. Agora que estava acordada, eu trouxera um pouco de chá e um dos bolinhos de canela que tinha aquecido mais cedo.

Eu a encontrara no chão quando corri para dentro da casa depois que Paul foi embora. Ela abaixara a grade e saíra da cama, perdendo o equilíbrio, segurando na mesa de cabeceira e derrubando tudo no chão: o celular, um copo de água e a pedra. Havia batido o braço na queda. Não parecia quebrado, e dissera que não bateu a cabeça, mas liguei para Teresa e ela veio imediatamente. Juntas, conseguimos acomodar minha mãe, enfaixar o arranhão no braço e dar a ela uma dose pesada de Ativan. Ela dissera que tivemos sorte, pois minha mãe estava machucada, mas não sofrera ferimentos graves, e sugeriu que talvez fosse hora de repensar o alarme da cama.

— Se ela cair de novo, talvez não tenhamos tanta sorte.

Prometi ser mais vigilante, mais cuidadosa. Não queria que minha mãe se sentisse ainda mais prisioneira.

— Achei que pudesse estar com fome — falei, colocando o chá e o bolinho na mesa de cabeceira.

Ela não olhou para mim. Olhava para o braço, que estava envolto em gaze. Um braço de múmia.

— Mãe?

Essa não é a Mavis.

— Sei o que você veio me perguntar — disse ela.

— Hã?

Por acaso seus olhos estavam mais escuros? Os lábios mais finos ao se esticarem em um sorriso maldoso?

Não é a Mavis.

— Vamos lá, pergunte — desafiou. — Ou é covarde demais?

Minha garganta estava seca e travada.

— O que acha que vim perguntar?

Não é a Mavis.

Ela permaneceu em silêncio. Observava-me com um sorriso, esperando.

— Tudo bem — falei. — Quer me contar o que aconteceu com o Paul hoje? Por que ele foi embora de repente?

Seu sorriso se alargou.

— Pobre Paul. Foi embora e perdeu a cabeça.

— O que quer dizer? Aconteceu alguma coisa entre vocês dois?

— Pergunta errada.

— Mas é isso que...

— Essa é uma pergunta fraca, Alison. Tenha coragem e faça uma boa.

Não é a Mavis.

— Tudo bem. — Minha mente estava confusa. O que eu queria saber? Soltei a primeira pergunta que me veio à cabeça. — Por que disse para a Olivia te chamar de Needle Sivam?

Minha mãe sorriu para mim. Era um sorriso tão largo que parecia que ia machucá-la, como se seu rosto pudesse se partir e sua mandíbula se deslocar como a de uma cobra prestes a engolir a presa.

— *Era uma vez uma menininha que tinha um cachinho bem no meio da testa* — cantou.

— Seu nome é Mavis.

— E se não for? — retrucou. — E se eu não for a Mavis? Não mais.

Suspirei. O quarto pareceu encolher, escurecer.

Ou será que minha mãe estava ficando maior? Seus membros se alongando?

Pisquei. Impossível.

— Beleza. Se você não é a Mavis, quem é? — Minha voz saiu fraca e aguda, minha voz de menininha assustada.

As palavras que Paul falara ao ir embora martelavam dentro do meu crânio, uma terrível cacofonia:

Essa não é a Mavis.

Essa não é a Mavis.

Essa não é a Mavis.

— Eu uso a Mavis como uma pele — disse. — Eu sou e não sou ela. Sou muito mais.

Houve uma risada crepitante, como o fogo consumindo a grama seca.

— Então Needle é o seu verdadeiro nome?

— Tenho muitos nomes, a maioria dos quais você não poderia pronunciar, mesmo que tentasse.

Os pelos da minha nuca se arrepiaram. Havia algo estranhamente familiar naquele discurso.

Olhei para a mulher ali na cama hospitalar alugada e jurei que vi seu rosto mudar. Em vez de uma senhora encolhida, ela se tornou minha mãe mais jovem — a mãe da minha infância. As rugas desapareceram, as bochechas se arredondaram, o cabelo escureceu. E então, por uma fração de segundo, ela se tornou algo completamente diferente. Uma criatura com olhos pequenos e pretos como carvão, um focinho pontudo e grandes incisivos amarelos.

O Rei dos Ratos da Olivia.

Pulei para trás e dei meia-volta.

Quando me obriguei a olhar de novo, era minha mãe moribunda, envolta em cobertores, o braço arranhado enfaixado com gaze.

Claro que era.

A falta de sono estava me afetando. Os pesadelos. O estresse de tê-la ali. O maldito roedor e a história da Olivia sobre o Rei dos Ratos.

E a partida bizarra e desesperada de Paul.

As palavras loucas dele: *essa não é a Mavis.*

Controle-se, pensei, fechando os olhos com força.

Isso é o que a minha mãe faz, lembrei. *Conta mentiras. Fode com a minha cabeça.* Tudo aquilo era apenas a minha mãe aprontando suas artimanhas velhas e cruéis.

— Needle Sivam — falei, visualizando as letras na minha cabeça. Anos de escrita invertida para as gravuras me ajudaram a notar de cara, mesmo em minha mente. Abri os olhos e a encarei. — É Mavis Eldeen ao contrário.

Ela riu.

— Garota esperta.

— Mas por quê? Por que fazer a Olivia chamá-la pelo seu nome invertido?

Um jogo? Um enigma? Um teste para ver se Olivia descobriria?

— Talvez porque eu sou o que a Mavis vê no espelho.

Olhei para ela, aquela senhora doente, e percebi que a última coisa que eu deveria fazer era entrar naquela loucura com ela.

— O que vê quando se olha no espelho, Alison? — perguntou.

Ignorei a pergunta e fiz outra.

— Disse que tem outros nomes, certo?

Seriam mais enigmas? Quebra-cabeças a serem resolvidos?

Ela assentiu.

— Olivia me chama de Needle — disse minha mãe, a voz um sibilo baixo. — Mas você... você, Alison, pode me chamar de Azha.

Era a voz que eu reconhecia das noites da minha infância, quando ela se esgueirava para a minha cama e sussurrava coisas terríveis.

E não é que eu reconhecia o nome?

Já não o ouvira antes?

— Desculpa... o quê?

Ela soltou um muxoxo, balançou a cabeça.

— Sinceramente, Alison. Será que tenho que soletrar tudo para você? Segurar a sua mão? Te guiar em cada passo, porra? É A-Z-H-A!

Cambaleei para trás com o coração disparado, a mandíbula travada, rangendo os dentes.

Os olhos dela estavam tão escuros que eram quase pretos.

— Não se lembra?

Balancei a cabeça, saindo devagar do quarto.

21

— E AÍ ELE FOI EMBORA, simples assim? — perguntou Mark.

Era um pouco antes das 22 horas e estávamos na cama sob nosso edredom pesado. Costumava ser minha hora favorita do dia: aqueles últimos momentos da noite quando Mark e eu nos aconchegávamos, compartilhávamos pequenos detalhes do dia, recontando um ao outro as melhores partes, ou às vezes compreendendo coisas difíceis juntos. Ele apagara a luz de leitura, e eu estava com meu notebook aberto. O brilho azul da tela iluminava o quarto: a cômoda antiga com a foto de casamento emoldurada em cima, e o espelho oval acima dela. Tínhamos mesas de cabeceira iguais: a de Mark tinha livros de poesia empilhados e provas para corrigir. A minha tinha alguns cadernos de desenho e lápis, e um livro sobre a história do Halloween que ele comprara para mim, esperando que servisse de inspiração para o novo livro da Moxie.

Estava atualizando-o sobre como Paul foi embora, contando-lhe todas as coisas que não pude dizer na frente das meninas mais cedo.

— Ele saiu voando daqui. Ouvi os dois discutindo... estavam muito aborrecidos. Ela pediu para que fizesse alguma coisa, mas ele disse que não. Quando percebi, Paul estava praticamente correndo porta afora.

— Uau. Bem, você disse que ele não tem lidado bem com a doença dela.

— É verdade, mas...

— O que faz sentido. Ele meio que foi um filho para ela.

Não sei por que isso me incomodou tanto. Talvez fosse ciúmes. Paul estivera próximo dela ao longo dos anos, fizera parte do dia a dia da minha mãe de um jeito que eu não fiz.

— Eu sei — falei.

Paul conhecia minha mãe de uma maneira que eu nunca conheceria.

Assim como eu a conhecia de um jeito que ele nunca conheceria.

Era estranho pensar nisso, como se conhecêssemos duas pessoas completamente diferentes.

Sempre me perguntava se ele tinha alguma noção de como fora minha infância e a de Ben naquela casa. No mínimo, devia suspeitar. O fato de Ben se recusar a falar com ela o deixava bem curioso. Ele me perguntara uma vez, havia muito tempo.

— O que aconteceu entre a Mavis e o Ben? O que ela fez?

Sabia o peso da pergunta, sentia que ele me estudava, querendo saber o que ela também fizera comigo, mas sabendo que era melhor não perguntar. Não respondi, apenas balancei a cabeça e mudei de assunto. Ele nunca mais perguntou.

— Está com ela há anos — continuou Mark. — Não só trabalhando para ela, mas morando lá na cocheira.

Também me perguntava sobre isso. O que o fez ficar? Como era a vida dele lá? Será que tinha amigos? Alguém com quem passava a noite de vez em quando? Ele me dissera que não tinha família, e eu nunca ouvi Paul ou minha mãe mencionarem alguém próximo a ele. Não sabia nada sobre sua vida pessoal. Duvidava que tivesse muito tempo para uma.

E quanto ao poder que minha mãe tinha sobre ele?

Era evidente que não era total, porque naquela tarde ele não a obedecera.

O que diabos ela pediu? Não conseguia imaginá-lo dizendo não à minha mãe.

— É óbvio que ele se importa muito com ela — disse Mark ao meu lado. — E ela com ele.

— De fato, eles têm um vínculo forte — concordei. — Ela ficou furiosa quando ele saiu. Foi assustador.

— Conseguiu falar com o Paul desde que ele foi embora? — perguntou.

— Não. Tentei ligar. Deixei várias mensagens. Também mandei uns e-mails.

Ele assentiu.

— Vamos dar um tempo para ele. Tenho certeza de que ele vai te procurar em breve. Deve estar se sentindo péssimo por ter ido embora tão de repente.

Essa não é a Mavis.

Mantive-me ocupada durante a tarde, tentando não pensar no que havia acontecido ou nas coisas bizarras que minha mãe me dissera. Tentei me convencer de que ela estava doente, chateada com Paul, fortemente medicada. Limpei a cozinha, lavei roupa e fiz *quesadillas* para as meninas quando chegaram da escola. Olivia correu para o quarto da minha mãe para mostrar-lhe uma almofadinha engraçada de galinha que fizera na aula de artes. Fiquei parada na porta observando-as, apavorada com a possibilidade da minha mãe começar a falar coisas assustadoras sobre não ser ela mesma para a minha filhinha. Mas ela foi doce e encantadora, exclamando de alegria pela almofada.

— Fiz para você, vovó Needle — dissera Olivia.

— Adorei — respondera ela. — É o presente mais bonito que já me deram.

Mark se aconchegou ao meu lado e espiou a tela do notebook.

— Aprendendo sobre constelações? — perguntou, então leu: — "Azha, uma estrela na constelação de Eridanus." — Franziu a testa. — Não conheço essa.

— Eridanus é um rio. Aos pés de Orion.

Ele assentiu e voltou a olhar a tela.

— "O nome Azha significa *o lugar de incubação*." — Olhou para mim. — Então por que está aprendendo sobre essa estrela em particular?

— Algo que minha mãe me disse.

— Ah, é? Não sabia que ela se interessava por astronomia.

— Não se interessa — falei, como se tivesse alguma ideia dos interesses da minha mãe. Como se eu a conhecesse de verdade. — Pelo menos, não que eu saiba.

Ele me observou, esperando.

Coloquei o notebook de lado e decidi tentar uma nova tática: a verdade.

— Ela me disse que Azha era o verdadeiro nome dela.

Mark sorriu.

— Ela se batizou com o nome de uma estrela? Fofo, não acha?

— Não sei se chamaria de fofo.

— E como chamaria?

— Não sei, Mark. Estranho? Um pouco sinistro, talvez?

Essa não é a Mavis.

— Disse para Olivia chamá-la de Needle Sivam, que é Mavis Eldeen ao contrário. Quando perguntei sobre isso hoje, ela me disse que tinha muitos nomes, mas que podia chamá-la de Azha. E o Paul, antes de sair...

Eu me interrompi, me perguntando se tinha coragem de continuar. Se deveria contar tudo a ele.

Mark fechou meu notebook com cuidado.

— Ali, sua mãe está muito doente e tomando muitos remédios. Ela vai dizer umas coisas bem esquisitas. Não pode ficar atrás de significados sinistros em cada coisinha que ela diz ou faz.

— Sinto como se... como se ela estivesse brincando comigo. Só que não entendo o jogo.

— Alison...

— Eu sei, eu sei. Ela está doente. E tenho uma imaginação fértil.

— Só estou dizendo para colocar as coisas em contexto.

Assenti.

— Posso dar um conselho? — continuou. — Guarde o notebook. Vá dormir. Parece exausta.

Ele beijou minha bochecha, minha testa.

— Vou sim. Só vou checar meu e-mail de novo. Ver se Paul respondeu. Além disso, estou esperando notícias da Sarah. Ela ia ter uma reunião com Kit e John hoje, para pedir mais seis meses de prazo para o meu livro novo.

— Não pode continuar adiando essa entrega — disse ele, deitando nos travesseiros, fechando os olhos.

—Eu sei — falei. — E estou avançando. É sério. — A mentira pesava como uma bala de canhão no meu estômago. — É só que... com minha mãe aqui, com o Natal chegando e tudo o mais, vai ficar mais devagar.

— Tenho certeza de que eles vão entender. Boa noite, meu amor — disse, virando-se de costas para mim.

Em dois minutos, ele roncava baixinho. Sempre invejei a capacidade dele de dormir com tanta facilidade e rapidez, não importavam as circunstâncias.

Abri o notebook de novo e olhei para a tela, rolando para a próxima página de resultados da busca por Azha.

Meus dedos começaram a formigar e ouvi um zumbido estranho quando cliquei em um dos links.

O mundo ficou menor, mais escuro, como se eu estivesse vendo tudo através de um túnel.

Com certeza eu não estava entendendo o que lia. Com certeza aquilo era impossível. As palavras pareciam borradas e estranhas, como se escritas em outra língua, impossíveis de compreender.

O zumbido ficou mais alto e parecia vir de todos os lugares: das paredes, do teto, do chão.

Cercava-me, chegava mais perto, cada vez mais perto, até que pude sentir a vibração dele.

A origem do zumbido estava ali na cama comigo, debaixo das cobertas, entre mim e Mark.

Prendi a respiração, puxei o cobertor.

A tela brilhante do meu celular iluminava meu rosto.

Era só o telefone.

Era uma chamada de um número de Nova York que eu não reconhecia. Será que Paul estava me ligando de outro telefone?

— Alô? — sussurrei quando atendi, para não acordar meu marido.

— Boa noite. Aqui é o sargento Herrera da Polícia do Estado de Nova York. Estou tentando entrar em contato com a família de Paul Deegan.

Meu coração disparou. Será que aconteceu alguma coisa?

— Eu... eu sou uma amiga. Pelo que sei, Paul não tem família com quem mantenha contato.

— Estou na casa dele, na rua Spring Hill, 278. Ele colocou uma Mavis Holland como contato de emergência, mas parece que ela não está em casa. É a esposa dele?

— Não, não — gaguejei. — É a chefe dele.

— E ele mora na residência com ela?

— Ele mora na cocheira... É assistente dela.

— A senhora sabe onde posso encontrar a Sra. Holland?

— Na verdade, está aqui, hospedada na minha casa.

— Posso falar com ela?

— Não, sinto muito — falei. — Ela está muito doente e fortemente medicada. Eu sou a filha dela, Alison. Por favor, do que se trata?

Mark se remexeu ao meu lado.

— Conseguimos seu número no telefone do Sr. Deegan... Quase todas as ligações recentes dele foram para a senhora. Sinto muito ter que dar essa notícia por telefone...

Ele fez uma pausa e esperei, meu coração disparado. Sabia o que ia ser dito e não queria ouvir. Queria desligar antes que ele tivesse a chance de concluir.

— O Sr. Deegan sofreu um acidente hoje à noite na rota 212.

— Meu Deus — falei. — Ele está...

Me diga que Paul está bem. Que está no hospital, mas vai ficar bem. Graças a Deus pelos airbags.

Mas não era isso o que ele ia dizer, e eu sabia.

— Morreu na hora — disse o sargento Herrera, a voz falhando um pouco.

Parecia jovem, como se não tivesse muita experiência em dar notícias terríveis por telefone.

— Não — lamentei. — Como? O que aconteceu?

— Acreditamos que ele tenha pegado um trecho com gelo e perdido o controle em uma curva. O carro capotou e caiu em um barranco. O teto do veículo foi arrancado, e o Sr. Deegan foi...

— O quê? — perguntei, de repente precisando saber dos detalhes. Será que fora lançado para fora do carro?

— Bem, ele foi, hum... — Pigarreou. — Não sei quantos detalhes a senhora quer saber. E não devo...

— Por favor, me conte — pedi.

— Bem, ele foi... — A voz do sargento Herrera tremeu.

Entendi que o que quer que tivesse acontecido com Paul fora grave, abalara aquele homem. Parecia hesitante em me contar, mas, ao mesmo tempo, era quase como se parte dele quisesse compartilhar comigo o horror do que vira.

— Como eu disse, ele morreu na hora. Foi... decapitado.

Soltei um lamento, incapaz de encontrar as palavras.

Tentei me concentrar no que o policial dizia, nos detalhes de para onde levaram os restos do carro (que estava registrado no nome da minha mãe), no fato de que passaria meu contato para o legista, e que eu deveria tentar encontrar o parente mais próximo de Paul.

Mark se virou, abriu os olhos e olhou para mim.

— Quem é? O que está acontecendo? — perguntou.

Minha mente girava. Vi Paul saindo apressado depois de pronunciar as palavras que me deixaram atônita: *essa não é a Mavis.*

Ouvi minha mãe me contando sobre seus muitos nomes.

E sobre Paul. Como tinha fugido.

Ele foi embora e perdeu a cabeça.

Senti a bile subir pela garganta, queimando.

Não era real. Não podia estar acontecendo.

— O que foi? — murmurou ele quando desliguei a chamada. — Está tudo bem?

Mas eu não conseguia responder.

Nada estava bem.

Nem um pouco.

Olhei para o computador, ainda aberto no meu colo.

Reli o primeiro parágrafo da página que clicara antes do meu celular vibrar:

Azha, uma antiga demônia, frequentemente representada com o corpo de uma serpente e a cabeça de um pássaro. Gananciosa, cruel e vingativa, é conhecida por oferecer grandes riquezas, fama, ou qualquer que seja o seu desejo mais profundo — em troca da sua alma.

— Amor? — chamou Mark, sentando-se.

Bati a tampa do notebook e comecei a soluçar.

22

MINHA MÃE ESTAVA na casa com a enfermeira, tomando um banho de esponja. Mark tinha levado Olivia para o ensaio geral no teatro. Izzy estava fora com a Theo. Iam a uma matinê todo sábado com um grupo de amigos do clube de cinema. Eu estava no celeiro, lendo um artigo online intitulado *Sinais de que Alguém que Você Ama Pode Estar Possuído por um Demônio*. Os sinais incluíam mudanças de personalidade, comportamento violento, falas estranhas e movimentos incomuns.

> A forma física da pessoa pode mudar: ela pode parecer mais velha, mais jovem, a cor dos olhos pode alterar, e toda a estrutura do rosto e do corpo pode parecer diferente. O demônio tem grande capacidade de manipular seu hospedeiro, como se o humano fosse um fantoche feito de massinha de modelar.

Olhei para as anotações que fiz, acrescentando: *capacidade de mudar de forma*. Em letras maiúsculas, escrevi: *MUDANÇAS DE PERSONALIDADE. COMPORTAMENTO VIOLENTO*, sublinhando as palavras. Na final da página, havia um desenho que não lembrava de ter feito. Algo que devo ter esboçado enquanto minha mente estava cheia de pensamentos confusos. Era Azha, uma criatura com cabeça de pássaro (desenhei um pássaro preto com uma crista, como um gaio-azul sombrio) e o corpo de uma cobra preta grossa. Na minha versão, uma parte da criatura era familiar: dei a ela os olhos azuis gélidos da minha mãe.

Meus próprios olhos ardiam. Não dormira muito na noite anterior após a ligação do policial. E quando comecei a cochilar, sonhei com o acidente de Paul. Na minha visão onírica, ele fazia uma curva e Azha estava na estrada, esperando, o corpo de serpente se contorcendo, a cabeça de gaio-azul gritando *iii-iii-iii*.

Esfreguei os olhos. Minha nuca e meus ombros doíam. Eu precisava de mais cafeína.

Olhei para o relógio. Passava um pouco das 15 horas. Estava naquela pesquisa havia quase duas horas: vasculhando sites e tomando notas, encomendando livros sobre demônios e possessão demoníaca. Eram livros que eu teria muita vergonha de comprar na livraria independente da cidade, onde os vendedores me conheciam pelo nome, me cumprimentavam quando eu entrava, recomendavam títulos e, claro, me estressavam ao perguntar como estava indo o próximo livro da Moxie.

Quanto mais eu mergulhava naquela pesquisa sobre demônios, mais confusa e enrolada eu me sentia. Por um lado, de repente tudo fazia sentido. Era quase um alívio ter uma explicação para a personalidade e o comportamento da minha mãe. Por outro, a parte lógica do meu cérebro dizia que aquilo não podia ser real. Demônios não existiam, exceto nas páginas de livros de terror e no brilho trêmulo dos filmes da madrugada.

Impossível, pensava.

Mas e se não fosse?

— Toc-toc! — chamou uma voz abafada do lado de fora do celeiro.

Pulei, quase caindo do banco.

Tentei dizer "Quem é?", mas as palavras morreram na minha garganta.

Azha, sibilaria ela.

Azha quem?, perguntaria, recitando uma piada boba de toc-toc, uma charada.

Mas qual seria o trocadilho final?

A-zha-petite e vou te engolir inteira.

A porta do celeiro deslizou e me virei, apenas para ver Penny enfiando a cabeça por ali.

Senti um alívio imenso.

— Oi — falou, entrando. — Tudo bem?

Ela me encarou por um bom tempo. Dava para ver a preocupação em seu rosto.

Fechei o notebook antes que ela pudesse ver a tela.

— Não muito — admiti.

Queria correr para ela e me enterrar em um dos seus abraços reconfortantes com cheiro de sândalo.

— Mark me mandou uma mensagem. Pediu que eu viesse te ver.

Os olhos dela foram do notebook fechado ao meu caderno, e também o fechei, mas tinha certeza de que ela viu a criatura que desenhei.

— Ah, é?

Meu marido tinha me mandado algumas fotos de Olivia em sua fantasia de ratinho e perguntou como eu estava. Respondi que estava ocupada trabalhando no novo livro da Moxie. A assistente de enfermagem, Janice, ia passar a tarde com a minha mãe, então eu estava tirando uma folga no estúdio.

Não tinha mostrado a ele o que havia lido online sobre Azha. Só conseguia imaginar o que ele diria, um olhar preocupado, mas debochado enquanto explica que aquilo não era possível, simples assim.

Penny assentiu.

— Ele me contou sobre Paul. Disse que você ficou muito abalada com a notícia. Que não dormiu muito na noite passada. — Ela me abraçou. — Que coisa horrível, Ali. Sinto muito.

Soltou-me do abraço apertado e estudou meu rosto, olhos fixos nos meus, tentando ver tudo o que eu não contara.

Assenti e esfreguei o pescoço.

— Ainda não consigo acreditar. Parece um pesadelo. Paul esteve aqui ontem. Sofreu o acidente voltando para Woodstock. Ele e minha mãe brigaram. Estava tão chateado quando saiu. Fico pensando que se eu tivesse encontrado um jeito de fazê-lo ficar, resolver as coisas, ou pelo menos acalmá-lo, talvez...

— Não pode jogar o jogo do "e se", Ali. Não sabe se foi a chateação que causou o acidente. E mesmo que tenha, não é culpa sua.

— Eu sei.

— Um acidente é só isso — disse ela, segurando minha mão e apertando-a de leve. — Um acidente. Às vezes coisas horríveis acontecem e ninguém tem culpa.

Assenti. Pensei na perda do filho de Penny e Louise. Não foi exatamente um acidente, mas um destino trágico que ninguém podia ter previsto. O mundo estava cheio de coisas horríveis.

Mark já tinha me dito o mesmo várias vezes: que nada que eu pudesse ter feito teria mudado o que aconteceu com Paul. E a parte lógica do meu cérebro entendia que eu não podia ter evitado aquilo.

Ainda assim, ficava relembrando a estranha visita, imaginando o que poderia ter feito de diferente. Olhei para a minha mesa de trabalho bagunçada. Meus desenhos, as anotações que fiz, o computador com a confirmação da compra dos livros que encomendei.

Essa não é a Mavis, dissera Paul.

— Como sua mãe está lidando com a perda? Eles eram bem próximos, né? Não consigo nem imaginar o que ela deve estar passando.

Mordi o lábio.

— Ela não sabe.

Os olhos dela se arregalaram.

— Ali, sei que você quer protegê-la, mas...

— Eu sei, eu sei. Preciso contar para ela. Também preciso discutir os preparativos. Ver se Paul tinha algum familiar que eu devesse avisar. E era o carro dela que ele estava dirigindo, então temos que resolver essa parte. O legista ligou hoje de manhã perguntando qual casa funerária queríamos usar. Recomendou um lugar da região. Quando acho que esse pesadelo não pode piorar, fica pior.

— Então quanto antes contar para ela, melhor — falou, colocando um cacho rebelde atrás da orelha esquerda.

— Eu sei. Só que... preciso encontrar a hora certa. Ela estava com muita dor quando acordou, e pediu mais remédios. Depois ficou acordando e cochilando. Aí a enfermeira dela, a Teresa, veio por um tempo. E agora a Janice, a assistente de enfermagem, está lá com ela. Está dando banho nela, trocando os lençóis. Fazendo um pouco de companhia para a minha mãe para me dar um descanso.

Penny me olhou, esperando. Aqueles olhares intensos dela costumavam me confortar, mas agora eu me sentia encurralada.

— Vou contar para ela mais tarde, depois que Janice for embora — tranquilizei-a —, contanto que ela esteja acordada e lúcida.

— Promete? — perguntou ela.

— Prometo.

Penny me deu um sorriso caloroso.

— Posso ir junto, se quiser. Sabe como é, para dar um apoio moral.

Balancei a cabeça.

— Obrigada, mas eu consigo fazer isso.

— Com certeza vai ser um choque terrível — declarou.

Assenti.

— Vou te mandar uma mensagem mais tarde para saber como ela recebeu a notícia.

Entendi que aquela era a maneira da minha melhor amiga me fazer cumprir a palavra de que eu realmente contaria para a minha mãe ainda naquele dia.

— Talvez Louise e eu possamos dar uma passada amanhã e trazer um agrado para ela. Mais bolo? Biscoitos?

— Claro — falei. — Ela vai gostar, com certeza.

— Então viremos amanhã.

Penny voltou o olhar para o notebook e o caderno fechados.

— Então, no que está trabalhando?

Encarou-me como se me desafiasse a mentir.

— Eu...

Tentei mentir. Inventar algo sobre pesquisas para o próximo livro da Moxie. Tentando descobrir como ela salvaria o Halloween, se é que o Halloween realmente precisava ser salvo. Mas Penny era minha melhor amiga, e eu não podia mentir. E sabia que, mesmo se tentasse, seria descoberta. Suspirei, me perguntando como começar.

— Lembra quando, há muito tempo, me contou sua teoria sobre anjos da guarda? Bons espíritos que nos vigiam, nos protegem, nos ajudam a nos guiar?

Na época, achei que era uma ideia meio maluca, mas ela gostava de todas essas coisas espirituais *new age*.

Penny assentiu.

— Lembro.

— Ainda acredita nisso?

— Com certeza.

Passei a mão sobre o caderno, os dedos se demorando na espiral de metal da lombada.

— Bem — continuei —, se há bons espíritos, não faz sentido que existam espíritos maus também?

Ela franziu a testa para mim.

— O que está querendo me perguntar, Alison?

— Ontem, antes de sair, o Paul me disse uma coisa super estranha. Perguntei o que estava acontecendo com a minha mãe, o que aconteceu entre eles, e ele falou: "essa não é a Mavis".

— Não entendo. — Penny parecia perplexa. — Não é a Mavis?

— Você acredita em demônios?

— Demônios? — repetiu ela, lentamente.

Tinha chegado até ali. Não havia motivo para recuar agora.

— Ontem, depois que ele foi embora, a minha mãe... Ela também estava aborrecida. Para falar a verdade, estava furiosa. Acho que saiu da cama para tentar ir atrás dele, e acabou caindo, se machucando. Depois, começou a falar todo tipo de coisa maluca, e aí disse... ela disse que seu nome verdadeiro era Azha.

— Azha? A-Z-H-A?

— É. E eu procurei. É o nome de uma estrela. Mas também é o nome de um demônio antigo. — Observei-a. Ela não disse nada, seu rosto inexpressivo. Mas manteve os olhos fixos nos meus, como sempre. — Até encontrei uma imagem. Tem a cabeça de um pássaro e o corpo de uma cobra, garras horrorosas. — Abri o caderno, folheei-o até o meu desenho da criatura. — Azha oferece riqueza e fama e aquilo que a pessoa mais deseja. Concede desejos em troca da alma.

Penny me encarou, o rosto vazio, em completa calma. Não havia julgamento em seus olhos. Mas também não havia o amor, o sentimento de conexão que normalmente sentia quando ela me olhava. Aquele era o olhar de terapeuta dela. Será que era assim que ela encarava os pacientes totalmente delirantes, tão despedaçados pelo trauma e pela dor que não sabiam o que era real e o que não era?

— Então você acredita que o que está acontecendo com a sua mãe é o que, exatamente? Uma possessão? — Ela quase se engasgou com a última palavra.

— Sei que parece loucura, também foi o que eu pensei no começo, mas então comecei a pesquisar, e as coisas que descobri sobre Azha, sobre possessão... fazem sentido.

Olhei para o meu caderno, pronta para compartilhar a pesquisa que fizera, oferecer provas.

Penny acreditava em anjos da guarda, no poder de cura dos cristais e na percepção que uma leitura de tarô podia proporcionar. Era a pessoa perfeita para ter a mente aberta a respeito de tudo aquilo, para aceitar que poderia ser possível. E era a minha melhor amiga, a pessoa que me entendia, não importava o que acontecesse. Ela acreditaria em mim. Se eu mostrasse a ela, se contasse tudo o que sabia, Penny teria que acreditar.

Mas eu estava errada.

Ela balançou a cabeça.

— Um demônio, Alison? Está dizendo que acredita mesmo que a sua mãe está possuída por um demônio?

Meu estômago se revirou quando vi a maneira como me encarava: os olhos tingidos de confusão, preocupação e completa descrença.

— Há registros de Azha que remontam até...

— Alison — interrompeu ela, descansando uma das mãos no meu braço. — Não existe nenhum Azha.

Falava comigo lentamente, com calma. Do mesmo jeito que falei para Olivia que o Rei dos Ratos não existia.

Puxei meu braço.

— Ah, é? Então você acha que eu estou louca? — Meu tom saiu ríspido, defensivo.

Ela suspirou.

— Não, Ali. Não acho que está louca. Acho que essa é a maneira que a sua mente encontrou para entender as coisas. Para dar uma razão ao que a sua mãe fez com você. É mais fácil acreditar que tem um demônio dentro dela que a obrigou a fazer as coisas horríveis que fez. Mais fácil do que aceitar que ela abusou de você.

Fechei o caderno com um estalo, sentindo minhas defesas se erguerem. Penny era minha melhor amiga. A que sempre estava do meu lado, a que me apoiava. Se ela não acreditava em mim, ninguém acreditaria.

— Então não acredita em demônios? No mal?

Ela esfregou as mãos como se estivesse com frio.

— Ah, eu definitivamente acredito no mal. As pessoas fazem todo tipo de coisa ruim e horrível. Mas por causa de traumas e doenças mentais, por não saberem lidar com as coisas ou por não terem apoio... ou talvez só porque são babacas cruéis. Não porque têm o diabo dentro delas. Ao longo da história, as pessoas confundiram doença mental com possessão, mas agora entendemos melhor as coisas.

Penny me encarou.

Assenti para mostrar a ela que eu também entendia melhor as coisas, é claro.

Ela estava certa. Alguma parte de mim sempre desejou uma desculpa e uma explicação para as coisas que minha mãe fizera. Algo além de *ela só era malvada*. Algo que provasse que eu não merecia nada daquilo.

— Há escuridão no mundo — continuou —, e não tenho dúvida de que sua mãe tem uma escuridão dentro dela. Mas a escuridão nem sempre é sinônimo do diabo ou de um desses demônios menores.

Assenti de novo. Claro que não significava. Minha mão estava sobre o meu caderno, pressionando a capa, mantendo-o fechado, como se as ideias que ele continha pudessem saltar dali.

Penny enfiou a mão dentro da blusa e puxou um saquinho roxo pendurado em um cordão no pescoço.

— O que é isso? — perguntei.

Ela tirou o saquinho e me entregou.

— Minha amiga Carmen fez para mim — respondeu.

Eu encontrara com Carmen algumas vezes nas festas de Penny e Louise. Ela tinha uma pequena livraria e loja de cristais em Burlington e fazia leituras de tarô.

— É um amuleto de proteção. Uso quando atendo meus pacientes, para não absorver a energia negativa deles e levá-la para casa comigo. Mas acho que agora precisa mais do que eu. — Sorriu. — Vai, coloca.

Coloquei o cordão no pescoço.

— O que tem dentro?

— Ah, não tenho certeza. Acho que ervas, raízes e um cristal.

— Obrigada — falei.

— De nada. — Penny se levantou para ir embora. — Ali?

— Sim?

Ela franziu a testa, tirando um cotão do suéter.

— Eu não mencionaria nada sobre os demônios para o Mark. Ele já está bastante preocupado.

— Não! Claro que não. — Lamentei ter comentado com ela. Com certeza não ia falar nada daquilo para o meu marido. — Esqueça que eu disse qualquer coisa, tá? Sei que é uma ideia maluca. Você está certa. É só minha tentativa de entender algo horrível e impossível. De dar uma razão, por mais irracional que seja, para as coisas que minha mãe fez. Obrigada por não julgar.

Ela assentiu.

— Faça um favor a si mesma — disse, olhando para o caderno e o notebook. — Chega de pesquisa sobre demônios. Se vier até aqui, é melhor trabalhar na Moxie.

— Na Moxie, é claro — falei, guardando o amuleto roxo debaixo do suéter. Sorri para Penny da forma mais tranquilizadora que consegui. — Ela tem um feriado para salvar e eu tenho um prazo.

23

— MÃE?

Os olhos dela estavam fechados, mas ela sorria. Fingindo-se de morta.

O quarto estava frio. Frio demais. Olhei para me certificar de que a janela estava fechada, e estava. As paredes, pintadas de um tom claro de creme, pareciam sujas e escuras, como se uma sombra tivesse caído sobre elas. A placa de BEM-VINDA VOVÓ MAVIS, assim como o travesseiro de galinha, ambos feitos por Olivia, estavam posicionados acima da cama e ao lado da minha mãe, respectivamente. A pedra estava na mesa de cabeceira e, por um terrível instante, pensei que o objeto era o responsável por sugar toda a luz e cor do quarto.

Janice tinha acabado de sair. Ouvi o carro dela sair da garagem e depois ir para a rua. Ao acompanhá-la até a porta, ela elogiou minha mãe.

— Esperta como um raio — dissera. — Sabe, ela me disse que podia prever os números que vão ser sorteados na loteria hoje à noite. Me fez prometer que ia parar na loja no caminho de casa e comprar um bilhete. Disse que sabe das coisas.

Abri um sorriso de *que engraçado, não?*, mas senti um calafrio no corpo.

— Ela é esperta — continuou Janice. — E um amor de pessoa.

Eram pouco mais de 16 horas. Mark e Olivia chegariam em casa logo. Precisava lavar a louça do café da manhã e do almoço, limpar a cozinha e começar o jantar. Prometi à minha filha espaguete com almôndegas de peru.

— Está acordada, mãe? — Dei um passo mais para perto. A luz do teto estava acesa, assim como a luz da mesa de cabeceira. Ainda assim, parecia escuro e frio no quarto. — Tenho algo pra te contar.

Sabia que precisava explicar o que tinha acontecido com Paul. Não dava mais para adiar.

E não ajudava em nada saber que a qualquer momento eu ia receber uma mensagem da Penny, perguntando como minha mãe tinha reagido à notícia.

O sorriso dela pareceu se alargar, mas os olhos continuavam fechados. Os braços dela estavam ao lado do corpo, as mãos cerradas em punhos, como se estivesse preparada para uma briga.

Resistindo à vontade de recuar, me inclinei para mais perto dela. Estava tão perto que pude sentir o cheiro do xampu de maçã e do talco de bebê que Janice tinha passado nela. Por baixo, no entanto, havia um odor fétido. Podridão. Um corpo se deteriorando.

Tinha o cheiro de um cadáver.

— Azha? — sussurrei.

Os olhos dela se abriram de repente e o sorriso se alargou, mostrando os dentes amarelos cerrados.

— Não é bom saber, enfim? Trazer a verdade à tona? — perguntou ela. — Chega de esconder. Chega de rodeios. Agora nós duas nos vemos pelo que realmente somos.

Assenti, tentando entender o que ela estava tramando. Será que aquilo era mesmo um delírio causado pela doença ou pelos remédios? Uma forma de sua psique justificar uma vida de crueldade com quem a amava? Será que era só um jogo? Uma última manipulação mental para me deixar atordoada?

E quando olhava para mim, o que e quem ela via? Parte de mim queria perguntar, mas a outra parte não queria saber de jeito nenhum.

— O que é isso? — perguntou, sentando-se e apontando com um dedo torto para o amuleto em volta do meu pescoço, os nós dos dedos inchados pela artrite.

— A Penny me deu. — Levantei-o, sorrindo. — Um amuleto de boa sorte.

— Ele fede — disse ela, contorcendo o rosto para mostrar seu desgosto ao virar a cara.

— Você acha? — Aproximei-o do meu nariz. Achei que cheirava bem. Senti um toque de sálvia, lavanda e algo profundo e terroso por baixo.

— Tire isso — ordenou. — Está fedendo. Tem cheiro de merda.

Guardei o amuleto de volta sob a camisa, e dei um passo para trás.

— É só um amuleto bobo.

— O que você quer, garota de merda? — disparou ela. Depois fez um som de desaprovação e balançou a cabeça, franjas de cabelo prateado caindo sobre os olhos escuros. — Ah, é. Veio nos contar sobre o Paul, não é?

Ela fez uma cara triste muito exagerada, com o lábio inferior para fora, os olhos arregalados e jururus. Parecia um desenho animado bizarro, uma caricatura.

Será que já sabia? Como poderia?

— Está morto, coitadinho. Foi embora sem pensar e perdeu a cabeça. — Deu uma risadinha, soando estranhamente infantil.

— Como ficou sabendo? — perguntei, ofegante, surpresa.

— *Quem matou Cock Robin?* Eu, *disse o Pardal, com meu arco e flecha* — cantou. — *Eu matei Cock Robin.*

— Como ficou sabendo que o Paul morreu? — repeti a pergunta, minha voz mais firme e alta dessa vez; minha voz de *me responda, caralho,* cheia de uma força e confiança que eu não sentia.

— *Quem o viu morrer?* Eu, *disse a Mosca, com meu olhinho pequeno, eu o vi morrer.*

Lembrei das moscas no quarto da Izzy, os corpos grossos se aglomerando em massa contra a janela. O som baixinho de suas batidas.

Olhei ao redor do quarto, meio que esperando ver mais delas, certa de ter ouvido um zumbido fraco.

— Me responda — ordenei. — Como ficou sabendo sobre o Paul?

O sorriso dela desapareceu.

— Eu sei de tudo. Sou o pardal e a mosca.

— Ninguém sabe de tudo.

Ela riu de novo, uma risada terrível, parecida com a de uma gralha. Deitou-se e descansou a cabeça nos travesseiros empilhados atrás dela.

— Verdade. Me pegou na mentira. Não é espertinha? A gata que comeu o canário e está toda orgulhosa e satisfeita, o peito estufado, a cabeça erguida. — Encarou-me. — Miau, miau, miau.

Observei-a, o jeito como o rosto dela se contorceu enquanto fazia sons de gato me fez ter certeza, por alguns segundos, de que aquela não era realmente a minha mãe, mas alguma imitação grotesca dela.

Ela remexia na ponta da colcha.

— A verdade é, sei de muitas coisas. Não de todas as coisas.

— O que mais você sabe? — perguntei, testando-a.

O que eu esperava? Que me dissesse algo impossível de saber, algo que provasse que era um demônio de verdade?

Era isso que eu queria: prova de que aquilo era real. Ou um jeito de pegá-la em uma mentira, de provar que era só um jogo que ela estava jogando. Tinha que ser um jogo.

A parte sã e racional do meu cérebro sabia que eu deveria acabar com aquilo agora. Sair, deixar o quarto, começar o jantar. Não entrar na conversa. Não incentivar aquela loucura. O que isso falava da minha própria saúde mental, ao aceitar aquele jogo com ela?

Pensei na expressão de preocupação e incredulidade da Penny. Se me visse naquele momento, me perguntaria o que diabos eu estava fazendo.

— Seria mais fácil listar as coisas que eu não sei — disse minha mãe (ou a coisa que se passava por ela).

Cruzei os braços sobre o peito.

— Como o quê?

Ela estreitou os olhos, que pareciam completamente pretos, como se as pupilas tivessem dilatado e apagado todo o resto.

— Por que concordou em nos receber aqui?

— Nos?

— Sua mãe e eu. Anfitriã e simbionte. Por que aceitou?

— Porque era a coisa certa a fazer.

— *Não, não, não!* Resposta errada. — Voltou a se levantar, parecendo um boneco ridículo de mola. — Tinha um motivo. *Um plano.* Esperava por respostas? Uma reconciliação? Um final feliz?

Balancei a cabeça e dei um passo para trás.

— Não existem finais felizes.

Aquele sorriso maldoso que eu reconhecia da minha infância apareceu.

— Talvez ainda haja esperança para você, Alison. Talvez não seja tão idiota quanto eu sempre acreditei.

Cerrei o maxilar.

— Disse nós. Anfitriã e simbionte. Isso significa que minha mãe ainda está aí?

— Partes dela.

— Só partes?

— Ela é um quebra-cabeça destruído. Eu sou a cola que mantém tudo junto.

Assenti, então respirei fundo e devagar, para tentar afastar o desconforto que sentia se espalhando por mim.

— Posso falar com ela?

— Não, sua mãe não está em casa. — Apertou a colcha de novo, torcendo-a com as mãos deformadas.

— Quero falar com ela.

— *Ding-dong, ding-dong,* toque a campainha o quanto quiser, cérebro de merda, garota inútil, ela não vai atender. Vai ter que me aturar hoje à noite.

— Há quanto tempo está aí?

Ela respirou fundo, resfolegou, tossiu, e depois se recostou nos travesseiros.

— Ah, mais tempo do que imagina, com essa sua mente pequenininha, esse seu senso patético de tempo e espaço. Estou aqui há eras. Sou mais velha que a mais antiga pedra.

Eu tremia por dentro.

— Quero dizer, há quanto tempo você está dentro da minha mãe?

Ali estava de novo, o balançar de cabeça desdenhoso, o *tsc-tsc* de reprovação.

—Está fazendo as perguntas erradas. — A voz dela parecia perder a força. Parecia cansada. Ou talvez estivesse decepcionada comigo, como sempre.

— Que perguntas eu deveria fazer? — Minha voz estava estridente, um pouco alta demais, traindo meu medo e minha frustração.

— Francamente, Alison. Tenho que soletrar pra você? Te guiar pelo caminho tortuoso até que encontre as perguntas óbvias?

Não falei nada. Mais uma vez, questionei minha sanidade por ainda estar no quarto, ouvindo-a, caindo naquele jogo.

Não era real. Não podia ser.

Isso era o que eu dizia a mim mesma, mas, no fundo, senti algo mudar dentro de mim: uma terrível verdade começava a se instalar no meu peito, dificultando a respiração.

Ela soltou um suspiro de desgosto. Seu hálito cheirava a carne velha deixada ao sol.

— O corpo da sua mãe está morrendo.

Endireitei-me, meu corpo todo tenso.

— Sei muito bem disso.

— Então você deve se perguntar o que acontece comigo quando ela morrer.

Um calafrio percorreu meu corpo enquanto me encarava, os olhos pretos fixos nos meus. Por um momento terrível, tive a sensação de que estava se aproximando de mim, de que seu corpo estava flutuando, esticando-se como uma cobra se contorcendo na minha direção.

— Você sabe, não é? — perguntou por fim, um sorriso se formando nos cantos dos lábios pálidos, a língua saindo como a de um lagarto para umedecê-los.

— Precisa ir para outro lugar? — adivinhei. — Para outro... anfitrião?

Não era isso o que acontecia nos filmes? Um demônio se movia como um parasita de uma vítima inocente para a próxima?

— Isso mesmo. — Assentiu de leve. — Continue, siga o raciocínio.

Fechei os olhos. De repente, estava de volta à minha infância, deitada na cama, minha mãe ao meu lado, sussurrando no meu ouvido. *Acho que eu devia ter te poupado. Ter te afogado ao nascer, talvez, e não deixá-la sofrer o que está por vir.*

Aquela verdade pesada que senti no meu peito se transformou em algo enorme e escuro, tirando meu fôlego.

Mesmo naquela época, ela já sabia.

Sabia que eu seria a próxima.

Entendi então por que ela pedira para vir aqui. Para estar comigo no fim da vida. Não queria reconciliação ou perdão.

Queria a *mim*.

Meu corpo.

Minha alma.

— Sou eu — falei, abrindo os olhos, encarando-a diretamente.

Ela assentiu, um sorriso doentio se espalhando pelo rosto.

— Sempre foi você.

Agarrei a grade ao lado da cama dela para me equilibrar.

— Tem ideia do que posso fazer por você? Do que eu posso te dar? De onde podemos chegar juntas?

Havia um brilho terrível em seus olhos: excitação, esperança. A cor parecia invadir suas bochechas pálidas. Ela se sentou de novo, inclinando-se para a frente, tentando me alcançar.

— N-não — gaguejei, me afastando.

— Acha que teve sucesso com o seu livrinho bobo sobre cachorros? Não sabe o que é sucesso de verdade. Imagine, Alison: o seu nome no topo das listas de mais vendidos, pessoas fazendo fila por horas para conseguir seu autógrafo, mais dinheiro do que poderia gastar.

Balancei a cabeça.

Não era real. Era uma mulher doente tentando transmitir sua doença para mim.

— É o último desejo da sua mãe — declarou.

— E se eu disser não? E se eu recusar?

Ela deu uma risada.

— Não tem recusa. Não é uma *escolha*. Não é como decidir a roupa que vai usar. Não é como dizer que não gosta de bife e prefere frango.

— Não — falei, a voz trêmula.

Pensei nas minhas meninas, no que aconteceria com elas se eu não fosse mais eu, se me tornasse outra pessoa, outra coisa. Parei de pensar porque era absurdo. Estava caindo direitinho nas mãos da minha mãe. Com certeza ela não era de fato um demônio chamado Azha, mas apenas minha mãe, jogando o truque mais inteligente e cruel, um último jogo terrível para me deixar abalada enquanto morria. Lembrei do que costumava me dizer quando eu era pequena: *precisa ser menos ingênua. Não pode acreditar em tudo que ouve, Alison.*

— Não tem nada para recusar, *mãe*. Nada disso é real — falei, minha mente girando enquanto lutava desesperadamente para permanecer no mundo dos sãos. Um mundo sem demônios. Um mundo onde minha mãe era apenas uma velha doente em uma cama de hospital alugada, tentando fazer uma última pegadinha com sua única filha. — Está inventando tudo. Admita.

Não havia demônio. Não havia possessão. Não era possível.

Ela arqueou uma sobrancelha em uma expressão dramática e zombeteira de *será?*

— Admita! — gritei. — Só está tentando me sacanear. Como sempre fez.

Lembrei da vez em que disse que tínhamos perdido a casa e teríamos que viver no carro, da vez horrível em que disse que meu irmão estava morto. Era tudo um jogo para ela.

Minha mãe sorriu, se recostou, fechou os olhos e voltou a cantar, mais baixo desta vez:

— *Todos os pássaros no ar suspiraram e soluçaram quando ouviram o sino tocar pelo pobre Cock Robin.*

Eu me aproximei de novo, coloquei as mãos em seus braços magros e ossudos.

— Dá para parar com essa merda de cantoria? — gritei.

— Alison?

Virei-me. Mark estava na porta, com uma expressão de choque no rosto.

— Ai — disse ela em uma voz fraca. — Está me machucando, Ali. Por favor, para — choramingou. — Não me machuque de novo. Por favor.

Soltei-a, dei um passo para trás e levantei as mãos como uma criminosa pega em flagrante. Ele entrou no quarto e, com as mãos firmes nos meus ombros, me afastou da minha mãe, resgatando-a.

24

A MENININHA SENTADA no colo do Papai Noel do shopping gritava, e quem poderia culpá-la? Estava claro que ele era um impostor, com o terno brilhante de poliéster, a barba falsa e as botas de vinil. O elfo ajudante tentava acalmar a pobre criança, oferecendo-lhe um pequeno bastão de doce embalado em celofane. A mãe da menina, visivelmente esgotada, implorava para que ela parasse de chorar só por um minuto, para que pudessem tirar a foto.

— É o Papai Noel — repetia a mãe. — Você adora o Papai Noel, não é?

A menina, que não devia ter mais de 4 anos, se debatia e lutava no colo do bom velhinho com seu vestidinho vermelho bonito enquanto a mãe a segurava.

— Por favor — implorava ela. — Fica quietinha só por um minuto.

— Não! — gritava a criança, o rosto vermelho, histérica. — Não! Não! Nããããão!

Lancei o olhar mais maldoso que consegui para a mãe e depois me afastei da sessão de tortura, andando até a praça de alimentação.

Mark tinha insistido para que eu saísse de casa, fizesse umas compras, e talvez até encontrasse uma amiga para almoçar. Algo para me distrair das terríveis notícias sobre Paul. Dar um tempo da minha mãe.

— O que aconteceu com você lá dentro? — perguntara ele no dia anterior, depois de me tirar do quarto dela, salvando minha pobre e frágil mãe da filha abusiva.

Tinha me observado preocupado, como se não tivesse mais certeza do que eu seria capaz.

— Nada — respondi.

— Bem, esse seu *nada* pode deixar marcas feias nos braços da sua mãe. — Havia um tom terrível na voz dele.

— Mal encostei nela! Se tivesse ouvido o que ela disse... — Eu me interrompi, sabendo que qualquer explicação soaria como uma desculpa idiota. E talvez louca.

Ele soltou um longo suspiro. Parecia um chiado, ou um balão esvaziando.

— Alison, entendo que as coisas estão complicadas e difíceis agora, para você, para todos nós, mas se vamos ter atitudes que poderiam ser consideradas abuso de idosos, precisamos encontrar outro lugar para a sua mãe. Imediatamente. Sei que existem ótimas instituições particulares que cuidam de pacientes terminais.

— Não — respondi com firmeza. — Eu tô bem, está tudo bem. Ela fica.

De jeito nenhum eu ia mandá-la para outro lugar. Tínhamos assuntos inacabados. Precisava descobrir se o que ela me contou podia ser verdade. Confrontá-la se não fosse. E se fosse (sabia que era loucura até considerar essa possibilidade), cabia a mim encontrar uma maneira de impedi-la.

— Bem, é óbvio que você precisa de uma pausa — insistiu ele.

Mark disse isso com um sorriso, como se me exilar de casa fosse uma cura milagrosa. Como se passar o dia fazendo compras fosse algo que eu gostasse. Será que meu marido me conhecia?

— Vou fazer alguns telefonemas. Conseguir mais ajuda. Algumas horas a mais por dia de atendimento da agência de cuidados paliativos. Você disse que a sua mãe gosta daquela enfermeira, a Janice, certo? Vamos ver se conseguimos que ela venha mais vezes. E tem a Penny. Quando conversei com ela hoje de tarde, ela se ofereceu para ajudar no que pudesse. E pareceu gostar muito da sua mãe.

Fiz uma careta involuntária, que tentei transformar em um sorriso.

— Não precisamos de muito — continuou. — Só de alguém para ficar com ela. Fazer as refeições. Para te dar um tempo. Pode passar mais tempo no estúdio. Pode levar a Moxie para passear, sair de casa um pouco todos os dias.

Eu não era idiota. Entendi que ele queria uma babá para mim tanto quanto para minha mãe.

— Ótima ideia — falei com um sorriso. — Obrigada. Tem razão. Tenho estado muito estressada. É... demais.

Mark massageou meus ombros.

— Você não precisa ser uma super-heroína, Ali.

— Eu sei — falei.

— Precisa cuidar de si mesma. Talvez devesse pensar em ver aquela terapeuta de novo... aquela que você gostava em Burlington? Cara? Era esse o nome dela?

Assenti, olhei para o chão, então me controlei e fiz contato visual.

— Carla — falei. — E sim, talvez eu ligue para ela.

A verdade é que não havia terapeuta nenhuma. Era uma invenção. Terapia era algo que Mark insistira muito alguns anos atrás, quando eu não estava dormindo bem, quando sentia que o mundo inteiro olhava para mim e para a minha vida, e enxergava uma mulher alegre que adorava o Natal, que assava biscoitos e era a "tia da arte" na pré-escola da filha.

— Sou uma farsa — tinha dito a Mark naquela época.

— Você é uma artista bem-sucedida e autora de livros infantis, e uma esposa e mãe incrível — rebatera.

— É tudo uma mentira bem construída. Eu sou uma impostora.

Foi então que ele insistira para que eu procurasse algum profissional. Não tinha a menor intenção de expor minha alma para um estranho. Já tinha feito isso anos atrás e não foi bom.

Mas precisava apaziguar meu marido preocupado, então inventei a Carla e dirigia para Burlington toda semana, sentava em uma lanchonete e tomava café. Voltava revigorada para casa depois das minhas supostas sessões de terapia, com histórias sobre o quanto estava progredindo e como Carla era útil.

Dê às pessoas o que elas querem ver, dizia para mim mesma.

Outra habilidade de sobrevivência aprendida na infância. Apareça na escola com roupas bonitas, tire boas notas, não faça amigos ou inimigos entre os outros alunos, levante a mão na aula e sorria para os professores. Ninguém nunca suspeitará que a razão pela qual não troca de roupa na frente das outras meninas no vestiário para a aula de educação física é porque tem cicatrizes profundas nas costas feitas com a ponta de uma faca, ou que seus braços e pernas estão cobertos de hematomas. As outras meninas e a professora de educação física te observarão entrar na cabine do banheiro para trocar de roupa e pensarão que é uma menina recatada, uma menina boa. Um pouco tímida, mas será que isso é mesmo tão terrível?

O SHOPPING CHEIRAVA a cera de chão, bálsamo artificial, pretzels e açúcar queimado da loja de doces. Cada loja, cada quiosque, cada coluna estava cheia de luzes brilhantes e enfeites. Eu sentia que precisava de óculos escuros para me proteger de todo aquele brilho e glitter que me rodeava.

15 DIAS PARA O NATAL piscava em um grande letreiro digital vermelho em frente a uma papelaria: um aviso.

Odiava shoppings e compras quase tanto quanto odiava o Natal. Juntar os dois era a minha ideia particular de inferno na terra. Eu deixava a alegria sazonal para o Mark e também para a Penny, que tinha se aproximado do meu marido por causa do entusiasmo compartilhado por aquela época festiva do ano.

Mas meu marido me mandara fazer compras. Disse que seria terapêutico. Então eu faria compras. Não pensaria em demônios ou possessão, na minha mãe ou no que aconteceu com Paul. Não pensaria no e-mail que acabara de receber da minha agente, Sarah, implorando por amostras de ilustrações para o próximo livro da Moxie, porque a editora se recusava a adiar o prazo mais uma vez.

Eu me perderia na multidão de compradores, nas luzes brilhantes, na música festiva e no *ho-ho-ho* do alegre Papai Noel do shopping em seu terno de poliéster.

E me perdi mesmo. Era tudo demais. Avassalador. Me sentia em pânico. Meus ombros e meu pescoço estavam tensos. Uma dor de cabeça começava a pulsar nas minhas têmporas. Olhava para a minha lista diversas vezes para me lembrar do que estava fazendo ali.

Compras de Natal. Comprar itens e riscá-los da lista depois da compra. As pessoas faziam isso o tempo todo. Muitas diziam gostar. Olhei para o que tinha escrito:

Uma gravata engraçada e um livro de poesia para o Mark
Um iPad Pro para a Izzy
Algo com tema de Quebra-Nozes para a Olivia
Um diário bonito e uma caneta tinteiro para a Penny
Uma fôrma de torta para a Louise
Mãe...?

Não tinha ideia do que comprar para ela, mas esperava que algo chamasse a minha atenção.

Primeiro, antes de comprar qualquer presente, eu precisava de um café. Talvez um pouco de cafeína ajudasse com a dor de cabeça que surgia. Meus olhos estavam cansados e irritados — fruto de outra péssima noite de sono.

Fui até a praça de alimentação, pedi um latte com uma dose extra de espresso no quiosque de café (a barista estava vestida de elfa sexy, com um vestido de veludo verde decotado) e sentei perto da árvore de Natal artificial de dez metros de altura, repleta de presentes absurdamente grandes embrulhados em papel colorido e empilhados sobre uma camada de algodão branco enrolado. A camada falsa de neve estava cheia de copos de refrigerante vazios, recibos, um maço de cigarros amassado. Uma das pontas parecia chamuscada, como se alguém tivesse tentado incendiá-la.

Música de Natal estridente tocava no sistema de som do shopping: *Walking in a Winter Wonderland*. O café tinha gosto de açúcar queimado e plástico derretido. Beberiquei, desesperada pela cafeína, enquanto observava os compradores indo e vindo, carregados de sacolas, segurando bandejas de comida gordurosa do shopping: pizza, frango ao molho General Tso, salsichas empanadas e batatas fritas. Vi algumas pessoas sorrirem e gargalharem, mas parecia que faltava o espírito natalino na maioria. Definitivamente não era um país das maravilhas de inverno.

Abri minha bolsa, tomei três ibuprofenos com um grande gole de café, então peguei uma caneta e comecei a rabiscar na minha lista. Entre tantas possibilidades, desenhei uma pequena árvore de Natal.

MEU LATTE MEQUETREFE esfriara. E eu ainda estava sentada, sem ter avançado na minha lista. Pisquei para o meu relógio, incrédula — uma hora havia passado desde que cheguei ao shopping.

Olhei para o meu desenho. A árvore de Natal — que tinha crescido (*magicamente*, pensei, *como a árvore no* Quebra-Nozes) e agora ocupava toda a extensão da página no lado direito — estava coberta de enfeites estranhos, que na verdade não eram enfeites: abelhas, moscas e vespas pareciam rastejar sobre ela. Quase podia ouvi-las zumbindo. E lá no topo, onde a estrela deveria estar, repousava uma versão macabra da anja de vidro do Mark: meio-humana, meio-inseto, os olhos de globo me encarando.

Peguei minha lista com o desenho da árvore e me levantei, determinada a terminar aquelas compras, quando meu celular tocou na bolsa. Talvez fosse o Mark, ligando para saber como eu estava. Será que ele mandara uma mensagem enquanto eu estava desenhando e não ouvi o toque familiar, e agora ele estava preocupado? Tirei o celular da bolsa.

— Alô, estou procurando Alison O'Conner.

— Sim, sou eu.

— Meu nome é Francis Lefler. Sou o diretor da Funerária Lefler em Woodstock, em Nova York. Queria falar comigo sobre os arranjos finais para Paul Deegan?

— Sim — respondi. — Obrigada por retornar.

Tinha ligado para a funerária naquela manhã e falado com uma jovem simpática, que fizera perguntas às quais eu não sabia responder. Quando percebeu que a coisa não ia bem, ela sugeriu que o diretor me retornasse para fazer os arranjos.

— Se tiver alguns minutos, podemos revisar algumas questões.

— Claro — falei, voltando a me sentar à mesa na praça de alimentação.

— Sabe quais eram os desejos do Sr. Deegan? Enterro ou cremação?

— Hum... receio que não.

— Certo. Voltaremos a essa questão depois. Que tipo de cerimônia está pensando? Ele tinha alguma religião?

— Eu... não faço ideia. Desculpe. Posso perguntar à minha mãe, mas ela não tem estado muito lúcida hoje em dia.

Houve um silêncio do outro lado da linha. Por fim, ele perguntou:

— Nenhum familiar?

— Acho que não. Não um que tivesse contato, pelo menos. — Repeti as palavras que ouvi, mas a verdade era que eu não sabia. E se Paul tivesse família em algum lugar, alguém que quisesse saber que ele falecera?

— Você encontrou um testamento? Às vezes as pessoas guardam um documento de arranjos finais junto com o testamento e a diretiva antecipada.

— Eu... — Não queria admitir que não tinha procurado. — Ainda não.

O homem ficou quieto outra vez.

Sabia o que precisava fazer. A possibilidade me enchia de absoluto pavor, mas eu sabia que não tinha escolha. Não havia mais ninguém para fazer isso.

— Sr. Lefler, peço desculpas por não ter respostas, mas vou consegui-las. Me dê alguns dias e farei o possível para encontrar algum parente, vasculhar os papéis de Paul.

Prometi retornar com respostas às suas perguntas até terça-feira.

A ideia de voltar para Woodstock, para a casa onde cresci, me atingiu como um mergulho em uma piscina de água gelada. Meu maxilar se contraiu e eu estremeci.

Quando foi a última vez que estive lá?

Havia voltado para casa por um breve momento no verão entre o internato e a faculdade, empacotado algumas coisas e depois dirigido até Vermont, onde consegui um emprego de verão em um acampamento de artes para crianças.

Aquela foi a última vez que pisei na casa. O lugar parecia mais estranho e frio do que nunca, e aonde quer que eu fosse, sentia que a casa me observava cautelosamente, respirando a minha presença. Era como se a casa e minha mãe tivessem se tornado uma entidade abrangente. Minha mãe e eu evitáramos uma à outra, nos esgueirando pelos cômodos escuros e sombrios como duas estranhas. Lembro que carregava spray de pimenta e meu celular comigo para onde quer que fosse, e dormia com a porta trancada e a cadeira da escrivaninha enfiada embaixo da maçaneta. A ideia era ficar uma semana. Aguentei uma noite. Depois disso, passei todas as férias da faculdade trabalhando, ficando primeiro com amigos e as famílias normais deles, e depois em meu próprio apartamento. Não tinha intenção de voltar àquela casa colonial cinza e aos pedaços do meu passado que ela guardava.

Quando Mark, as crianças e eu visitávamos, ficávamos em uma pousada agradável em Woodstock e nunca nos aproximávamos da casa.

Mas eu era capaz de ir até lá.

Era uma adulta racional. E era só uma casa, não um monstro à espreita. Com certeza eu chegaria lá e não encontraria nada assustador: apenas lembranças empoeiradas escondidas nos cantos.

Era estranho, mas agora eu sentia a casa me chamar, quase me desafiando a voltar. Parte de mim queria vê-la de novo, certa de que, uma vez que pisasse lá dentro, veria que era apenas uma casa e não tinha mais poder sobre mim.

Comecei a fazer um inventário mental das coisas que precisaria fazer. Era boa em listas, graças às lições aprendidas com meu marido, que era um mestre da organização. Eu as fazia bem. Precisava arranjar alguém para ficar com a minha mãe por um dia, talvez Teresa ou Janice ou até mesmo Penny. Se nenhuma delas pudesse, Mark poderia tirar um dia de folga e ficar em casa.

Precisava pegar as chaves da casa em Woodstock com minha mãe. Dirigir até lá e verificar como estavam as coisas. Será que ainda havia uma faxineira que ia uma vez por semana? Paul dissera que estava limpando e fechando a casa. Quanto progresso ele tinha feito? Havia coisas que precisavam de atenção? Plantas a serem regadas? Correspondências a serem recolhidas? Contas a serem pagas?

Procuraria na cocheira onde ele tinha morado, buscando qualquer informação sobre possíveis membros da família, últimos desejos ou um testamento. E, enquanto estivesse lá, também procuraria outras pistas.

Pistas sobre a minha mãe, sobre Azha, e sobre o que Paul realmente sabia — se é que sabia mesmo de alguma coisa.

25

— COMO FORAM AS COMPRAS? — PERGUNTOU Mark quando cheguei em casa.

Ele pulou do sofá para me cumprimentar. Estava vendo o Hallmark Channel na TV, que passava um dos seus tão adorados filmes de Natal. Um homem e uma mulher tomavam chocolate quente em um parque cheio de neve falsa. Eu tinha certeza de que reconhecia a mulher de algum programa de TV antigo e quase esquecido.

Pensei em Bobbi. Se estivesse viva, será que estaria interpretando uma matriarca em um desses filmes melosos?

— Ótimas — menti. — Consegui tudo da minha lista.

A casa estava quente e cheirava a abeto balsâmico. As luzes da árvore brilhavam alegremente no canto da sala de estar. A anja me encarava do canto onde estava pendurada, balançando de leve.

Mark beijou minha bochecha, sorriu para as sacolas.

— Comprei o iPad Pro para a Izzy e um quebra-cabeça legal do *Quebra-Nozes* em 3D para a Olivia. E também um livro de balé que ela não tem, *A Enciclopédia do Balé*. Tem ilustrações lindas.

— Parece perfeito — falou, começando a mexer nas sacolas.

— Nada de bisbilhotar — repreendi.

Ele recuou, as mãos para cima. Parecia tanto uma criança quando se tratava de qualquer coisa relacionada ao Natal.

Coloquei as sacolas na mesa de jantar.

— E como minha mãe está? — Quase tive medo de perguntar.

— Fantástica — respondeu.

Mordi a língua para não perguntar se ela dissera ou fizera algo estranho enquanto eu estava fora.

— Penny e Louise passaram por aqui e trouxeram umas tortas incríveis, e um daqueles cobertores de crochê que a Penny faz.

Assenti.

— Que fofo — comentei.

— É, sua mãe adorou. Ficou super emocionada. Está com ele no colo agora.

Conseguia imaginar a cena: minha mãe desempenhando perfeitamente o papel de uma avó agradecida e doente.

— Depois que foram embora, fiz mistos-quentes para o almoço — disse Mark. — E jogamos baralho.

— Sério?

— Ela é uma baita jogadora de cartas — declarou. Assenti, lembrando-me de como ela e meu pai costumavam jogar cartas, de como jogavam até tarde da noite quando a Bobbi vinha nos visitar. — Ela me deu uma surra! Mas acho que toda essa atividade a deixou cansada. Está dormindo há mais ou menos uma hora. Ah, e eu liguei para o Kingdom Hospice. A Janice vai começar a vir todos os dias por algumas horas. Também tem outra enfermeira, Paige, que pode ajudar se precisarmos. E a Penny e a Louise se ofereceram para ajudar como pudessem.

Assenti de novo.

— Ótimo, obrigada por resolver isso. Onde estão as meninas?

— A Olivia está na casa da Sophie. E a Izzy está na escola.

Franzi a testa. Havia perdido uma hora inteira na praça de alimentação, mas será que agora estava perdendo a noção dos dias?

— Em um domingo?

— Ela está com a Theo e o pessoal do clube de teatro. Estão fazendo aquele desfile, lembra? Acho que a Izzy está gravando.

Assenti, lembrando agora que ela tinha mencionado algo sobre isso na semana anterior. Como um monte de crianças ia se vestir de Krampus e desfilar pela cidade batendo tambores. Chamara isso de "manifestação artística anti-Natal", e achou que eu iria gostar.

— Você deveria ir ver — dissera, e parecia realmente querer que eu fosse, o que era incomum hoje em dia.

Talvez o interesse dela no novo livro da Moxie, aquele que eu evitava, tivesse suavizado nosso relacionamento às vezes conturbado. Ela era uma grande fã de monstros e fantasias de todos os tipos, e amava o Halloween. Meu último projeto, embora parado, parecia ter aumentado o respeito dela por mim de alguma forma. Mas com todo o estresse de cuidar da minha mãe, tinha esquecido do desfile do Krampus da Izzy.

— Sabe que horas é o desfile? — perguntei.

— Às 18 horas — respondeu. — Ela queria que você a buscasse depois. Eles vão do centro até a escola andando. Pediu que a pegasse lá pelas sete.

Olhei meu relógio. Eram só 17 horas.

— Sem problema. Vou mais cedo e assisto ao desfile.

— Deve ser bem legal — disse ele. — Um dos garotos vai estar de pernas de pau. E estavam tentando conseguir permissão para carregar tochas de verdade. Não sei se conseguiram.

— Talvez seja melhor assim — falei, sorrindo. Tirei meu casaco. — Escuta, tem outra coisa que precisamos conversar.

— Certo.

Mark se sentou à mesa de jantar e eu me juntei a ele.

— Preciso ir para Woodstock. Gostaria de ir amanhã, se conseguirmos arranjar cuidadoras para a minha mãe.

Tentei soar o mais natural possível, como se ir até a casa dela em Woodstock fosse algo que eu fazia o tempo todo.

— O quê? — Ele parecia realmente perplexo.

— O diretor da funerária me ligou querendo fazer os planos para a cerimônia do Paul. Eu não tinha a menor ideia do que dizer. Preciso ir à cocheira, vasculhar as coisas dele. Quem sabe, encontrar informações sobre algum parente, ou testamento. O homem é meio que um mistério para mim, e a única maneira de descobrir algo é vasculhando o que ele tinha. E preciso ver como está a casa da minha mãe. Pegar a correspondência que estiver lá e fazer o que for necessário para começar a encaminhá-la para cá. Ver se há contas que precisam ser pagas, lixo que precisa ser tirado, plantas que precisam ser regadas, uma faxineira que precisa ser paga. Todas as coisas que o Paul fazia.

Mark franziu a testa, coçou o queixo.

— Faz sentido. É só que...

— O quê?

Ele pegou a minha mão.

— Você já tem tanta coisa pra fazer. Queria que tivesse outra pessoa pra cuidar de tudo isso.

— Eu também. Mas sou eu quem precisa fazer isso.

— Vou com você — disse Mark. — A gente pode pedir para a Penny ficar com a sua mãe e as meninas.

— Não precisa — falei. — Vou ficar bem sozinha. Mas se puder tirar o dia de folga e ficar aqui com minha mãe, ficar de olho e cuidar das coisas quando as meninas chegarem da escola, seria ótimo.

— Sem problema — concordou.

— Tem certeza?

Ele assentiu.

— Absoluta. Conversei com o Gregory, contei a situação da sua mãe, e ele disse que eu deveria tirar o tempo que precisasse. Temos uns substitutos excelentes que estão sempre atrás de mais horas.

Assenti. Gregory, o diretor da escola, era um bom amigo do Mark — além de trabalharem juntos, jogavam squash duas vezes por semana após as aulas. Eu me perguntava o quanto o meu marido contara a ele, se tinha compartilhado detalhes sobre meu passado com minha mãe, e as preocupações que tinha sobre a presença dela ali e como isso poderia afetar a minha saúde mental.

— Adoraria passar o dia com a Mavis — continuou. — Vai me dar a chance de me redimir no baralho. — Sorriu, mas logo sua expressão ficou preocupada. — Tem certeza de que vai ficar bem em Woodstock sozinha?

— Claro. Vou entrar e sair o mais rápido possível. Paul era um cara super organizado, então acredito que toda a papelada dele vai ser fácil de achar. E tenho certeza de que não tem muito o que fazer no caso da minha mãe. Não deve ser difícil.

Dei a ele um sorriso tranquilizador, então me levantei e peguei as sacolas de compras.

— Agora vou esconder esses presentes antes que as meninas cheguem em casa.

— Boa ideia — falou. — Vou começar o jantar, hoje farei burritos. Mas primeiro, preciso saber o que acontece com a minha heroína e seus dois homens. Será que ela vai ficar com o cara arrogante e ridiculamente rico de quem está noiva na cidade grande, ou vai acabar com o bonitão da cidade pequena que tem uma fazenda de árvores de Natal?

— Nossa, que mistério — respondi, sarcástica.

— Deixa de recalque — retrucou.

Balancei a cabeça enquanto carregava as sacolas escada acima. Como eu tinha casado com um cara tão sentimental?

Escondi os presentes das meninas no nosso armário. Então coloquei a caixa com a gravata do Mark e uma antologia de poesias que ele ainda não tinha na minha gaveta de calcinhas.

NO CORREDOR, PASSEI pela porta aberta do quarto da Izzy. A tela do notebook estava acesa, como se alguém tivesse acabado de usá-lo. Estranho.

Entrei, olhei ao redor. Nada. Ninguém.

Escutei para ver se havia moscas, até puxei as pesadas cortinas blecaute. Nada de insetos desta vez. Só a vista do nosso quintal na janela. Olhei para a nossa pequena horta, agora coberta de neve, e para o meu estúdio. À direita, virando a quina, a pereira estava lá, com seus galhos nus.

Sentindo como se o computador estivesse me chamando de alguma forma, sentei-me à escrivaninha e olhei a tela do notebook.

Estava aberto em um software de edição. Izzy estava editando clipes de entrevistas com a minha mãe.

Curiosa, cliquei no primeiro, mantendo os ouvidos atentos, em caso do Mark aparecer: sabia que ele não aprovaria se me visse fuçando assim, sem a permissão dela. E estava certo, é claro. O direito à privacidade é uma parte normal do desenvolvimento adolescente. Eu sabia disso. Sabia que adolescentes precisavam se diferenciar dos pais. Ainda assim, estava doida para ver o que minha filha andava filmando, que persona minha mãe poderia ter mostrado a ela.

Cliquei no play.

Ali estava minha mãe, deitada na cama, sorrindo.

A câmera estava focada no rosto dela. Havia um anel de luz em seus olhos. Izzy devia ter ajustado uma iluminação especial.

— Então me diga, você tem namorado, querida?

Senti meu corpo enrijecer, com medo do sermão que Izzy poderia dar, usando palavras como *suposição, patriarcado, identidade de gênero.*

Mas ela não fez isso.

— Não — respondeu, uma voz incorpórea por trás da câmera. — Na verdade, eu tenho uma namorada. O nome dela é Theo.

Minha mãe não hesitou nem mostrou sinais de surpresa ou decepção. Apenas assentiu e sorriu.

— E você ama essa garota? Essa Theo?

Izzy soltou uma risadinha, a câmera tremendo.

— Foi uma pergunta engraçada? — perguntou minha mãe.

— Não. É só que... ninguém nunca me perguntou isso. Nem mesmo a Theo. — Fez uma pausa. Minha mãe olhou para ela, claramente esperando uma resposta. — Mas sim, eu a amo.

Um pedaço do meu coração se partiu naquele momento ao ouvir a voz da minha filha, ao ouvi-la confessar seus sentimentos mais profundos para minha mãe. Sabia que eram palavras que ela nunca sonharia em dizer para mim. Será que era estar atrás da câmera que facilitava que se abrisse assim? Ou era o fato de saber que falava com uma mulher à beira da morte?

— Deveria contar isso para ela — disse minha mãe.

Izzy não respondeu.

— Eu me apaixonei uma vez — continuou.

— Pelo nosso avô? O homem com quem foi casada? — Podia ouvir a voz dela embargar. — Não sei nem o nome dele.

— O nome dele era David. David Russo, e eu o amava, sim. Mas não estava perdidamente *apaixonada por ele*. Não aquele amor profundo e desesperado sobre o qual escrevem músicas e poemas. Senti esse amor verdadeiro só uma vez.

Ela desviou o olhar da câmera. Eram lágrimas nos olhos dela?

Meu dedo parou sobre o touchpad, sabendo que devia pausar. Eu devia desligar o computador, levantar e sair do quarto da minha filha. Mas não conseguia. Precisava saber o que ela ia dizer.

— Quem era? — perguntou Izzy.

Minha mãe voltou o olhar para minha filha.

— O nome dela era Bobbi.

O NOME DELA ERA BOBBI.

Já te falei sobre ela, Isabelle. Aquela que encontrou a pedra no México, lembra?

Meu Deus, ela era linda. Não só bonita no sentido tradicional, mas carismática. Chamava a atenção. Quando entrava em algum lugar, ela tinha... esse brilho, essa aura, que fazia as pessoas se virarem para olhar. E uma vez que ela prendia seu olhar, era difícil desviar. Era hipnotizante. Essa é a palavra que eu usaria.

Lembro-me do último dia em que a pintei. A pintura sobre a qual todo mundo fala, aquela que, um dia, daria início à minha carreira profissional. Sabe de qual pintura estou falando? Sua mãe já te contou sobre ela? Já te mostrou? Não, imagino que não. Bem, não é difícil de encontrar. Basta abrir seu computador e digitar meu nome. É uma das primeiras coisas que aparecem. A obra pela qual sou mais famosa. Como as Marilyns *de Warhol.*

Mas não tínhamos como saber aonde aquela pintura me levaria na época. Éramos apenas crianças. Duas crianças apaixonadas, querendo desesperadamente se agarrar ao que tínhamos.

Foi depois que voltamos da nossa viagem. Bobbi estava com a pedra, é claro. Estávamos no meu quarto, no sótão reformado na casa dos meus pais que eu havia transformado em estúdio. Queria muito pintá-la naquele dia. Ela reclamou que não estava no clima, mas eu a convenci. Era o nosso último dia juntas. Na manhã seguinte, ela ia para um casamento da família dela no Colorado, e depois disso, ia para a Califórnia. Sempre foi o sonho dela. Hollywood. Desde que a conheci, desde que éramos pequenas, ela dizia que ia embora e ficaria famosa, seria atriz.

Falávamos sobre isso havia muito tempo, sobre como Bobbi iria embora. Mas não parecia real. Não até aquele momento.

Eu a senti se afastando de mim nos últimos dias da nossa viagem. Parecia estranhamente distante, retraída. Mesmo quando se enroscava ao meu lado, passava os dedos pelo meu pescoço até o peito e deixava-os ali, logo acima do meu coração, mesmo quando sussurrava: "eu te amo", eu sentia algo, uma sombra ali. Entendia que era apenas ela começando a se afastar, um pouco de cada vez, para não doer tanto quando fosse embora. Bobbi, imaginando sua vida sem mim. A vida que sempre sonhou, na Califórnia.

Tinha que ficar pedindo que ficasse quieta. Ela nunca foi boa em ficar parada, em posar.

Perguntou por que eu não podia só tirar um monte de fotos e fazer a pintura a partir delas, por que tínhamos que passar nosso último dia juntas fazendo aquilo.

Mas era daquele jeito que eu queria passar. Queria capturar aquele momento para sempre: Bobbi exatamente como era naquele instante, o sol entrando pela janela do sótão atrás dela, fazendo-a brilhar, capturar o jeito como olhava tão intensamente para mim. Era aquele olhar. Aquele olhar que eu dizia a mim mesma que significava: você sempre será minha.

Foi ideia da Bobbi colocar a pedra na pintura.

Ia apenas pintá-la ali, perto da janela, mas então ela pegou a pedra, segurou-a bem acima do peito onde a camisa estava desabotoada.

— Faça da pedra o meu coração — disse.

Depois que a encontrou, nós levamos a pedra a um joalheiro no México. Ele disse que rocha não era daquela região. Não conseguia explicar como Bobbi a encontrara no fundo de um cenote.

Ela a carregava para onde quer que fosse, dormia com a pedra e não conseguia parar de olhar para ela. Às vezes, até a pegava falando com ela.

Era bobo, mas eu sentia um pouco de ciúmes. Ciúmes de uma pedra.

Acha isso uma besteira? Não? Eu achava. Mas não conseguia evitar. Sentimos o que sentimos, não é, Isabelle?

Conversamos enquanto eu pintava. Pedi para ela me contar o que realmente aconteceu lá no cenote. Se de fato ouviu a voz do morto.

Ela assentiu.

— Bem, o que ele disse? — perguntei.

Bobbi sorriu. Disse que eu não acreditaria se ela me contasse.

— Tenta — pedi.

Então Bobbi me olhou, me olhou de verdade, seus olhos me atraindo.

— Eu realmente te amo, sabe? — disse ela.

Sabia que ela me amava. E também a amava. Mas eu disse que não importava.

Nada daquilo importava. Porque ela estava indo embora.

Estava sendo mesquinha, eu sei. E não queria estragar nosso último dia juntas culpando-a. Mas as palavras saíram, e eu me senti péssima assim que as disse.

Bobbi ficou em silêncio por um minuto, totalmente imóvel.

— O que você espera que eu faça? — perguntou por fim.

— Nada — respondi, mantendo meus olhos na pintura, não nela. — Não espero nada.

E não esperava. Não era uma tola. Sabia como o mundo funcionava. Sabia que não íamos partir para o pôr do sol juntas, viver felizes para sempre em nossa casinha de cerca branca.

Olhei para ela por trás da tela. Bobbi, ainda agarrada à pedra, segurando-a firme contra o peito, me deu um sorriso agridoce.

— É isso o que vai acontecer — falou. — O que a voz me disse lá embaixo na água.

Na época, eu não acreditava que uma voz fantasma na água realmente tivesse falado com ela. Bobbi tinha uma queda pelo drama. Gostava de inventar coisas, de pegar pequenos pedaços da verdade e embelezá-los.

— Vou para a Califórnia. Vou conseguir um pequeno papel de atriz que levará a um papel maior. Vou ser famosa.

Perguntei sobre mim. Queria saber qual, se é que haveria algum, papel eu teria naquela visão de futuro da Bobbi.

— O que devo fazer enquanto você vai para lá, ficar famosa? — perguntei.

— Você vai ficar aqui e se casar com David — respondeu.

Joguei meu pincel no chão. Era uma sugestão ridícula, e fiquei furiosa com ela.

David era um garoto bem-intencionado e tímido com quem eu tinha um namoro inconstante havia anos. Morava em Woodstock e tinha estudado arte em Yale. Eu recorria a ele quando precisava de um par para uma festa ou evento, quando esperavam que eu não aparecesse só com a Bobbi. Como eu disse, eram outros tempos. As pessoas esperavam que uma jovem bem-criada de Vassar tivesse um namorado. Eu tinha o David.

Ela começou a falar sem parar sobre como ele era perfeito para mim, listando todas essas razões.

— É doce, a família dele tem dinheiro, é artista e é louco por você. Basta ler as cartas dele se precisar de um lembrete.

Ele me escrevia uma carta por semana, professando seu amor, dizendo que eu era tudo em que pensava, fazendo planos para o que faríamos quando estivéssemos juntos de novo: um novo restaurante ao qual mal podia esperar para me levar, um tour pelas galerias de arte da cidade. Bobbi e eu líamos todas as cartas dele juntas, rindo.

— Pobre David — dizíamos.

Tínhamos dó dele. Sentíamos pena e zombávamos dele. E agora ali estava ela, me dizendo que eu deveria casar com ele?

— Mas eu não o amo — falei.

— Você vai amar — afirmou. — E lembre-se, só porque vai se casar com ele e decidir amá-lo não significa que tenha que parar de me amar. Não importa o que façamos, aonde formos, com quem nos casemos, sempre teremos uma à outra. Ninguém pode tirar isso de nós.

Então Bobbi levantou a pedra, olhou para ela e depois para mim.

— Você sempre terá o meu coração — declarou. — E eu, o seu. E saber disso... terá que ser suficiente.

26

FIQUEI SENTADA NA CADEIRA, olhando para a tela do notebook, atordoada.

Ali estava: a verdade.

E não fazia sentido? Será que parte de mim sempre suspeitou, mas hesitava em pensar muito a respeito, em realmente admitir?

Era devastador que minha mãe tivesse toda uma vida secreta, e também perturbador que tudo o que eu achava que sabia sobre enquanto crescia estava errado. Não a conhecia de verdade, mas as coisas que eu sabia agora faziam sentido.

Sabia que meus pais não tiveram o melhor dos relacionamentos. Mesmo quando criança, entendia que meu pai se sentia insuficiente e sempre se esforçava para conquistar o amor e a atenção da minha mãe.

Lembrava como ela ficava feliz sempre que Bobbi vinha nos visitar, o brilho que irradiava só de falar com ela ao telefone.

E sabia que minha mãe ficara devastada pela morte da amiga, que nunca mais foi a mesma depois disso.

E agora eu entendia bem o porquê.

E por que aquela maldita pedra significava tanto para ela: era sua conexão com Bobbi. Ela perdera seu verdadeiro amor. Tudo o que restava era o seu coração de pedra, então minha mãe se agarrava a ele, dormia com ele, discutia com ele, implorava para ter Bobbi de volta. Mesmo agora, à beira da morte, mantinha a pedra ao alcance, sempre à vista.

Mais uma vez, me peguei sentindo pena da minha mãe.

Havia lágrimas nos meus próprios olhos enquanto eu assistia à minha mãe na tela do computador da Izzy.

— Ela era minha melhor amiga — confessou a Izzy. — E meu amor. E meu mundo inteiro. Até que deixou de ser.

A câmera se moveu, deu uma sacudida, como se a própria Izzy tivesse ficado tão chocada com essa revelação que deixou a câmera escorregar.

— Então vocês estavam, tipo... juntas?

— Sim, com certeza.

— Alguém sabia?

— Algumas pessoas. Nossos amigos mais próximos. E outros desconfiavam. Acho que minha mãe suspeitava, mas nunca perguntou, e eu teria negado se tivesse perguntado. Não era como agora. As pessoas não eram tão abertas, não aceitavam. Havia... repercussões para coisas assim. Foi há muito tempo, Isabelle.

— E aí... o que aconteceu?

— Como eu disse, eram outros tempos. Havia expectativas. — O rosto dela se contraiu, e ela desviou o olhar da câmera. — Bobbi foi para a Califórnia e começou a atuar, como sempre disse que faria. Eu fiquei e me casei com David, como ela me disse para fazer. Ela também se casou. Tivemos filhos. Seguimos com nossas vidas. Nos víamos uma semana a cada verão.

— Mas ainda se amavam?

Minha mãe assentiu.

— E ficaram vivendo essas mentiras? — A voz de Izzy saiu arquejante, como se não conseguisse acreditar.

— Não estamos todos, de uma forma ou de outra? — perguntou.

— Eu... seu marido sabia?

— Ele suspeitava... Não, mais do que suspeitava... Tenho certeza de que sabia. Mas nunca perguntou, e eu nunca contei. Mais simples assim.

— Mas continuou com ele? Mesmo amando ela? — questionou Izzy, incrédula.

— Falávamos sobre isso o tempo todo. Deixar nossos maridos. Ficarmos juntas um dia. Mas o momento nunca parecia certo. E quando falávamos sobre isso... bem, era como contar uma história que ambas queríamos ouvir, algo que sabíamos que nunca poderia acontecer. E então... ela morreu. — Minha mãe olhou para o cobertor, torcendo a ponta entre os dedos. — Um acidente de carro.

— Meu Deus — disse Izzy, o choque e a tristeza palpáveis em sua voz. — Sinto muito.

— Bem. Foi há muito tempo — repetiu minha mãe, seu rosto endurecendo. Ela se virou e olhou para a pedra na mesa de cabeceira antes de pegá-la, passando os dedos sobre sua superfície irregular. Então, voltou-se para a câmera e para Izzy atrás dela. — Há vidas atrás.

O vídeo terminou. Fiquei olhando para a imagem agora parada da minha mãe me encarando da tela.

Conferi para garantir que não seria vista saindo sorrateiramente do quarto da minha filha — Mark teria um ataque se descobrisse o que fiz —, saí de fininho para o corredor e voltei para o nosso quarto, fechando a porta.

Então tirei meu celular do bolso e procurei o número de Ben.

— Indo para o trabalho, Ali, não posso falar muito.

— Você sabia sobre nossa mãe e a Bobbi? — perguntei, me sentando na cama perfeitamente arrumada.

— Hã?

— Que eram mais que amigas? Que nossa mãe estava... apaixonada por ela? — Mantive minha voz baixa, pois não queria que Mark ouvisse.

— Hum, não. Isso nunca veio à tona. Ela te contou isso?

— Bem, não. Na verdade, contou para a Izzy.

Houve uma longa pausa.

— E por que exatamente ela contaria isso para a Izzy?

— Izzy estava entrevistando-a... Ela está fazendo um projeto de vídeo. Sobre a estadia da nossa mãe aqui. É um diário em vídeo que quer transformar em um documentário.

— Então ela está passando tempo sozinha com a nossa mãe?

— Bem... sim.

— Por Deus, Ali! Você deveria estar supervisionando. Sabe lá o que ela pode dizer ou fazer.

— Ben, sinceramente, ela não está em condições de fazer muita coisa além de ficar deitada na cama.

Mordi o lábio, querendo gritar: *não que você saiba*. Senti uma pequena fisgada de ressentimento. Ele estava lá na Califórnia, escolhendo não ter nada a ver com isso, enquanto minha mãe estava ali, na minha casa, morrendo. Mas tudo isso tinha sido uma escolha minha, não tinha?

— E as meninas estão se conectando muito com ela — contei ao meu irmão, defendendo a mim e as minhas decisões. — O Mark também a adora. Jogaram cartas a tarde toda.

Ah, e ela me contou que o nome verdadeiro dela é Azha e que na verdade é um demônio. Decidi segurar essa notícia por enquanto.

— Ótimo. Isso é ótimo. Ouvir isso realmente deixa meu coração quentinho. — A voz dele estava carregada de sarcasmo.

— E sobre nossa mãe e a Bobbi? Acha que é verdade?

— É uma coisa estranha para se mentir, se não for — disse Ben.

Pensei no que Izzy dissera quando minha mãe chegou, como ela estava se esforçando demais, dizendo e fazendo todas as coisas certas, mas que pareciam falsas.

— A não ser que...

— O quê? — perguntou Ben.

— A não ser que seja uma maneira de se aproximar da Izzy. De ganhar a confiança dela. Ela contou à nossa mãe sobre a namorada dela, Theo. E foi aí que ela soube da Bobbi.

Talvez minha mãe mostrasse a todos exatamente o que queriam ver, fazendo o que fosse necessário para conquistá-los.

Exceto que, no meu coração, a confissão da minha mãe não me surpreendeu nem um pouco.

— Mas faz sentido, não faz? Quero dizer, parte de mim sente que eu meio que sabia o tempo todo.

— Isso importa? — perguntou ele.

— Como assim?

— Tipo, importa se é verdade ou não? Não muda nada. Não dá a ela uma desculpa pelo que é, ou foi, ou pelas coisas que fez. Ter um caso lésbico secreto não muda nada, Ali. Talvez ela tenha mesmo amado a Bobbi. Talvez tenha ficado arrasada por ter que viver essa vida dupla, devastada quando o seu verdadeiro amor morreu.

Mas, honestamente, essa história secreta tipo *Carol* não é desculpa. E os gays enrustidos daquela época que não viraram narcisistas abusivos? Se for verdade, só deixa tudo pior.

— Pior como?

Houve outra longa pausa. A linha telefônica zumbia e crepitava.

— Porque se amava mesmo tanto a Bobbi, então sabemos que ela era capaz de amar. E, francamente, isso dói.

Eu não sabia o que dizer. Lutei contra a vontade de dizer ao meu irmão que, claro, ela era capaz de amar, e que nos amava.

Mas será mesmo?

Não sabia no que acreditar. Mas Ben estava certo. Doía.

— Preciso mesmo ir — disse ele. — Ali?

— Oi?

— Tome cuidado.

27

ESTAVA DE PÉ NA CALÇADA da rua principal, esperando o desfile começar. Tinha parado bem em frente à livraria Book Cellar. Na vitrine, uma pilha em forma de árvore, feita com o que deviam ser centenas de livros, estava decorada com luzes. A neve caía intensamente. Luzes brancas e guirlandas verdes estavam enroladas em todos os postes da cidade. As vitrines das outras lojas tinham decorações festivas parecidas: a loja de utensílios de cozinha estava cheia de acessórios vermelhos e verdes e guirlandas feitas com formas de bolo decoradas; a loja de ferragens tinha uma árvore iluminada na janela e placas que diziam TEMOS LUZES E LÂMPADAS DE NATAL, PÁS PARA NEVE, DERRETEDOR DE GELO, ENCHIMENTOS DE MEIAS. Uma grande meia estava exposta com ferramentas saindo de dentro dela: uma chave inglesa, uma chave de fenda, um martelo e um par de luvas de trabalho novas. A loja de bagels tinha tanto uma menorá quanto uma árvore de Natal na janela — e a árvore estava decorada com pequenos bagels. A cafeteria Get Roasted anunciava um latte de hortelã como "O Favorito do Papai Noel". Tinha acabado de entrar para pegar um café preto, que segurava nas mãos, sentindo o calor através das minhas luvas finas. Meu capuz estava levantado, mas grandes flocos de neve caíam no meu rosto, acumulando-se nos meus cílios. Eu pulava de um pé para o outro para me manter aquecida. Havia uma pequena multidão esperando ao longo das calçadas da nossa pitoresca rua principal, principalmente famílias dos jovens do clube de teatro, e outros estudantes do ensino médio. Era como viver dentro de uma vila de Natal de globo de neve, ou até mesmo, Deus me livre, como o cenário de um filme de Natal da Hallmark.

— Ei, Alison, achei mesmo que tinha te visto!

Virei-me para ver Marie, uma das donas da Book Cellar.

— Na verdade, estava querendo te ligar ou mandar um e-mail. Será que você pode vir assinar alguns exemplares para nós?

— Claro — falei. — Eu adoraria.

— É a época. Já tem uma data de lançamento para o próximo livro da Moxie? — perguntou.

— Ainda não — respondi. — Ainda não terminei. Mas estou quase. Bem perto.

— Mal posso esperar.

Nem eu, pensei.

— Dou uma passada aqui nos próximos dias para assinar os exemplares — prometi.

Ela me agradeceu e foi até o outro lado da rua para se juntar ao marido, que estava com a câmera na mão.

Eram 18h10. Finalmente a polícia tinha chegado. As luzes das viaturas piscavam enquanto estacionavam nas extremidades da rua principal, fechando-a para o trânsito.

Ouvi a multidão do desfile antes de vê-los: uma cacofonia estridente de tambores, badalar de sinos, uivos e gritos.

Não sei o que eu esperava, mas com certeza não era isso.

Eles vieram do norte da rua principal, saindo da escuridão e do redemoinho de neve como criaturas de um pesadelo ou de um sonho febril. Eram cerca de doze, todos com fantasias elaboradas e assustadoras. Usavam máscaras grotescas de papel machê com chifres: grandes e enrolados, pequenos e retos. Um estava vestido com camadas de estopa. Outro vestia um traje de Papai Noel rasgado e esfarrapado. Um estava em pernas de pau, pairando sobre os outros com um longo manto rasgado esvoaçando atrás dele. Outro ainda usava mantos brancos salpicados de sangue e carregava um pequeno braço humano do tamanho de uma criança, acenando ameaçadoramente para a multidão.

A neve caía intensamente ao redor deles enquanto se moviam pelo centro, batendo no tambor, fazendo barulho com chocalhos, gritando e rosnando como criaturas que fugiram do submundo.

As mães puxavam os filhos para mais perto delas na calçada. Os lojistas saíam para olhar, olhos arregalados, como se claramente aquele não fosse o desfile que esperavam. Na semana anterior, Papai Noel e Mamãe Noel lideraram um desfile pelo mesmo trajeto, tocando sinos, distribuindo bengalas doces, bradando "Feliz Natal" — aquele espetáculo não podia ser mais diferente.

Então, avistei a figura que tinha que ser a minha filha.

Ela estava toda de preto. Uma capa preta e uma máscara preta assustadora, com longos chifres enrolados e uma bocarra aberta cheia de dentes afiados. Os olhos brilhavam vermelhos de LED. Só sabia que era ela pelos Doc Martens surrados e pela filmadora que carregava enquanto circulava os outros, correndo para a frente a fim de filmar todos tomando a rua, movendo-se para fazer um close quando um dos demônios deixou o grupo e se aproximou de uma criança pequena, rosnando para ela, fazendo-a recuar e agarrar-se à mãe.

— É assustador demais — reclamou uma das mães na calçada.

— Maneiro pra caralho — comentou um adolescente com os amigos.

Fiquei parada, congelada, observando, prendendo a respiração enquanto os demônios de Natal passavam, batendo, chacoalhando, fazendo barulho, uivando e sibilando como as criaturas selvagens que eram.

Senti-me desorientada, tonta com a sensação de que minha cidadezinha digna de um filme de Natal tinha sido virada do avesso.

Pensei no vídeo que eu vira no quarto da Izzy: como ele me fez perceber que tudo o que achava que sabia sobre a minha mãe enquanto crescia estava errado. O mundo não era como parecia. Ela guardara segredos, segredos enormes — e também usara uma máscara. E eu não tinha feito o mesmo? Guardado segredos das minhas próprias filhas? Fingido ser algo que não era?

Izzy me avistou e apontou a câmera para mim por apenas alguns segundos, sem dúvida capturando a expressão perturbada no meu rosto. Fiz o melhor que pude para sorrir para ela, mas tenho certeza de que pareceu mais uma careta.

— O QUE VOCÊ ACHOU? — perguntou ela um pouco depois, quando pulou dentro do carro no estacionamento da escola.

Izzy ainda estava usando a capa e a máscara preta com chifres. A voz dela saiu um pouco abafada.

Nevava bastante, mas o carro estava quente, o aquecedor funcionando a todo vapor.

— Estavam assustadores — falei. — Adorei.

Izzy assentiu, e a máscara escorregou um pouco. Ela levantou a mão para ajustá-la.

— Então, o que exatamente vocês eram?

Olhei de lado para ela, dizendo a mim mesma que era apenas a minha filha ali. Os olhos vermelhos brilhavam de volta para mim. Os chifres pareciam afiados o suficiente para cortar.

Ao nosso redor, outras crianças mascaradas encontravam suas famílias. A porta do ginásio se abriu e os garotos do time de basquete saíram correndo para o estacionamento coberto de neve, vestindo shorts e camisetas do time.

— Krampus — respondeu. — Ele é uma figura assustadora de uma lenda europeia antiga, da Alemanha, acho. Os alemães têm um monte de coisas sombrias. Enfim, ele aparecia junto com São Nicolau na época do Natal. São Nicolau dava presentes para os meninas e as meninos bons e o Krampus punia os travessos. Batia neles com varas. Em algumas histórias, sequestra as crianças, e às vezes até come elas.

— Tem razão — falei. — É mesmo sombrio.

Ela assentiu e continuou falando animadamente por trás da máscara.

— É a antítese de como o nosso Natal se tornou brilhante, alegre e comercial. Tem todo esse outro lado sombrio, o que é perfeito, não é? Quer dizer, é a época mais escura e fria do ano. Que momento melhor para um demônio?

Ela me olhou por trás da máscara com chifres, os olhos vermelhos ainda acesos e brilhantes, me observando.

Meu coração pareceu parar, depois acelerar. Meus dedos tremiam. Queria não ter tomado tanto café naquele dia. Engoli a sensação ruim no fundo da garganta.

Ouvi a voz da minha mãe na minha cabeça: *você, Alison, pode me chamar de Azha.*

Izzy tirou a máscara, pousou-a no colo, e eu relaxei. Era apenas minha filha de novo e isso foi um alívio. Sorri para ela, agradecida.

— Então, vamos para casa ou o quê? — perguntou, passando a mão no cabelo.

Continuei imóvel, de repente sem vontade de voltar para casa.

Casa, onde minha mãe me esperava.

Que momento melhor para um demônio?

— Desculpa, é verdade — falei, enquanto ligava os limpadores de para-brisa, engatava o carro e saía do estacionamento da escola.

As estradas estavam cobertas por uma fina camada de neve.

— Falando nisso, sua máscara é incrível — comentei, olhando para ela. — Essas luzes são LEDs?

Izzy riu e revirou os olhos.

— Não, mãe. São pedacinhos de carvão legítimo do inferno.

Também ri e balancei a cabeça.

— Bom, pode me fazer um favor e tentar não assustar sua irmã com isso quando chegarmos em casa? E sem histórias de Krampus também, tá? A Olivia já tem pesadelos suficientes com o Rei dos Ratos.

Ela assentiu, alcançou a máscara e desligou as luzes brilhantes.

Ficamos em silêncio por um tempo. Izzy ligou o rádio, depois mudou de ideia e o desligou.

— Gostou da fantasia da Theo? — perguntou, olhando para a máscara, não para mim.

— Qual era a dela?

Virei à esquerda da rua Granite para a estrada Farm Hill, que nos levaria até em casa. Não havia postes de luz por ali, e as árvores de cada lado da estrada pareciam formar um túnel escuro. A neve caía forte, limitando minha visibilidade. Diminuí a velocidade, deixando os pneus de neve e a tração nas quatro rodas fazerem o trabalho enquanto subíamos a colina. O asfalto acabou e pegamos a estrada de terra.

— A de branco.

— A que carregava o braço ensanguentado?

— Sim, essa mesma.

Olhei para ela e sorri.

— Vocês duas realmente são perfeitas uma para a outra — falei.

Ela afundou no banco, sorrindo.

— Mas acho que hoje traumatizaram algumas criancinhas para a vida toda — acrescentei.

Ela riu.

— Esse é meio que o objetivo, mãe. — Olhou para a máscara, mexeu nos chifres. Pareciam tão afiados nas pontas que eu queria pedir para que tivesse cuidado. — Para lembrar as pessoas, até mesmo as crianças, que existe maldade no mundo. Podemos tentar fingir que não existe, que a única coisa rondando à noite é o Papai Noel com o seu saco de brinquedos, mas isso é besteira, né? E quanto mais cedo a gente enxergar a verdade, melhor.

28

A VIAGEM DE TRÊS HORAS E MEIA para Woodstock na manhã de segunda-feira passou como um borrão. Em um minuto, saía de casa; no seguinte, já estava na entrada da casa da minha mãe, ouvindo a voz robótica do GPS que me guiou o caminho todo: *Você chegou ao seu destino.*

Parei na caixa de correio, peguei a enorme pilha de correspondências e comecei a folheá-las: catálogos, malas diretas, algumas contas, todas endereçadas à minha mãe. A única coisa com o nome de Paul era uma revista, *Art in America.*

Continuei dirigindo e desci a longa entrada.

Quando cheguei perto da casa, pensei *Ah, não,* e considerei dar meia-volta. Avancei devagar, os olhos fixos na casa, que parecia estar me aguardando. *Me esperando.*

Era menor do que eu me lembrava, embora não menos ameaçadora. Na minha mente, sempre tinha sido enorme e imponente, um monstro coberto de tábuas de cedro desgastadas e da cor da fumaça. Levei o Volvo pela entrada de cascalho e estacionei. Havia uma garagem separada à direita e uma cocheira à esquerda, onde Paul morara nos últimos quinze anos. A construção originalmente fora o estúdio de arte do meu pai, mas eu não entrava lá desde criança. Foi onde ele morreu, e embora minha mãe tenha limpado e se livrado de todas as coisas logo após a morte dele, eu ainda evitava a cocheira. Sabia que, se entrasse, olharia para cima, me perguntaria qual viga ele usou, o que aconteceu com a corda, e imaginaria o estado que estava quando Ben o encontrou. Também não queria ver tudo limpo. As pinturas e os pertences pessoais do meu pai foram jogados na fogueira que minha mãe fez no quintal, como se ela pudesse destruir todos os traços dele, fazê-lo desaparecer na fumaça. Queria me lembrar da cocheira do jeito que era quando eu ia lá e ficava vendo-o trabalhar, subindo em uma escada para cobrir enormes telas com salpicos brilhantes de cor, virando-se para mim e dizendo:

— Viu as girafas, tesouro? Escondi outra atrás da árvore. Você é a única pessoa que vai saber que ela está lá.

Então, mantive distância da cocheira. Anos mais tarde, depois que Ben e eu já tínhamos ido embora havia muito tempo, minha mãe a reformou, transformando-a em um apartamento para Paul. Ao longo dos anos, me perguntei de vez em quando se ele acreditava em fantasmas. Se alguma vez sentiu a presença do meu pai.

Estacionei em frente à casa, desliguei o carro e encarei o lugar onde minha mãe morou, onde cresci e não voltava desde adolescente.

Lembrei-me do que pensei durante aquela última visita: que minha mãe e a casa estavam conectadas, que a casa era, de alguma forma, uma extensão dela.

Nem sempre foi um lugar tão assustador. Quando meu pai era vivo, antes de minha mãe começar a beber, a casa era iluminada e alegre. Então, conforme ela mudou, a casa mudou junto. As janelas ficavam trancadas, as cortinas pesadas ficavam fechadas o ano todo. Fotos de família foram retiradas, assim como as pinturas do meu pai e até mesmo os desenhos que Ben e eu fizéramos. Minha mãe mandou pintar a maioria das paredes internas de um cinza opaco, cor de ostra, que fazia a casa toda parecer coberta por uma neblina densa.

Peguei as chaves dela na bolsa e meu celular no painel, saí do carro e fechei o casaco contra o frio. Estava de pé sob a sombra da casa, sentindo-a me observar, me desafiar a entrar, as janelas escuras me encarando como olhos sem alma.

Saí da sombra da casa, peguei o celular e liguei para Mark, pensando que ouvir a voz dele poderia fazer com que eu me sentisse melhor, e me desse a coragem necessária para enfrentar aquele momento.

— Oi, amor — disse ele ao atender. — Tudo bem?

Fechei os olhos, imaginei-o na nossa casa iluminada, cheia de decorações de Natal, as obras de arte das meninas, nossos móveis bem usados — o oposto do lugar frio e triste diante de mim.

— Sim, só queria avisar que cheguei.

— E cedo.

— É, o trânsito estava tranquilo.

— É estranho? — perguntou Mark. — Estar aí de novo?

— Estranho é meio que um eufemismo — falei, olhando para a casa. Atrás de mim, o vento balançava as árvores, parecendo sussurrar um aviso.

— Se for demais...

— Está tudo bem — afirmei. — Sou adulta. Posso resolver isso. Vou fazer o que é preciso e depois sair daqui. Mando mensagem quando estiver voltando. Vou estar em casa na hora do jantar.

— Parece bom — disse ele. Então: — Ah, chegou um pacote para você. Comprou livros ou algo assim?

Meus livros de demônios.

— Presentes de Natal — respondi sem hesitar. — Sem bisbilhotar!

Mark riu.

— Está bem, não vou abrir a caixa. Tenho que ir. Teresa acabou de chegar.

— Certo. Ei, obrigada de novo por ficar em casa com a minha mãe.

— Sem problema. Gosto da companhia dela.

Nos despedimos, e eu desliguei, mantendo os olhos na casa.

— Vamos lá — falei em voz alta, me incentivando ao chegar perto dos degraus de pedra da entrada, os degraus que subi milhares de vezes indo e voltando entre a casa e a escola, ou saindo para brincar no quintal e nos bosques atrás da casa.

Quando entrei, me senti como uma criança de novo, andando na ponta dos pés para que minha mãe não me ouvisse, não gritasse:

— Quem está aí?

Eu nunca sabia quem iria encontrar quando descia do ônibus e cruzava a porta de entrada. Seria a Mãe Legal, que preparara brownies para mim e queria ouvir tudo sobre o meu dia na escola, ou a Mãe Bêbada, semicerrando os olhos para mim como se eu fosse uma intrusa na vida dela, alguém que não pertencia àquela casa?

— Você de novo? — diria, com uma mistura de surpresa e profunda decepção na voz, talvez um traço não tão escondido de desprezo, como se eu fosse algo que ela raspara do fundo do sapato.

— Onde esteve? — perguntaria a Mãe Bêbada de maneira acusatória, me olhando por cima do copo de martíni, mesmo que fossem apenas 15h30.

— Na escola — responderia, ajustando minha mochila.

— É mesmo? — perguntaria ela, como se houvesse outras opções, outros lugares para uma criança ir todos os dias das 7h30 às 15h30, buscada e deixada por um ônibus amarelo. — Não sou eu mesma hoje. Então é melhor não me incomodar — diria minha mãe às vezes.

— Claro — responderia, sempre obediente.

Então, eu a assistia cambalear até o estúdio de arte, o grande quarto no final da casa que era uma varanda fechada, convertida em um espaço de trabalho para o ano todo. Eu me lembrava dele como o único cômodo da casa onde as cortinas estavam sempre abertas. Ainda assim, mesmo com a luz do sol, o estúdio dela muitas vezes parecia opressivo e aterrorizante — um lugar tão cheio dela que, mesmo quando eu era convidada a entrar, sentia que não pertencia a ele, como se o próprio quarto quisesse me expulsar.

Parada agora no hall de entrada, quase podia ouvir os fantasmas das duas versões da minha mãe me chamando simultaneamente: *é você, Ali Abelhinha?* e *onde esteve, garota inútil?*

Podia sentir a presença dela ao meu redor, como se uma parte ainda estivesse ali, nas paredes, no chão, no antigo teto de gesso.

Algo na casa se moveu. Houve um rangido baixo.

— Olá? — chamei.

Mas não havia nada. Ninguém.

Lembrei a mim mesma que minha mãe verdadeira estava na minha casa em Vermont, doente na cama, morrendo. Não havia ninguém ali para pular das sombras e me arrastar enquanto sibilava no meu ouvido:

— Onde esteve?

Onde esteve?

— Fui embora. Fui embora para me salvar de você — falei, em voz alta, para a versão fantasma da minha mãe, a mãe da minha infância. Mas ela apenas riu, zombou e sussurrou:

E ainda assim, aqui está você.

Acendi as luzes e fiz uma rápida ronda pela sala de estar, a cozinha e a despensa. Estava tudo exatamente como eu me lembrava. Os mesmos móveis simples estilo Shaker. As mesmas paredes cinza-claro. Os mesmos pratos de cerâmica azul nos armários.

Abri a geladeira. Não havia muito além de um pote de azeitonas, uma mostarda chique e uma pasta de curry. O piso de azulejos da cozinha estava polido, as bancadas de granito brilhavam. Parecia um lugar onde não vivia ninguém, não de verdade, como se tudo ali fosse apenas para encenação. Mesmo com as luzes acesas, a sala parecia escura, cavernosa e sufocante. A porta dos fundos na cozinha estava trancada. Fui olhar pela janela para o pátio de pedras, e me lembrei de que era por essa porta que eu escapava, usando o casaco do meu pai e carregando a espingarda de chumbinho do meu irmão. Por um instante, tive certeza de que a vi — a sombra do meu eu criança — se esgueirando para dentro da floresta.

Virei e me afastei.

Não havia plantas no andar de baixo que precisassem ser regadas. Nada vivo que precisasse de cuidado.

A casa parecia limpa e cheirava bem. Sem dúvida as faxineiras ainda vinham uma vez por semana para esfregar, tirar o pó e aspirar. Era um serviço que faziam havia anos. Será que elas tinham a própria chave? Precisava encontrar uma maneira de entrar em contato com elas.

Saí da cozinha e fui para a sala de jantar, onde a mesa de cerejeira polida estava cercada por seis cadeiras, esperando por um último jantar que nunca aconteceria — pelo menos não naquela casa. Foi nessa mesa que Ben e eu nos sentamos enquanto sofríamos durante inúmeras refeições.

No final da sala de jantar estava a porta que levava ao estúdio da minha mãe. Coloquei a mão na maçaneta, hesitando. Quando criança, esse e o quarto dela eram os dois lugares proibidos. Não devíamos entrar a menos que fôssemos convidados, e se ousássemos quebrar as regras, haveria consequências terríveis.

Empurrei a porta e entrei.

Como tinha sido uma varanda ensolarada, havia grandes janelas em três lados e uma porta que dava para o quintal. A sala deveria estar cheia de luz natural, mas as pesadas cortinas blecaute a mantinham sepultada na escuridão. Fui até a parede oposta e as abri, deixando entrar a luz do inverno.

Não havia materiais espalhados pelas mesas: sem tubos de tinta, sem pincéis, sem paleta com cores recém-misturadas. Os cheiros de óleo e terebintina pairavam de leve no ar, como fantasmas.

Era estranho estar ali. Havia uma longa mesa de trabalho montada ao longo de uma parede, com ferramentas penduradas em um painel de ganchos. Percebi, com um sobressalto, que montara meu próprio estúdio de maneira muito parecida. Será que copiei isso dela? Devia ter feito sem perceber. Ela não tinha uma grande impressora antiga como eu, e nossas ferramentas eram diferentes, mas muita coisa era igual, incluindo os esboços presos nas paredes, exatamente como eu fazia. Aproximei-me para dar uma olhada mais de perto. Eram desenhos anatômicos: close-ups de mãos com a pele retraída, tendões e ossos desenhados e rotulados com cuidado. Havia vários esboços de pássaros. Olhei mais de perto. Gaios-azuis, todos eles.

Iii-iii-iii, gritava a voz da minha mãe na minha mente, uma reprodução quase perfeita do grito do próprio pássaro.

Afastei-me dos desenhos.

Um cavalete de madeira estava montado no centro da sala com uma tela sobre ele. Alguém — minha mãe? Talvez Paul? — cobrira a tela com um lençol. Aproximei-me e levantei o lençol de leve para dar uma espiada na última pintura em que ela vinha trabalhando.

Era eu.

Uma versão mais jovem de mim. Um eu de 8 anos com o cabelo despenteado, preso com presilhas de plástico em forma de borboletas, o rosto desprovido de expressão. Minhas mãos carregavam, com delicadeza, um gaio-azul com uma asa quebrada pendendo em um ângulo estranho.

Iii-iii-iii.

29

LARGUEI O LENÇOL, cobrindo minha versão infantil como se colocasse de volta uma fantasia de fantasma.

Saí do estúdio com as pernas trêmulas e bati a porta um pouco forte demais. Se ao menos eu pudesse trancá-la para sempre.

Onde esteve, Ali Abelhinha? Por que demorou tanto para voltar para casa?

Iii-iii-iii.

Dei meia-volta, certa de que não estava sozinha. Que alguém me observava.

Mas, claro, só havia eu na casa vazia.

Quem está aí?

Só eu, mãe, respondi sem palavras. *Ainda sou só eu.*

Estar naquela casa mexia demais com a minha cabeça. Precisava sair logo. Cair fora antes que algo em mim se partisse de um jeito que eu não conseguiria consertar.

Fazer uma rápida vistoria e sair, disse a mim mesma. *Certificar-me de que não há vazamentos, janelas abertas, plantas para regar no andar de cima.*

Subi os largos degraus de carvalho que levavam aos quartos no segundo andar. A casa parecia prender a respiração, esperando para ver o que eu faria em seguida.

Abri a porta do antigo quarto de Ben. As cortinas estavam fechadas, a cama feita com uma colcha azul impecável. Um dos modelos de avião dele estava na escrivaninha, ao lado de uma pilha de livros. Sem plantas. Sem vazamentos. Nada que precisasse de conserto ou cuidados. Fechei a porta e segui pelo corredor.

Parei na entrada do meu próprio quarto de infância.

Só uma olhada, disse a mim mesma.

Com certeza não havia nada ali.

Ela provavelmente se livrara de tudo (talvez até queimara em uma fogueira no quintal), transformara o quarto em um quarto de hóspedes ou em um depósito.

Mas quando empurrei a porta, meu coração quase parou. Pisquei. E, de repente, tinha 12 anos de novo, prestes a sair de casa para estudar em um internato em Connecticut.

O quarto estava exatamente como eu havia deixado.

Um estranho museu do meu eu do passado.

A cama de solteiro estava coberta com a velha colcha de xadrez vermelha e branca sob a qual dormi durante toda a minha infância — feita pela minha avó, uma mulher que nunca conheci. Na escrivaninha simples de pinho havia um pote de lápis que eu apontara havia uma vida, uma luminária coberta por uma fina camada de poeira, um dicionário de inglês aberto ao lado. Caminhei até lá e olhei para as duas páginas abertas, passando os olhos pelas palavras, imaginando o que a jovem eu poderia estar procurando: *pennyweight, pensive, pentacle, penumbra*.

Nas prateleiras estavam os livros de desenho e arte que minha mãe comprava para mim a cada aniversário e Natal, um cavalo de plástico e um cavaleiro. Havia dado o nome de Chestnut para o cavalo.

Ali estava minha velha mesinha de cabeceira com um abajur sobre ela. O despertador de corda com os ponteiros luminosos, agora silencioso. E na prateleira abaixo do abajur e do relógio estava a Bíblia ilustrada para crianças que a tia Frances me dera.

A tia Frances, que nunca aprovou a minha mãe, que raramente nos visitou depois da morte do meu pai, enviando cartões de aniversário para Ben e para mim com citações das Escrituras e notas de cinco dólares dentro.

A tia Frances, cujo funeral eu fora no último mês de abril.

Saí do quarto, tendo a estranha sensação de que, se ficasse um momento a mais, estaria presa ali, sugada de volta ao tempo da minha infância, e teria que viver tudo de novo.

Fechei a porta, meu coração acelerado no peito.

Achei que ouvi algo: um leve barulho nas paredes. Ratos? Camundongos?

— Verifique todos os quartos e vá embora — disse a mim mesma em voz alta, enquanto me dirigia para o quarto da minha mãe no final do corredor.

Abri a porta e estreitei os olhos na escuridão, mas imediatamente senti que não estava sozinha. As persianas estavam fechadas, sem deixar passar nenhuma luz. Tateei a parede até encontrar o interruptor.

Eu tinha razão: não estava sozinha.

Havia olhos me observando.

Os olhos de Bobbi.

A pintura que minha mãe fez de Bobbi.

Nem tinha percebido que não estava onde eu lembrava, pendurada na parede da sala ao lado da televisão. Agora estava pendurada acima da cama da minha mãe, para que Bobbi pudesse vigiá-la todas as noites enquanto ela dormia.

Bobbi e seu peito aberto, revelando o coração de pedra.

O que minha mãe via quando olhava para a pintura? No que pensava? Que Bobbi fechara seu coração para ela, que a abandonara ao ir para a Califórnia, ao se casar e escolher outra vida? Ou olhava para ela, depois para a pedra em sua cabeceira, e pensava que enfim tinha conseguido o coração da amante?

Ela me encarava. A pedra no peito dela parecia pulsar, voltar à vida. Percebi a verdade da pintura que não tinha conseguido captar quando criança: o olhar no rosto dela, a fome silenciosa, a intimidade. O olhar que dizia: *nós compartilhamos um segredo, você e eu. Eu sou sua e você é minha.*

Será que meu pai sabia mesmo sobre o relacionamento delas?

E depois que ela morreu, como ele poderia se comparar ao fantasma do verdadeiro amor da minha mãe? Será que ele via a maneira como ela olhava para a pedra que mantinha ao lado da cama? Será que a ouvia falar com a pedra, implorando para ter Bobbi de volta?

Afastei-me da pintura de Bobbi, imortalizada para sempre aos 21 anos, o peito aberto revelando o claro coração de pedra perfurado com fios finos de turmalina negra.

Fui até o armário da minha mãe, abri a porta e respirei o cheiro das roupas dela, do perfume dela. Olhei para a fileira de sapatos de festa brilhantes que ela nunca mais colocaria para a abertura de uma galeria, e senti meu peito apertar. Imaginei-me um dia, em breve, voltando àquele armário, empacotando todos os sapatos, os vestidos e as blusas ainda com o cheiro do perfume dela, colocando-os em caixas e enviando-os para a caridade.

Havia uma colcha dobrada na prateleira de cima. Lembrava dela da minha infância — de me aconchegar com minha mãe sob o padrão em ziguezague de peças de tecido azul e branco. A mãe dela fizera a colcha. Minha mãe explicou que o padrão se chamava Caminho do Bêbado. Nós traçávamos os passos sinuosos do bêbado com nossos dedos, rindo enquanto ela me contava sobre a própria mãe — como também era artista, mas trabalhava com tecido em vez de tinta.

Tirei a colcha, pensando em levá-la para casa e surpreendê-la.

Foi quando notei duas caixas escondidas atrás da colcha, do tamanho e formato de caixas de sapatos.

Pisquei, pasma, para elas.

Estavam rotuladas nitidamente com marcador preto. Uma dizia BEN, a outra ALISON.

Alcancei a caixa com meu nome, meus dedos hesitantes, sem ter a certeza se realmente queria abri-la.

Mas eu precisava saber.

Peguei a caixa ALISON e a coloquei na cama. Levantei a tampa. Um cheiro de mofo subiu.

— Que merda é essa? — murmurei, olhando dentro dela.

Havia um estranho ninho tecido com o que parecia ser cabelo e pedaços de pano. Tateei e senti algo duro no fundo. Afastei o cabelo e o tecido, certa de que reconhecia a estampa — eu tinha um vestido favorito com aquelas mesmas listras amarelas e brancas. E por acaso aquele era meu cabelo?

Ali dentro estavam três dentes de leite, uma flor seca e um pequeno pedaço redondo de cera com um desenho simples entalhado: um quadrado com um X dentro e quatro pontos em cada triângulo formado pelo X.

Reconheci o símbolo na hora.

Eu tinha o mesmo desenho entalhado no meio das minhas costas, bem entre as omoplatas.

30

MINHAS MÃOS TREMIAM enquanto eu colocava as caixas — a minha e a de Ben — no banco de trás do carro ao lado da colcha. Tinha aberto a caixa do meu irmão e descoberto que era quase idêntica à minha: um ninho de cabelo e tecido, dentes de leite, um pedaço de cera esculpido com o X e os quatro pontos.

O que diabos eram essas coisas, e por que minha mãe as escondera na prateleira do guarda-roupa?

As cicatrizes nas minhas costas formigaram.

Olhei o relógio. Só fiquei na casa por meia hora, mas pareceu uma eternidade. Olhei para a cocheira, decidindo que quanto mais rápido terminasse, mais rápido poderia entrar no carro e sair dali.

O ar na cocheira era doce, floral, e logo vi o motivo: havia um vaso de jacintos floridos na mesa. Era uma visão dolorosa — um vaso de flores roxas, certamente compradas pelo próprio Paul, e que viveram mais do que ele. Elas deixavam o ar doce demais, quase enjoativo. Estavam quase secas, murchando por falta de água. Não sabia se tentava revivê-las ou jogava fora.

O lugar não se parecia em nada com as minhas lembranças do estúdio caótico do meu pai. Naquela época, era escuro, bagunçado e parecia claustrofóbico, com as pinturas gigantes encostadas nas paredes, a escada na qual trabalhava aberta no centro da sala, e os grandes pedaços de madeira que usava como paletas espalhados pelo chão. Ele trabalhava no andar de baixo e guardava os materiais — grandes telas, extensores, tubos extras de tinta — no andar de cima. O outrora estúdio de arte era agora um pequeno apartamento todo organizado, com um teto alto em formato de catedral que seguia a linha do telhado. Olhei para as vigas pesadas de madeira expostas e não consegui evitar me perguntar em qual delas meu pai havia amarrado a corda.

Não pense nisso, disse a mim mesma. *Esteja aqui no presente. Esta é a casa de Paul.*

Mas ele também estava morto.

Perdeu a cabeça e acabou com tudo.

Fechei os olhos, me concentrei na minha respiração como Penny me ensinou, e só depois os abri.

Tinha trabalho a fazer. Precisava de foco.

O andar de baixo era um espaço grande. A cozinha com um balcão de café da manhã ficava ao longo de uma parede ao lado de uma pequena sala de estar. Havia um banheiro no canto de trás. Escadas levavam a um loft que servia de quarto. Era um lugar claro e alegre com o sol baixo de inverno entrando pelas janelas voltadas para o sul. Olhei para fora e tive uma vista perfeita da casa principal. Mais importante, percebi que minha mãe devia ter uma ótima vista de Paul — *fácil de manter um olho nele.*

Examinei as prateleiras e encontrei livros de poesia, livros sobre arte e história da arte e objetos da natureza: o crânio de um pássaro, um pedaço de quartzo, um ninho de vespa de papel. Havia uma velha máquina de escrever manual e um par de binóculos de ópera. Tudo tinha uma estética muito agradável. Não vi fotografias, nada que parecesse pessoal ou me desse uma ideia de quem Paul poderia ter sido fora da órbita da minha mãe.

Talvez, pensei, *ele realmente não tivesse uma vida fora da órbita dela.* Talvez ela fosse o sol ao redor do qual ele girava. Talvez isso fosse o suficiente: dedicar sua própria vida para garantir que a dela funcionasse bem, essa mulher que viu algo nele que mais ninguém viu, que acreditou nele e o encorajou a ser mais, a viver melhor. E era óbvio que ele se importava com ela. Falava dela com admiração, gratidão, até reverência.

Fechei os olhos e ouvi suas últimas palavras para mim: *essa não é a Mavis.*

Havia uma escrivaninha ao longo de uma parede e estava cheia de pilhas caóticas de papelada — muitos cadernos de esboços e diários, mas também alguns livros de arte e papéis avulsos. Aproximei-me para dar uma olhada melhor e vi que eram principalmente da minha mãe. Estava revisando-os, marcando páginas com Post-its coloridos — sem dúvida foi enquanto decidia o que incluir no envio para a galeria de Toronto para a retrospectiva da minha mãe. Havia um bloco de anotações cheio da escrita ordenada dele, que listava algumas das coisas que enviara até então: uma aquarela que ela pintou na faculdade, esboços de Bobbi feitos na época em que pintou o retrato do coração de pedra, um autorretrato que minha mãe fez logo após o suicídio do meu pai, notas diversas e entradas de diário fotocopiadas.

Na parte inferior da página havia uma palavra circulada: *Pyxis*.

Estranho.

Será que era uma obra de arte da minha mãe?

Na frente das pilhas bagunçadas, logo à esquerda do bloco de notas de Paul, havia um caderno de esboços de capa dura vermelha. Ele usara Post-its para marcar certas páginas. Havia papéis e cadernos de esboços no chão, como se tivessem caído ou até mesmo sido jogados ali.

Olhei para a bagunça em cima e ao redor da mesa e pensei que tal caos era inusitado para ele, que sempre conheci como alguém organizado e asseado. Parecia que estava vasculhando as coisas freneticamente e jogando-as ao redor. Não havia ordem nenhuma. Deixar uma bagunça assim parecia estranho demais.

Afastei-me da desordem da mesa e subi os pequenos degraus até o loft. Era um espaço aberto, com um corrimão de ferro forjado que dava para o resto do apartamento. Havia uma cama, uma mesa de cabeceira e uma cômoda baixa contra uma parede. Encostado na outra parede estava um cabideiro feito do que pareciam ser canos de cobre antigos, que ele usava como guarda-roupa. As camisas sociais e calças estavam penduradas ali. Alguns ternos. Uma camisa jeans e uma jaqueta de couro preta. Na parte inferior, havia uma fileira ordenada de sapatos e botas. Havia algo terrível naquilo, em todos aqueles sapatos caros alinhados, o couro polido de maneira perfeita moldado aos pés de Paul, as roupas cuidadosamente selecionadas e cuidadas penduradas como estranhos fantasmas.

A mesa de cabeceira tinha uma luminária, mas nada mais. Abri a gaveta. Havia um bloco de notas em branco, uma caneta e uma impressão de uma empresa de viagens online, confirmando o voo só de ida de Paul para Belize. Olhei a data. Estava reservado para dois dias antes.

— Belize? — falei em voz alta.

Ele não mencionara nada sobre uma viagem próxima.

Olhei de novo e vi que Paul reservara o voo na noite anterior à visita dele. Fez a reserva na quinta-feira à noite e planejava pegar um avião no aeroporto JFK na manhã de sábado.

Será que tinha contado à minha mãe que estava indo embora? Foi isso o que a deixou tão aborrecida?

Fechei a gaveta e fui até a cômoda. Agora eu estava de fato invadindo a privacidade dele. Mas que escolha eu tinha? Abri a gaveta de cima e espiei: cuecas e meias, todas pretas e todas dobradas ordenadamente. A gaveta do meio tinha camisetas de um lado e pijamas e roupas de ginástica do outro. A gaveta de baixo estava cheia de jeans dobrados de um lado. Do outro, uma caixa organizadora de metal.

Algo rangeu atrás de mim.

Uma viga com uma corda amarrada, um corpo balançando.

Virei-me, o coração acelerado. Não havia nada. Ninguém. Apenas a luz do sol de inverno entrando pelas janelas, afastando os fantasmas.

Apressei-me em puxar a caixa, coloquei-a na cama e a abri. Dentro, havia arquivos rotulados com cuidado: IMPOSTOS, TESTAMENTO E DIRETIVAS DE CUIDADOS AVANÇADOS, FINANCEIRO, MÉDICO.

Puxei o testamento e as diretivas de cuidados avançados de Paul.

Li o testamento por alto e vi o executor listado: *Nomeio meu sobrinho, Jack Coppage, de Keeseville, Condado de Essex, Nova York, como Executor.*

Agora estávamos chegando a algum lugar. No final das contas, ele tinha sim uma família.

Pesquisaria mais sobre isso no meu computador em casa — com sorte, conseguiria localizar esse sobrinho logo. Contar a ele sobre a morte de Paul não era algo que estava ansiosa para fazer, mas a ideia de poder passar todas essas responsabilidades e decisões para um verdadeiro membro da família me enchia de alívio.

Ao examinar o testamento e a papelada financeira, confirmei o que já suspeitava: ele era bastante rico. Possuía uma carteira impressionante de ações e títulos tributáveis, além de uma conta de aposentadoria robusta. Parecia que também ganhara muito dinheiro com criptomoedas.

Minha mãe tinha cuidado bem dele, pagado-lhe incrivelmente bem, e ele tinha guardado a maior parte disso.

Coloquei os papéis importantes, incluindo o testamento de Paul, em uma pasta e desci as escadas. Eu tinha o que viera buscar. Hora de ir.

De volta à sala principal, enfiei a pasta na minha bolsa e procurei minhas chaves. Mas algo me incomodava, me segurava como tentáculos e não me deixava ir.

Virei-me para a escrivaninha. Parecia mais a cena de um roubo do que uma tentativa coerente de preparar as coisas para uma exposição. Parecia que estava desesperado vasculhando as coisas. Procurando. Mas o quê?

Voltei à mesa e comecei a organizar a bagunça. Peguei um caderno de esboços e encontrei desenhos de flores e árvores da minha mãe. Outro tinha anotações e desenhos para uma série de grandes pinturas que ela fizera havia dez anos, chamada *A Floresta de Ossos e Dentes*.

Tudo o que encontrei foram antigos esboços da minha mãe. Cópias de críticas sobre o trabalho dela, entrevistas que dera ao longo dos anos. Um plano de ensino que restara da breve experiência como professora.

Então, peguei o caderno de capa vermelha, ao lado do bloco de notas de Paul.

Ao abri-lo, percebi que não era um caderno de esboços, mas um diário.

O diário da minha mãe.

Folheei até a primeira entrada: 4 de outubro de 1984. Pouco depois da morte de Bobbi. A entrada era curta:

Já faz quase três semanas e ainda não parece real. Acho que nunca vai parecer. Continuo revivendo nossa última conversa, quando ela ligou no dia anterior ao acidente. Parecia tão chateada. Não fazia sentido nenhum. Será que havia algo que eu pudesse ter dito ou feito? Algo que pudesse tê-la impedido de entrar no carro no dia seguinte e dirigir a mais de 160 km por hora naquela estradinha sinuosa? Algo que pudesse tê-la mantido viva?

Suprimi um leve arrepio — aquelas eram as mesmas perguntas que eu me fazia agora sobre Paul. Parecia uma estranha e terrível coincidência.

Virei para a primeira página que ele marcara com um Post-it. Escrevera: *Primeira percepção de que não era ela mesma.* Engoli em seco e li a entrada.

17 de novembro de 1984

Tenho experimentado episódios de lapsos de tempo. Acordo em lugares estranhos e descubro que se passaram horas, até dias, desde a última coisa da qual me lembro. Tentei falar com David sobre isso, mas ele parece assustado comigo. Está sempre levando as crianças para sair, me deixando aqui sozinha. Talvez esteja tentando me dar espaço para o luto.

Hoje de manhã acordei e encontrei uma pintura nova no meu estúdio. Outra de Bobbi e a pedra.

Havia também uma nota com a minha caligrafia que eu não me lembrava de ter escrito: Amanda Gould, Galeria Hydra, e um número de telefone da Califórnia. Liguei para o número e falei com Amanda, que ficou encantada por eu ter retornado a ligação e disse que recebera autorização para dobrar sua oferta por uma nova pintura de Bobbi e a pedra. O valor era suficiente para quitar o restante da nossa hipoteca.

O que está acontecendo comigo?

Será algum tipo de choque?

Perda de memória devido ao trauma?

Ou é algo mais?

A próxima página marcada deixou minha boca seca:

29 de novembro de 1984

Eu a sinto dentro de mim. Às vezes posso ouvi-la falar, dizendo que não vou aguentar para sempre. Que não sou forte o suficiente para vencer.

"Se ceder, se trabalhar comigo e parar de lutar contra mim, o mundo pode ser nosso. Posso te dar tudo o que desejar."

Ontem à noite, ela me disse o nome dela: Azha.

Cada pelo do meu corpo se arrepiou.

Com os dedos trêmulos, passei para a próxima página marcada:

21 de fevereiro de 1985

Estou ficando sem tempo. Perdendo mais de mim a cada dia. As crianças estão com medo de mim. Quando Azha está no controle, digo e faço coisas terríveis. David me olha como se eu fosse uma estranha. Tenho tentado desesperadamente descobrir tudo o que posso. Passei ontem na Biblioteca Pública de Nova York. Um bibliotecário de referência muito gentil me ajudou. Depois, fui a um sebo.

Tenho tentado encontrar uma maneira de derrotá-la. De mandá-la embora. De manter David e as crianças seguras.

Mas ela fica mais forte a cada dia.

Em uma página sem data havia uma anotação rabiscada de qualquer jeito, quase ilegível: *Feitiço de Amarração*, depois algo sobre lua cheia, um cordão, água salgada e um selo sagrado.

Na parte inferior da página, duas palavras rabiscadas em letras enormes:

TARDE DEMAIS

Pulei para a próxima página marcada — as páginas intermediárias estavam cheias de rabiscos estranhos, palavras e formas incompreensíveis.

4 de maio de 1985

David está morto.

Suicídio.

Mas não é verdade.

Azha o fez fazer isso.

Fechei o livro com força, o coração apertando como um punho cerrado no peito.

Respire, disse a mim mesma.

Ela sabia. Sabia o que estava acontecendo e não conseguiu impedir.

Olhei para o diário, para a bagunça na mesa, e comecei a juntar as peças. Imaginei um cenário: Paul, encontrando aquelas anotações enquanto vasculhava as coisas da minha mãe para a retrospectiva. Paul, que sempre devia ter sentido que havia algo errado com a minha mãe. Mas mesmo quando viu a verdade exposta em nas próprias palavras dela, não quis acreditar. Então foi até minha casa e perguntou a ela pessoalmente.

Lembrei-me da conversa que eu entreouvira.

Não finja que não sabia esse tempo todo, dissera minha mãe. *É uma das pessoas mais inteligentes que conheço, Paul. A verdade estava na sua cara e você se recusou a enxergar.*

Mesmo assim, ele não quis acreditar, insistindo que não era possível, mas sabendo a verdade, sentindo-a em suas entranhas e entendendo o terror daquela possibilidade. Fugindo da casa, apressando-se a voltar a Woodstock, arrumar suas coisas, pegar aquele avião e se afastar de Azha o máximo que pudesse.

Essa não é a Mavis.

31

— QUANDO A NOSSA MÃE começou a enlouquecer? — perguntei, mantendo a voz baixa.

— Hã? — disse Ben. — São tipo 6h30 da manhã aqui, Ali.

Eu estava na sala de estar. As meninas estavam na escola e Mark no trabalho. Minha mãe estava no quarto com uma xícara de chá e uma tigela de mingau de aveia. Esperava Janice chegar para o turno da manhã.

Quando cheguei em casa no dia anterior, fiz uma pesquisa online e encontrei com facilidade o contato do sobrinho de Paul, Jack: a página no Facebook, o perfil no LinkedIn e o endereço físico e número de telefone. Nunca deixava de me surpreender como era fácil encontrar alguém hoje em dia. Liguei, expliquei quem eu era e o que tinha acontecido. Pareceu chocado, mas confirmou que ele e o tio não eram próximos. Ficou surpreso ao saber que era o executor do testamento. Paul tivera pouco contato com as pessoas da família ao longo dos anos. Jack disse que contaria ao resto da família e entraria em contato com a funerária para fazer os arranjos. Ia me avisar a data da cerimônia, e marcaríamos um horário para que fosse vasculhar a cocheira. Dei a ele o nome e o número do advogado que Paul usara para redigir o testamento — certamente ele teria uma cópia arquivada. Também disse que enviaria pelo correio expresso a cópia que tinha junto com os outros documentos de Paul.

Depois de lidar com Jack, jantar com minha família e colocar as meninas para dormir, fui ao meu estúdio e fiquei acordada até tarde, olhando os livros de demônios que encomendei. Aprendi sobre entidades sombrias, objetos amaldiçoados, possessão, exorcismo, talismãs, sigilos.

Tinha lido o diário da minha mãe, estudando cada passagem, relendo o relato de como se perdia para o demônio.

Havia uma página fotocopiada colada no diário — algo de um livro sobre arte mesopotâmica que ela encontrou na biblioteca.

A legenda que recortara e sublinhara dizia: *Azha, uma deusa demoníaca com cabeça de pássaro e corpo de serpente, era conhecida por ter uma fome imensa por almas humanas.*

Ao lado, havia a foto de uma imagem de Azha esculpida em um pequeno vaso cilíndrico de pedra.

Dizia-se que não apenas mudava de forma com facilidade, mas também conseguia armazenar sua essência em um recipiente ou objeto, como esta pyxis datada de cerca de 1500 a.C.

Pyxis. A palavra que Paul escrevera em seu bloco de notas.

Sentia que tinha todos os pontos na minha frente, só precisava descobrir como conectá-los.

— Ela nem sempre foi assim — falei para o meu irmão no presente. — Não se lembra? Antes do papai morrer?

— Não sei, Alison.

Soltei um suspiro exasperado. Não estava com paciência para a amnésia seletiva dele.

— Ela era feliz. Sei que você se lembra. Ela brincava com a gente. Fazia aquelas caças ao tesouro. Cantava músicas bobas. Todas as aventuras em que nos levava, ao aquário em Boston, ao drive-in de pijama. A vez que fomos a Cape Cod só para comer o melhor camarão frito do planeta.

— Não lembro — disse Ben, mas sabia que era mentira.

Balancei a cabeça, desgostosa, o que era bobo; meu irmão não podia me ver.

— Fui a Woodstock ontem — contei a ele. — Até a casa.

— Sério?

— Sério.

— Estava igual?

— Assustadoramente igual. — Lembrei-me da sensação que tive ao caminhar pela casa como um fantasma da minha própria infância, esperando que minha mãe aparecesse a qualquer momento e exigisse saber o que eu fazia ali. — Foi como voltar no tempo. Todas as nossas coisas ainda estavam lá. Nos nossos quartos e tal. Foi muito estranho. — Fiz uma pausa antes de continuar. — Encontrei outras coisas também. Coisas bizarras.

— Tipo o quê? — perguntou.

— Ela tinha umas caixas com nossos nomes.

— Tipo caixas de lembranças?

— Mais ou menos. Mas cheias de coisas bizarras. Fios do nosso cabelo, dentes de leite, retalhos de roupas.

— Muitos pais guardam esse tipo de coisa, não?

— Sim — admiti. — Mas não desse jeito.

Ele ficou quieto.

— Agora, por favor — pedi a Ben. — Pensa bem. Quando você diria que a nossa mãe começou a mudar?

— Não estou com humor para isso, Ali. Ela era uma mãe horrível pra caralho. Importa mesmo quando começou?

— Só pensei...

— O quê? — perguntou ele, em um rompante. — Que se pudesse identificar o momento exato, conseguiria dar uma desculpa para ela, colocar um toque de "pobre artista atormentada" nas coisas? "Ah, o marido dela se matou e algo se partiu dentro dela e nunca mais foi a mesma, pobrezinha, então começou a trancar os filhos em armários e a cortá-los com facas de cozinha."

— Ben, eu...

— Ela era perturbada bem antes do nosso pai morrer — disse Ben. — Foi isso que o matou. Ela.

— Ele se matou — falei. — Foi decisão dele. Colocar a corda no pescoço. E pular da cadeira.

Meu maxilar se contraiu. Pensei nas palavras no diário da minha mãe: *Azha o fez fazer isso.*

O quarto parecia girar ao meu redor.

— Ela não deu outra escolha a ele — disse Ben. — Ficava perturbando. Humilhando. Fazendo com que se sentisse cada vez menor até quase desaparecer, um grão de homem, e então, *puf*, um dia ele sumiu de vez.

— Isso não é justo, Benji.

— Ninguém me chama assim, não mais. — Podia ouvir sua respiração ofegante e pesada, como se tivesse acabado de correr uma maratona. — Preciso ir, Ali.

— Espera — falei. — E se... e se ela não fosse realmente a nossa mãe quando fez aquelas coisas com a gente, com o nosso pai?

— O que quer dizer com isso, Alison?

— E se ela fosse outra pessoa... outra *coisa*?

— Tipo quem? O quê? Estamos falando de alienígenas? *Os Invasores de Corpos*? Ou é de robôs... *Mulheres Perfeitas*?

— Um demônio — falei. E, simples assim, a palavra saiu. Não havia mais volta, então continuei. Minhas palavras saíram rápidas, frenéticas. — Ela me disse que é um demônio chamado Azha, e no começo achei que era impossível, que estava só brincando comigo, mas depois descobri que o Paul sabia... Ele descobriu a verdade, e acho que tentou me avisar no dia em que morreu. E isso não faria sentido, não explicaria muita coisa? A mudança na personalidade dela, todas as coisas terríveis que ela fez? Tenho pesquisado muito e encontrei um diário antigo dela...

— Perdeu a cabeça, Alison?

— Não, eu...

— Porque é isso que tá parecendo. Com uma pessoa louca de verdade. Não só pelo que está dizendo, mas pelo jeito que está falando, toda agitada, fora de controle, desconectada da realidade. Está soando exatamente como *ela*.

— Eu... eu... — gaguejei.

— Não vou continuar essa conversa com você, Alison. Simplesmente não consigo — disse ele. E então desligou.

Andei de um lado para o outro na cozinha, e fiz mais uma jarra de café.

Desabafei com meu irmão dentro da minha cabeça.

Eu não estava louca. Não era como ela.

Mas Ben estava certo sobre uma coisa: a doença da nossa mãe começou antes de nosso pai morrer. Bem antes. A bebida e a crueldade começaram logo depois que Bobbi morreu.

Foi quando ela mudou.

Quando voltou da Califórnia.

Foi quando começou a ter os episódios de lapso de tempo. Quando sentiu que estava começando a mudar.

Subi para o quarto, revirei o guarda-roupa e tirei a caixa que guardava a nota de suicídio do meu pai.

Eu o guardei todos esses anos, escondido junto com outras lembranças da minha infância: um relicário quebrado, um certificado de primeiro lugar no concurso de soletrar da quinta série.

Tirei-o, ainda no envelope endereçado à minha mãe. Ela o amassara e jogara fora depois da morte dele. Mas peguei do lixo, alisei e escondi dentro do meu dicionário.

Abri o papel gasto e quebradiço.

Mavis,

Não posso continuar assim por mais tempo. Não sei mais quem é você ou quem sou eu quando estou com você. Nós nos perdemos demais e sinto muito pela minha culpa nisso.

David

Foi Ben quem o encontrou.

Nosso pai estava no estúdio na cocheira, o rádio de transistores tocando rock clássico, o frigobar cheio de cerveja.

Olhei para a nota mais uma vez antes de dobrá-la com cuidado.

Não sei mais quem é você.

Será que ele escreveu essas palavras porque a minha mãe realmente não era mais ela mesma?

E se não fosse apenas o luto pela morte de Bobbi que a tivesse mudado?

Pensei nela voltando da Califórnia com a mala cheia de fotografias antigas e a pedra da sorte de Bobbi.

A pedra com a qual eu a pegara falando, discutindo, implorando para trazer Bobbi de volta.

Lembrei-me do texto do livro de arte que minha mãe copiara e guardara: *Dizia-se que não apenas mudava de forma com facilidade, mas também conseguia armazenar sua essência em um recipiente ou objeto, como esta pyxis datada de cerca de 1500 a.C.*

Pensei na seção do livro sobre demônios que tinha lido, sobre objetos amaldiçoados e possuídos e a capacidade dos espíritos malignos de residir dentro deles.

— Caralho — falei em voz alta.

Era a pedra.

Azha tinha se ligado à pedra. Talvez antes de Bobbi achá-la, talvez depois.

A pedra era como a pyxis no livro.

Não sabia os detalhes, mas de repente tive certeza de que, quando minha mãe voltou da Califórnia, não foi só a pedra que ela trouxe de volta. Foi outra coisa. Algo que se alojara dentro dela, crescendo, apodrecendo, lançando sua sombra obscura sobre tudo. Por isso ela não podia ficar longe da pedra. Talvez Azha ainda precisasse dela.

Ouvi batidas e me sobressaltei.

Janice. Tinha que ser Janice.

Desci correndo e a encontrei acenando freneticamente para mim pela janela da frente. Moxie estava ali, esperando para cumprimentá-la. Abri a porta.

— Entre.

— Ela tinha razão! — disse Janice ao entrar correndo na sala, acariciando a cabeça de Moxie.

— Hã?

— Sua mãe. Aqueles números da loteria que me deu. Espera só até eu contar para ela!

Tirou o casaco depressa e se dirigiu para o quarto da minha mãe.

— Os números da loteria estavam certos! — anunciou. — Ganhei! Por direito, deveria dar o dinheiro para você. Ou pelo menos dividir entre nós duas.

Minha mãe sorriu.

— Não precisa — disse ela.

— Dois mil e quinhentos dólares! — disse Janice. — Dá pra acreditar? Foi um palpite e tanto, Mavis!

— Não foi um palpite — falou, com um sorriso malicioso.

Olhei para a pedra na mesinha de cabeceira dela, um estranho coração de vidro com listras pretas.

Será que a pedra era um receptáculo, um belo esconderijo para algo obscuro e assustador?

Algo que me observava agora, pelos olhos da minha mãe?

Janice deu um tapinha no ombro dela.

— Ah, é mesmo — disse, com uma piscadela. — Sabe das coisas, não é, dona Mavis?

Minha mãe assentiu. Olhou de Janice para mim.

— Sei de muitas coisas — afirmou ela, os olhos fixos nos meus.

32

ESTAVA NO ESTÚDIO, os livros sobre demônios e possessão demoníaca que havia encomendado empilhados na minha frente, minhas anotações espalhadas pela mesa.

Reli o começo de um capítulo intitulado "Como Se Livrar de um Demônio ou Espírito Sombrio":

O primeiro passo é entender tudo o que puder sobre o que a coisa é e de onde veio. É um demônio verdadeiro? Um poltergeist? Um espírito vingativo? Não peça apenas para esse ser contar sobre ele mesmo — espíritos sombrios são trapaceiros e não se deve acreditar neles. Quanto mais souber sobre a entidade com a qual está prestes a lutar, maiores serão suas chances de encontrar uma maneira de bani-la.

Entenda tudo o que puder sobre o que a coisa é e de onde veio.

Se minha teoria estivesse correta e o demônio estivesse ligado à pedra, havia apenas uma pessoa viva, além da minha mãe, que poderia me ajudar a aprender mais sobre ela. Era uma aposta arriscada, mas era tudo o que eu tinha. Passei alguns minutos procurando na internet e logo consegui um número de telefone. Mais uma vez fiquei impressionada — era ridículo a facilidade com a qual se pode encontrar alguém hoje em dia.

O filho de Bobbi, Carter, agora estava no ramo imobiliário. Um corretor em Los Angeles.

Ele atendeu no segundo toque.

— Carter Dixon falando.

Pensei no menino magricela que vinha nos visitar todo verão. O menino que carregava uma faca, que desafiava meu irmão e eu a dividir cigarros com ele, que contava histórias selvagens e fabulosas sobre sua vida na Califórnia.

— Oi, Carter. Isso pode parecer meio do nada, mas é a Alison, filha da Mavis Holland.

Houve uma longa pausa. Ouvi barulho de trânsito ao fundo, e percebi que estava falando comigo do carro.

— Mavis, aquela amiga da sua mãe. De Nova York. Elas cresceram juntas.

— Sim, sim, sei quem é ela. Só estou surpreso com a sua ligação. A última vez que vi a Mavis foi no funeral da minha mãe. Mas ela manda um cartão todo Natal.

Provavelmente era o Paul quem enviava os cartões, pensei. Imaginei ele sentado com a agenda da minha mãe, enviando felicitações de fim de ano para todas as pessoas, assinando ele mesmo: *com amor, Mavis.*

— Mas me lembro de você. Ali Abelhinha, né? E o irmão, Benji. Como ele está?

— Bem. Ele mora na Califórnia, na verdade.

— Sério? Onde?

— La Jolla. Ele e nosso primo têm um restaurante lá.

— Legal. La Jolla é linda. Ainda estou em Los Angeles. Já tentei ir embora, mas acho que a cidade me fisgou. E você? Onde está morando?

— Vermont. Estou casada. Temos duas meninas.

— Legal.

Ele não mencionou uma família própria, e não perguntei. Houve uma pausa cheia do som do trânsito passando, um caminhão buzinando. Devia estar na rodovia.

Era óbvio que estava esperando para saber por que eu tinha ligado. Por fim, ele voltou a falar.

— Então, imagino que não ligou porque está interessada em comprar um imóvel em Los Angeles, né? Mas se estiver, sou o cara certo.

— A questão é — comecei —, minha mãe está bem doente.

— Poxa, sinto muito.

— Obrigada. Ela está aqui em casa comigo e minha família. E a presença dela aqui, bem, está me fazendo relembrar muita coisa. Minha filha mais velha tem 16 anos e está fazendo um diário em vídeo, perguntando à minha mãe tudo sobre a vida dela. E ela tem falado muito da Bobbi. Cresceram muito próximas.

Eu não sabia exatamente o que esperava descobrir, mas meu coração batia acelerado de empolgação. Carter talvez soubesse de algo, talvez pudesse me dar alguma pista sobre a pedra ou de onde ela viera — algo que pudesse ajudar.

— É, elas eram — disse.

Ele ficou quieto por um momento, e me perguntei, naquele silêncio, se ele alguma vez suspeitou que a mãe dele e a minha eram mais do que amigas.

— Minha mãe está com aquela pedra da Bobbi. Sabe qual, a do quadro?

Houve uma longa pausa.

— Sim, sei qual é a pedra.

Atrás dele, ouvi o som distante de uma sirene.

— Ela está com a pedra ao lado dela. Sempre a mantém por perto.

Ouvi-o pigarrear.

— Bom — falou. — Melhor com ela do que comigo.

Senti um arrepio no corpo.

— Ah, é?

A sirene chegava mais perto de Carter, ficando mais alta.

— Sempre odiei aquela pedra besta.

— Por quê? — perguntei, tentando soar ingênua. E tentando esconder a empolgação que sentia. Estava certa sobre a pedra. Eu sabia.

— Eu só... Sei que isso vai soar ridículo, mas sempre acreditei que a pedra fosse má. Tinha um medo terrível dela quando era criança. Culpava-a por todas as coisas ruins na minha vida.

Ali estava. Tão óbvio que até uma criança percebeu.

— Coisas ruins? Tipo o quê?

Na minha cabeça, ele tinha uma vida perfeita, com uma mãe estrela de TV morando nas colinas de Hollywood.

A sirene passou junto com uma buzina estridente, alta o suficiente para me assustar.

— Minha mãe não era bem a feiticeira boazinha que interpretava na TV.

— Ah, é?

— Era difícil. Meu pai sempre dizia que ela tinha "temperamento de artista". Foi isso que o afastou. Ele nos deixou quando eu tinha só 4 anos. Não dá para culpá-lo. Ela tinha um humor terrível. Em um minuto era amorosa e carinhosa, e no outro, cruel e abusiva.

Minha pele ficou toda arrepiada. Essa história era um pouco familiar demais.

— Sinto muito — falei. — Eu não fazia ideia.

— Provavelmente era bipolar ou algo assim, não sei. Acho que nunca foi diagnosticada nem nada. Ela bebia muito, isso eu sei. E costumava falar sozinha. E falava com aquela maldita pedra. Pedia coisas para ela. Discutia com ela. Era como se fosse um ser vivo. Depois que meu pai foi embora, éramos três naquela casa: ela, eu e a pedra.

Engoli em seco. Conhecia bem aquele sentimento.

— Uma vez ela ficou toda nervosa e louca e jogou a pedra fora. Depois se levantou no meio da noite, foi para a rua e derrubou as latas de lixo, rasgou os sacos, falando sozinha, se xingando de uns nomes terríveis. Os vizinhos saíram para ver o que estava acontecendo. Mas assim que encontrou a pedra, se acalmou, voltou para dentro e me deixou lá fora para limpar a bagunça. — Ficou quieto por alguns segundos. — Juro, às vezes eu achava que aquela pedra estava viva. Sabe como é quando temos aquelas ideias malucas de criança?

— Sei — falei. — Também tinha muitas ideias malucas naquela época.

Respirei fundo, pensando que minhas ideias naquela época não eram nada se comparadas às ideias malucas que tinha agora: demônios vivendo em pedras e possuindo pessoas, transformando-as em mães cruéis e abusivas.

— De qualquer forma, depois que ela morreu, quando a sua mãe pediu para levar a pedra, claro que minhas tias e eu concordamos. Nunca mais queria ver aquela coisa maldita.

— Conhece a história de onde ela veio? Minha mãe mencionou que a Bobbi a encontrou no México. Quando viajaram depois da faculdade, e tal.

— Minha mãe nunca me contou sobre isso — disse ele. — Mas acho que foi uma volta ao mundo que elas fizeram. Minha mãe tinha muitas fotos daquela viagem. Outras coisas também... recibos de passagens, de hotéis, folhetos.

— É mesmo?

— Sim. Ela tinha um álbum de recortes que costumava me mostrar quando eu era criança. Não sei o que aconteceu com ele, mas sempre achei muito legal, ver fotos da minha mãe e da sua na Inglaterra, na Itália, em Marrocos, e ouvir as histórias dela. Parecia um tempo mágico para mim, um tempo antes de eu existir, quando ela viajava pelo mundo. Parecia tão feliz em todas aquelas fotos. E ficava feliz quando falava sobre a viagem, sobre a Mavis. Mas tinha uma certa tristeza também, sabe? Nostalgia é a palavra certa, acho.

— Elas eram muito próximas — falei, esperando ver se ele diria mais alguma coisa, mas Carter permaneceu em silêncio. — E acho que... acho que aquela viagem foi meio que a última grande aventura delas, sabe? Sua mãe se mudou para a Califórnia não muito tempo depois que voltaram. Cada uma se casou, se envolveu na própria vida. Elas se viam e se falavam bastante, mas moravam em lados opostos do país, em mundos separados.

Ele soltou um pequeno murmúrio de concordância. Os barulhos do trânsito tinham diminuído. Será que saíra da rodovia?

— Lembro de visitá-los às vezes no verão — falou. — Minha mãe e seus pais ficavam acordados até tarde, bebendo e jogando cartas, e a gente escapulia para espiar e assistir a filmes que não devíamos. Lembra quando acampamos na barraca no seu quintal?

Dei risada.

— Você e o Ben quase a incendiaram com aqueles fogos de artifício.

— Seu pai ficou tão bravo!

— Mas nossas mães estavam rindo, lembra? — perguntei.

— Elas sempre ficavam felizes quando estavam juntas — comentou.

— Ficavam.

— Sinto muito mesmo pela Mavis — repetiu.

— Obrigada. Sinto muito pela sua mãe também. É uma pena saber que as coisas foram difíceis para você na infância. Não fazia ideia. Sempre achei que sua mãe fosse incrível.

— Ela era capaz de ser. — Carter ficou quieto por um momento. — Quando não me dizia o quanto eu era um pedaço de merda, ou cortava desenhos em mim com uma faca de cozinha.

Minha respiração ficou presa no peito.

— Desenhos? — A palavra saiu meio engasgada.

— Desculpa. Esquece isso. Não devia ter falado. A minha mãe era complicada. Complicada é pouco.

— Por favor — falei. — Me conta. Que tipo de desenhos?

— Coisas idiotas tipo tela mágica. Formas. Padrões.

— Círculos? — perguntei. — Espirais?

— Alguns. Ei. Por que quer saber?

— E um quadrado com um X dentro e pontos nos triângulos formados pelo X?

Ouvi-o inspirar com um chiado.

— Como... como sabe disso?

— Eu... — Minha voz falhou. — Foi só um palpite. Olha, foi ótimo falar com você, Carter. Desculpa, preciso mesmo ir.

Desliguei antes que ele pudesse me fazer mais perguntas que eu não sabia nem por onde começar a responder.

33

AS CICATRIZES NAS minhas costas formigavam enquanto eu me acomodava na minha cadeira no teatro, me remexendo para tentar ficar confortável. Pensei nas cicatrizes nas costas do meu irmão. Minha mãe marcara nós dois. E Bobbi também marcara o filho dela. Tentei entender. Será que significava que pertencíamos ao demônio? Me mexi de novo, cruzei as pernas, depois descruzei.

Mark apertou minha mão. Inclinou-se e sussurrou:

— Tá tudo bem?

— Tudo. Ansiosa para ver nossa ratinha.

O grande salão parecia pequeno demais, lotado demais. Ao nosso redor estavam os pais e as famílias de outros jovens bailarinos, e muitas outras pessoas que eu conhecia da comunidade: costureiras, artistas, lojistas, a bibliotecária infantil, o dono do food truck de tacos, a funcionária da prefeitura que recolhia nossos cheques de imposto predial quatro vezes por ano. Todos se aglomeraram no velho teatro para ver *O Quebra-Nozes*.

Mark estava sentado ao meu lado e Izzy ao lado dele. Ela trouxera a câmera e estava esperando para tirar algumas fotos boas da irmã. Tinha se esgueirado para os bastidores antes do show para tirar algumas fotos espontâneas de todos nos trajes, incluindo uma ótima de Olivia posando com todos os outros ratinhos do nível um.

Finalmente, a cortina se abriu. Lá estavam Clara e sua família, recebendo os convidados da festa. Os adultos e as crianças dançaram, Drosselmeyer chegou com os presentes e deu a Clara o quebra-nozes. Então, a cena do pesadelo estranho onde tudo mudou: Clara adormeceu. O relógio bateu meia-noite. A árvore de Natal cresceu cada vez mais, e os ratinhos chegaram, seguidos pelos ratões. Lá estava Olivia, fazendo a dança de ratinho pelo palco, as patinhas para cima enquanto girava e deslizava com os outros ratinhos. Eles se encolheram de terror quando os ratões chegaram, liderados pelo Rei dos Ratos. Ele estava especialmente aterrorizante com a grande máscara de papel machê de ratão, brandindo a enorme espada prateada. Todos os pequenos ratinhos tremiam, Olivia mais do que todos. Mesmo da sétima fila, podia ver o terror nos olhos dela enquanto observava o Rei dos Ratos saltitar pelo palco, duelando com o Quebra-Nozes e seus soldados. Parecia uma luta injusta: os ratos iam vencer. Então Clara jogou uma sapatilha no Rei dos Ratos, matando-o, e ele foi carregado pelos ratões, seguidos pelos ratinhos.

O Quebra-Nozes, com a grande cabeça quadrada, foi transformado em um príncipe bonito de calças brancas, e ele pegou a mão de Clara e a levou pela neve até a terra dos doces.

Enquanto assistia, uma compreensão tomou conta de mim. É preciso lutar com magia contra a magia. O demônio não ia embora por conta própria. Não ia deixar de entrar em mim quando minha mãe morresse só porque eu não queria que o fizesse. Era uma força antiga, sombria e poderosa. E eu precisava de algo mágico para me ajudar: meu próprio exército de soldados, minha própria sapatilha mágica, corajosamente arremessada. Precisava voltar à minha própria infância, encontrar a garota que costumava ser, a garota que acreditava em magia, que fazia pequenos feitiços na floresta, que tinha uma faca que podia banir o mal.

Quando o primeiro ato terminou e a cortina se fechou, abri um sorriso imenso, feliz, e aplaudi tanto que minhas mãos doeram.

— ADORO SORVETE de hortelã com pedaços de bala! — disse Olivia.

— Sorvete de hortelã é nojento — disse Izzy.

— Sorvete de hortelã com pedaços de bala é o melhor porque é rosa e só tem no Natal.

— Parece remédio — insistiu ela.

— Bom, seu sorvete de chocolate e nozes parece cocô.

— Chega! — ordenou Mark.

Estávamos sentados a uma mesa na sorveteria Sugar and Spice. Mark e eu dividíamos um sundae com calda quente de chocolate, mas eu não estava comendo muito. Tinha pedido um café e meu marido franziu a testa. Ele não achava uma boa ideia, já que eu estava tendo dificuldades para dormir ultimamente, mas o assegurei de que estava tudo bem.

— Podemos levar sorvete para a vovó Needle? — perguntou Olivia.

— Acho uma ótima ideia — disse Mark. — Podemos pedir para eles embalarem um pote e levarmos para casa. Qual sabor?

— Hortelã com pedaços de bala, é claro! — respondeu ela.

Levantou-se, afastou-se da mesa e deu uma voltinha. Ainda estava com a maquiagem de palco: blush cor-de-rosa brilhante e delineador. Normalmente, nós a repreenderíamos por sair do lugar e dançar em um restaurante, mas era a noite especial dela e as regras normais não se aplicavam. Era uma noite em que a magia era possível.

— O Rei dos Ratos não estava assustador esse ano? — perguntou Olivia.

— Sim — disse Izzy. — Aquela máscara nova de ratão é o máximo!

— Carrie Forge fez o papel do Rei dos Ratos — disse Mark. — Costumava dançar com ela, não é, Izzy? Ela não está um ano à sua frente na escola?

Lembrava-me da Carrie das aulas de dança da Izzy. Era uma menina tímida e não era a melhor das dançarinas. Tinha melhorado muito.

Minha filha deu uma mordida no sorvete de chocolate.

— Sim, está no último ano. E preciso admitir, nunca teria adivinhado que era ela lá em cima com a máscara. Ela é, tipo, muito quieta e desajeitada e tímida e tal. Mas foi o Rei dos Ratos perfeito. Foi como... como se tivesse se transformado.

Olivia assentiu.

— A Sra. Perez ficava dizendo para ela: "Seja o Rei dos Ratos. Deixe a Carrie nos bastidores." Acho que funcionou. Foi como se o corpo dela todo tivesse mudado. Parecia até maior. Acho que ficou bem assustadora.

As meninas devoraram seus sorvete, falando sobre quais fantasias tinham mudado desde que Izzy se apresentou no *Quebra-Nozes* e quais eram exatamente as mesmas.

— Lembro que minha máscara de ratão cheirava muito mal — falou. — Como se quem a usou no ano anterior comesse alho toda noite e isso, tipo, impregnasse a máscara.

Olivia riu. Disse que as fantasias de rato cheiravam a naftalina, e uma menina teve uma reação alérgica ao detergente ou algo assim e ficou cheia de urticária.

Observei-as conversando, rindo, felizes.

Imaginei o que poderia acontecer se Azha entrasse em mim, se me transformasse em um monstro; se me transformasse da mesma forma que vestir a fantasia do Rei dos Ratos transformara a tímida Carrie Forge em uma vilã ameaçadora. Será que eu começaria a beber durante o dia? Trancaria Izzy em um armário? Diria à minha querida Olivia que deveria tê-la afogado ao nascer?

Meu peito ficou pesado e lágrimas encheram meus olhos.

— Tudo bem, mãe? — perguntou Izzy.

Olivia me lançou um olhar preocupado.

— Mãe?

Sorri, enxuguei os olhos.

— Estou bem. Só pensando em como estou feliz. Como somos sortudos. E como estou orgulhosa de você, ratinha — falei, inclinando-me sobre a mesa para limpar um pouco de sorvete do queixo dela.

— Então por que está chorando? — perguntou.

— Porque estou muito feliz — expliquei.

Ela riu.

— Que bobeira! Chorar quando está feliz.

— Acho que é mesmo — concordei, rindo também.

Foi aí que eu soube: não podia, de jeito nenhum, fazer minhas filhas e Mark passarem por isso. Se não conseguisse encontrar uma maneira de parar o demônio, iria embora. Me mataria, até. Pensei naquela cena de *O Exorcista*, quando o Padre Karras diz ao diabo para possuí-lo, então pula pela janela. Será que eu seria capaz de ser forte e corajosa assim? *Tenho que ser*, pensei, enquanto olhava para minhas filhas. Tinha que fazer o que fosse necessário para salvá-las.

PENNY ESTAVA ESPERANDO na sala de estar quando chegamos em casa. Concordara na mesma hora em ficar com minha mãe enquanto assistíamos ao balé no teatro, mas agora parecia bastante abalada.

— Está tudo bem? — perguntou Mark a ela.

— Claro. Tudo bem — respondeu com um sorriso sombrio e forçado.

Olivia pulava de alegria.

— Vou contar pra vovó que trouxemos sorvete pra ela! Pode colocar um pouco numa tigela, papai?

— Claro — disse Mark. Virou-se para Penny. — Quer um pouco de sorvete de hortelã, Penny?

— Não, obrigada.

Ele foi para a cozinha com o pote que compramos, cantarolando a *Dança da Fada do Açúcar*. Olivia saiu correndo pelo corredor. Consegui ouvir minha mãe falando:

— Aí está a minha bailarina favorita! Como foi o espetáculo? Me conte tudo!

— Posso ir para a casa da Theo? — perguntou Izzy.

— Claro — falei, entregando as chaves do Volvo. — Volte antes das onze, certo?

Ela saiu, me deixando sozinha com minha amiga. Vestiu o casaco e não fez contato visual comigo. Tinha alguma coisa errada.

— Penny — falei, colocando a mão no braço dela, tentando fazer com que olhasse para mim. Ela ficou tensa e se afastou. — O que aconteceu?

— Sua mãe... — começou, a voz baixa enquanto olhava ao redor para se certificar de que ninguém ouviria.

— O quê?

— Nada. Só fiquei assustada, só isso.

Minha garganta ficou seca e fechada.

— Assustada com o quê?

O que minha mãe fizera?

— Penny?

Ela não disse nada, apenas fechou o zíper do casaco.

— Tenho que ir, Ali. Preciso ir para casa.

E saiu pela porta sem dizer mais nada. Observei-a descer a entrada e desaparecer na escuridão.

34

OLIVIA ESTAVA ENCOLHIDA na cama da minha mãe, ouvindo-a cantar uma música.

Fiquei parada na porta, olhando para elas, uma sombra esquecida, uma espiã que não pertencia à cena. Pensei na anja de vidro pendurada na sala, sempre observando.

Uma sensação profunda de desconforto se instalou no meu peito e no estômago enquanto observava minha filha se aconchegar na minha mãe. Foi preciso toda a minha determinação para não correr para dentro do quarto e arrancar ela de lá, levá-la para um lugar seguro. Dizia a mim mesma que Olivia estava segura. O demônio não ousaria machucá-la. Era a mim que ele queria.

Meu corpo inteiro doía de exaustão, e meus olhos ardiam, secos.

Na noite anterior, ficara acordada até tarde no meu estúdio, procurando nos livros sobre demônios algo que pudesse me ajudar. Li capítulos sobre a história da possessão demoníaca, casos famosos, exorcismos, sigilos e amuletos para proteger as pessoas dos demônios, a linguagem dos demônios.

Mandei uma mensagem para Penny:

Tudo bem? Estou no estúdio se quiser dividir uma cerveja e conversar. Se minha mãe fez algo que te assustou, pode me contar.

Ela não respondeu.

Fiquei no estúdio com os livros até meus olhos embaçarem, então os fechei e descansei a cabeça.

Minha mãe cantou, a voz baixa e hipnótica:

"Vi você, ratinha,
Correndo pela casinha,
Pelo buraquinho o olhinho
Na madeira espiando de fininho,
Esperando logo uns farelos roubar,
Para um banquete montar.
Olhe antes de sair,
Para o gatinho não te engolir."

— Não quero que o gatinho me engula, vovó Needle! — gritou Olivia.

— Ah, gatinho nenhum vai te pegar, meu amor. Você é minha ratinha esperta, não é?

Nossa família toda estivera no quarto da minha mãe mais cedo. Mark tinha arrastado a TV de tela grande e a conectara ao notebook para mostrar o vídeo de *O Quebra-Nozes* que um dos outros pais havia gravado. Olivia vestia a roupa de balé. Fizemos pipoca, e meu marido comprou doces e refrigerante. Quando o show acabou, minha filha ficou no quarto com minha mãe, aninhada ao lado dela na cama, contando histórias sobre as travessuras nos bastidores, sobre como a amiga Sophie engasgara com o suco de uva que não deveria ter bebido, derramara tudo no figurino, e tiveram que enxaguar a roupa com a qual ela dançou ainda úmida. Contou também como o Rei dos Ratos era assustador, e como ninguém acreditaria que era a Carrie naquela fantasia — era tão boazinha, mas uma vez que colocava a máscara, se tornava aterrorizante.

Eu levara a tigela de pipoca vazia e os copos de refrigerante para a cozinha. Agora, estava parada na porta, observando e ouvindo, sem querer entrar completamente no quarto e quebrar o encanto, mas hesitante em deixar as duas sozinhas por muito tempo.

— Queria que você pudesse me ver de verdade em *O Quebra-Nozes* — refletiu Olivia, a cabeça apoiada no ombro ossudo da minha mãe.

Senti uma pontada de tristeza ao lembrar de como costumava me aconchegar nela da mesma maneira quando era pequena e ela lia histórias para mim. Era estranho pensar que eu já tinha sido tão pequena, tão vulnerável, tão crédula.

— Ah, mas eu vi — disse minha mãe, sorrindo. — Vi você, ratinha.

— Como?

— Estava lá em espírito, assistindo.

— O que quer dizer?

— Já teve um sonho em que percebe que está sonhando e que pode ir aonde quiser, fazer o que quiser?

— Sim!

— É assim. Meu corpo está doente aqui na cama, mas com minha mente, posso voar pelo mundo todo.

— Pode ir pra qualquer lugar do mundo e foi ao teatro pra me ver?

— Claro. Não há ninguém que eu preferisse ver.

Ela abraçou minha mãe.

— Eu te amo, vovó Needle.

— E eu te amo, ratinha.

Estava apertando as mãos com tanta força que minhas unhas marcaram minhas palmas.

— Quer ver minha dança de novo?

— Sim, vamos assistir tudo de novo, desde o começo.

Olivia se levantou animada e apertou o play no notebook. O balé começou na tela da TV, a cortina fechada se abrindo para a cena da festa.

Afastei-me devagar da porta.

Mark estava no escritório no andar de cima corrigindo provas. Peguei o monitor de bebê enquanto vestia meu casaco e me dirigia ao estúdio, ouvindo minha mãe e Olivia conversarem enquanto reassistiam *O Quebra-Nozes*, a linda trilha sonora de Tchaikovsky tocando ao fundo.

— Não acha a Clara bonita?

— Ah, sim, mas não tão bonita quanto você, ratinha.

Fiquei tensa, pensando no espelho mágico em *Branca de Neve*: *Quem é a mais bela de todas?*

Quando cheguei perto do celeiro, vi que as luzes estavam acesas. Devo tê-las deixado ligadas na noite anterior.

Abri a porta do celeiro e pisquei estupidamente para o que vi ali.

Mark estava parado em frente à minha mesa de trabalho, o rosto pálido. Virou-se, olhou para mim, depois de volta para a mesa.

— Que porra é essa, Alison?

Só o tinha ouvido usar o que chamava de "a palavra com P" algumas vezes desde que o conheci. Ele sempre dizia que havia muitas palavras interessantes na língua inglesa, e que xingar não era necessário se você tivesse um bom vocabulário.

Respirei fundo, pronta para explicar os livros sobre demônios.

Mas então vi os desenhos. Dezenas deles. Talvez centenas.

Desenhos aterrorizantes. Insetos. Formigas. Ratos. Abelhas.

Intercalados com eles, misturados nas asas das abelhas, nos corpos dos ratos, havia símbolos.

Símbolos que eu reconhecia.

— Eu... eu não sei — gaguejei, tentando entender os desenhos.

Os olhos de Mark brilhavam com uma mistura perturbadora de preocupação e raiva.

— O que quer dizer com "não sabe"? *Você* fez isso. São *seus* desenhos.

— Eu...

O que era pior?

Admitir que não lembrava de tê-los feito?

Negar que eram meus? (Exceto que obviamente eram: reconheceria meu próprio trabalho em qualquer lugar.)

Será que eu podia usar a desculpa de que estava só experimentando algumas ideias novas?

Lembrei da entrada no diário da minha mãe sobre os episódios de lapso de tempo. Fazendo uma pintura de que não se lembrava. Será que o demônio já começara a praticar comigo, vendo como seria fácil entrar, como um motel de beira de estrada com um letreiro piscando HÁ VAGAS?

— Fiquei acordada até tarde ontem, rabiscando — murmurei.

Revirei minhas lembranças da noite anterior. Estivera ali olhando os livros. Tinha cochilado. Quando acordei, estava na nossa cama, com Mark ao meu lado.

— Rabiscando? — Pegou o desenho de uma abelha com rabiscos pretos de olhos furiosos, símbolos estranhos nas asas, e apontou para as asas. — São as marcas que você tem nas costas, Alison.

Assenti.

E as marcas que Ben tem. E o filho da Bobbi.

Ele pegou um dos livros.

— *Demônios Entre Nós* — leu em voz alta. Pegou outro. — *A História Sombria dos Demônios e da Possessão Demoníaca.* O que é tudo isso?

Não ousei contar a ele.

Meu marido me encarava como se não me conhecesse. Eu tinha que fazer algo.

— As pessoas processam as coisas de maneiras diferentes, Mark — falei. — Eu processo as coisas desenhando.

— E os livros?

— Pesquisa. Inspiração.

— Isso tudo é muito perturbador — declarou. — Sabe disso, né?

Meu corpo parecia leve, como se fosse feito de papel de seda. Uma mulher transparente, quase inexistente.

Fiz os desenhos.

Eu os fiz, mas não lembrava de tê-los feito.

Do que mais eu não lembrava?

O que mais minha mente bloqueara?

Ele mordeu o lábio, olhou dos livros e desenhos para mim.

— Ligou para a sua psicóloga? — perguntou.

— Ainda não.

— Preciso que me prometa que vai ligar e marcar uma consulta.

Assenti.

— Vou ligar amanhã.

Começou a andar em direção à porta, mas, observando-o, uma pergunta floresceu, ganhando vida como um cogumelo venenoso emergindo do solo escuro.

— Mark?

Ele deu meia-volta.

E agora era eu que o olhava de maneira acusadora.

— O que estava fazendo aqui?

Mark nunca vinha ao meu estúdio. Era um entendimento mútuo. Não entrava a menos que eu o convidasse para ver algo. Meu processo criativo era precioso e particular, e ele sempre respeitara isso.

Ele piscou para mim.

— Estava te procurando — disse.

Mas eu sabia que era mentira. Ele sabia muito bem que eu estava na casa com Olivia e minha mãe.

Fora ali para espionar. Para ver o que sua esposa desequilibrada poderia estar fazendo. E achou exatamente o que procurava. Prova de que eu estava perdendo a sanidade.

Observei-o sair, depois me voltei para a pilha de desenhos que não me lembrava de ter feito.

Estudei os símbolos que eu desenhara nas asas das abelhas, nos olhos das moscas: pequenas espirais, um círculo com uma cruz, um quadrado com um X e pontos em cada triângulo formado pelo X.

Não apenas os reconhecia os das minhas próprias costas, ou das do meu irmão, ou daqueles que Carter havia confirmado.

Eu os vira em outro lugar.

Peguei os livros de demônios e comecei a folhear as páginas.

Ali estavam eles, escondidos nas páginas finais de um dos livros mais esotéricos que tinha encomendado, escrito em um inglês antigo e estranho.

Sigilos para se proteger dos demônios.

Percorri as páginas.

Eram antigas marcas de proteção.

Marcas apotropaicas usadas para afastar o mal.

E eu os vira em outro lugar, percebi. Abri o diário vermelho da minha mãe e os encontrei lá, rabiscados nas páginas entre as entradas.

— Meu Deus — falei em voz alta, a compreensão começando a tomar conta de mim.

As melodias de Tchaikovsky saíram estalando do monitor de bebê.

— Rebobine para a gente ver sua dança de ratinho de novo — ouvi minha mãe dizer para minha filha mais nova.

Comecei a andar de um lado para o outro, pensando.

Folheei os livros de novo e encontrei um capítulo sobre feitiços e amuletos para manter as pessoas seguras dos demônios. Ele instruía a pessoa a fazer um pequeno sachê ou até uma boneca com pedaços de cabelo, pedaços de roupa e unhas, misturar sal e ervas protetoras. Derramar cera por cima e esculpir um símbolo de proteção na cera endurecida.

Os estranhos ninhos que eu encontrara no armário da minha mãe não eram para nos amaldiçoar ou nos prender. Foram feitos para nos proteger.

Peguei meu celular, disquei o número do meu irmão.

— Deixa eu adivinhar — disse Ben. — Nossa mãe começou a vomitar sopa de ervilha? Ou é a cabeça dela que tá girando?

— São marcas de proteção — falei para ele.

— Do que você tá falando, Ali?

— As cicatrizes nas nossas costas. Ela não estava tentando nos machucar, Ben. Estava tentando nos salvar. Sabia no que estava se transformando. Sabia que estávamos em perigo. A parte dela que ainda era nossa mãe fez isso para nos salvar.

Precisava contar para ele, precisava encontrar uma maneira de explicar que havíamos entendido tudo errado. Nossa mãe, nossa verdadeira mãe, era a heroína da história, não a vilã.

Podia ouvir a respiração pesada e irregular de Ben se tornar mais intensa e alta.

— Ela cortou a nossa pele, Alison. Transformou nossas costas em paredes de grafite masoquista, rabiscando formas em nós dois só para nos ver sangrar e nos desafiando a não gritar. Lembra disso? Como ela prometia que acabaria rápido se ficássemos quietos e a deixássemos fazer aquilo?

E eu lembrava.

— Não posso continuar nessa com você, Ali — murmurou, e desligou na minha cara.

Lembrava-me de como minha mãe chorava ao me cortar, pedia desculpas, dizia o quanto sentia muito, que era para o meu próprio bem.

— Um dia você vai entender — dissera.

E ela estava certa.

Eu finalmente entendi.

Não tinha me marcado para me machucar.

Ela me marcara para me salvar.

Para manter o demônio longe.

Aquela era minha verdadeira mãe sendo devastada pelo demônio, lutando para manter um pedaço de sua verdadeira essência, lutando para proteger os filhos.

O demônio não entraria em um corpo com sigilos de proteção gravados na pele. Talvez ele não pudesse de fato nos machucar por causa das marcas.

Mas será que ainda funcionavam? Será que a magia tinha se desgastado de alguma forma? Como o demônio entraria em mim quando minha mãe morresse?

O monitor de bebê estalou, e pude ouvir a voz da minha mãe cantarolar para Olivia:

— Você é de longe o melhor ratinho naquele palco. E no ano que vem, será ainda melhor.

— Quem sabe um dia eu vou ser um ratão, como a Izzy foi.

— Sonhe mais alto do que isso, Olivia. Um dia, poderá ser a estrela do espetáculo inteiro. Não apenas deste pequeno balé do teatro, mas de um balé de verdade, em uma cidade de verdade como Nova York. Você gostaria disso?

— Mais do que tudo — respondeu ela.

— Então você terá — disse minha mãe.

Foi então que eu entendi. A realidade me atingiu em cheio, como uma marreta no peito. Meu corpo vacilou enquanto eu assimilava aquela ideia.

Não era a mim que o demônio queria.

Era a minha filhinha.

35

— OI — CHAMEI IZZY ao bater na porta entreaberta. — Posso entrar?

— Claro.

Ela estava sentada ao computador, editando as filmagens da nossa família assistindo ao vídeo de *O Quebra-Nozes*. Parecia bem surreal: um vídeo de pessoas assistindo a um vídeo de pessoas se apresentando em um palco.

Izzy pausou em um close de Olivia aconchegada ao lado da minha mãe.

— Você tem filmado muito sua irmã e sua avó juntas, né?

Ela assentiu e pegou o celular, clicando em alguns ícones, provavelmente checando mensagens da Theo. Definitivamente fazendo questão de não me dar toda a atenção — algo com o qual eu já me acostumara nos últimos meses.

A máscara preta brilhante do Krampus com seus chifres pontudos estava sobre a cômoda. Olhava para mim com olhos vermelhos e opacos. Parecia perigosa.

Eu vejo você.

Eu vejo tudo.

Virei-me para longe dela, disse a mim mesma para não olhar. Mas podia sentir que ela me observava.

O quarto de Izzy estava desorganizado como sempre: a cama desfeita, roupas e sapatos no chão e latas vazias de energético espalhadas por todos os cantos.

— Já notou algo... estranho com as duas? — perguntei.

Ela me olhou por cima do celular.

— Estranho como, mãe?

— Só... qualquer coisa esquisita. Algo que não pareça certo.

— O quê, tipo *inapropriado*? O que acha que a vovó tá fazendo?

— Nada, eu só...

— O que ela fez com você, mãe?

—Hã?

— Quando você era criança. O que aconteceu entre vocês duas? O que a fez odiar tanto ela?

Dei um passo para trás.

-- Eu não odeio ela.

— Então o que é?

Suspirei. Dei mais um passo para dentro do quarto e me sentei na beirada da cama bagunçada dela. Izzy era tão parecida comigo. E até pouco tempo atrás éramos próximas. Se havia alguém em quem eu podia confiar, alguém que talvez acreditasse em mim, era ela. Decidi ir com cautela, sondá-la antes de falar demais. E com todo o tempo que passava com a minha mãe, todas as filmagens que tinha, talvez suspeitasse que algo não estava certo. Talvez até tivesse pistas concretas que poderiam me ajudar.

— Acho que ela não é ela mesma — falei. — Não o tempo todo.

Minha filha soltou uma risada alta e tensa.

— O que quer dizer com isso, mãe?

Não respondi.

— Certo — disse Izzy, assumindo uma expressão séria. — Então, quem é ela? Quero dizer, se não é ela mesma.

Olhei para a máscara de Krampus me observando. Será que ela mudara de posição de alguma forma? Impossível.

— Acha que ela tem, tipo, transtorno de personalidade múltipla ou algo assim? Ou demência?

Balancei a cabeça.

— Nada disso. Embora tenha pensado nisso no começo. Teresa e eu discutimos a possibilidade de perda de memória.

— E o que a Teresa falou?

— Ela não tem certeza. Disse que pode haver um componente de demência. Pode também ser apenas o câncer da sua avó. Ou os remédios que está tomando.

— Faz sentido — disse Izzy.

— Lembra quando ela chegou aqui? — perguntei. — Quando você disse que ela parecia falsa? Como se estivesse se esforçando demais?

Ela assentiu.

— Você ainda acha isso?

Deu de ombros.

— Acho que... ela é um pouco diferente com cada um de nós. Mas, de certa forma, não somos todos assim?

Assenti, sabendo que ela estava certa: todos nós éramos um pouco camaleões. Todos tínhamos nossas próprias máscaras.

Izzy franziu a testa, olhou para o computador, para a imagem da irmã e da avó aconchegadas juntas.

— É estranho, não é? Como ficaram tão próximas tão rápido. Todos esses segredinhos e coisas assim.

Ela parecia um pouco incomodada com a ideia. Estaria com ciúmes?

Engoli o nó seco na minha garganta.

— Sua irmã contou algum desses segredos para você?

Com cuidado, disse a mim mesma. *Não fale demais. Não pressione.*

— Não. — Olhou para o celular, depois de volta para mim. — Bem... tem uma coisa.

— O quê?

Ela não me olhava nos olhos.

— Olivia me perguntou a respeito. A vovó disse a ela que você já esteve no hospital uma vez, há muito tempo. Quando estava no ensino médio.

Minha mandíbula se tensionou tanto que meus dentes trincaram.

— Em um hospital psiquiátrico — continuou, olhando para mim a fim de estudar minha reação.

— Ela disse isso pra sua irmã? — perguntei, as palavras tensas.

Izzy assentiu.

— Então é verdade?

— Não — falei, a palavra saindo afiada e alta demais.

Ninguém sabia sobre aquele incidente específico. Nem mesmo Mark ou Penny. E eu queria que continuasse assim. A ideia de que Olivia sabia, e agora Izzy... aquilo cravou um espinho no meu peito.

Aconteceu no meu segundo ano do internato. Minhas lembranças de todo aquele período eram nebulosas. Sentia-me desconectada de mim mesma e das minhas emoções, e passava os dias como uma sonâmbula. Agora, sabia que o que eu experimentara eram períodos mais frequentes de lapso de tempo, episódios dissociativos.

Durante um desses episódios, aparentemente, tomei todos os comprimidos que consegui encontrar no dormitório, de Tylenol a relaxantes musculares até os anticoncepcionais da minha colega de quarto. Acordei na ala psiquiátrica, para onde fui transferida depois de terem feito uma lavagem estomacal. Fiquei lá por duas semanas. Os médicos me bombardearam com perguntas. Perguntaram sobre as cicatrizes nas minhas costas. Eu disse que uma amiga tinha feito porque pedi. Perguntaram se eu gostava de me machucar e de que os outros me machucassem. Respondi que sim. Fiz terapia individual. Fiz terapia em grupo, arteterapia e joguei damas com crianças bem mais ferradas do que eu. Meninas cujos braços eram cobertos de cicatrizes, meninas que não conseguiam comer sem vomitar. Minha mãe veio me visitar uma única vez enquanto eu estava lá. Ainda lembro da decepção no rosto dela. E nunca esqueci o que ela me disse. *Uma coisa é sentir dor, Alison. Outra é ostentá-la, compartilhar abertamente com o mundo. Tenha um pouco de dignidade e mantenha sua fragilidade para si mesma.*

Izzy olhava para mim, estreitando os olhos. Será que percebeu que eu estava mentindo?

— Por que a vovó contaria isso para Olivia?

— Não sei, Iz, para assustá-la? Para fazê-la ter medo de mim?

— Mas por quê?

Olhei de novo para a máscara.

— E se... — comecei.

Será que poderia ir por aquele caminho? Olhei para minha filha, tão parecida comigo. Eu e não eu.

Lembrei de quando ela era pequena, como costumávamos brincar de tentar ler a mente uma da outra.

— Estou pensando em uma cor — dizia.

— É laranja! — gritava Izzy.

Eu ria, a abraçava e dizia que tinha lido minha mente porque era minha menina especial e me conhecia melhor do que ninguém.

— O quê, mãe? — perguntou.

Olhei de novo para a máscara na cômoda. Os olhos vermelhos apagados me observavam, me desafiando a continuar.

— Conhece as histórias sobre Krampus? De onde acha que elas vieram?

Izzy deu de ombros.

— Invernos longos e escuros. Uma época em que as pessoas não tinham medo de assustar as crianças com histórias assustadoras para que se comportassem. Como todos aqueles contos de fadas perturbadores. As histórias originais dos Grimm são bem sombrias, né?

Concordei.

— Mas acredita que pode ter alguma verdade nessas histórias? Nas histórias sobre o Krampus?

Ela soltou uma risada nervosa.

— Hum... está perguntando se eu acho que o Krampus é real? Isso é meio que perguntar se o Papai Noel existe, né?

— Há histórias sobre espíritos sombrios, demônios, possessão, desde que as pessoas começaram a registrar histórias.

— Espera — disse Izzy. — Está dizendo... o quê... que acha que a vovó está possuída? — Piscou para mim. — Pelo... Krampus?

Nós duas rimos de um jeito tenso.

Prendi a respiração, me perguntando se era um erro confiar nela desse jeito. Mas se eu conseguisse fazê-la acreditar em mim, ou pelo menos estar aberta à possibilidade, então teria uma aliada. Alguém para me ajudar a vigiar, reunir pistas, descobrir o que fazer a seguir. Alguém para me ajudar a salvar Olivia.

Balancei a cabeça.

— Não pelo Krampus — falei. — Alguns dias atrás, ela me disse que seu verdadeiro nome é Azha. No começo, ignorei, mas...

— De jeito nenhum.

Ela desviou o olhar e olhou para o celular, que ainda segurava com firmeza. Talvez fosse mandar uma mensagem de SOS para Theo, algo como: Minha mãe enlouqueceu de vez. Manda ajuda!

— Falei com Azha, Izzy. E também falei com a minha mãe. Ela ainda está lá, em pedaços. Mas essa Azha, esse demônio ou espírito ou personalidade alternativa, seja o que for, é mais forte. Está lá há muito tempo.

— Eu, eu não... — gaguejou. Olhou para mim, depois para o monitor, onde sua avó e Olivia interagiam, e então de volta para mim. — Tenho a filmado todos os dias. Tenho horas de gravação.

Entrevistas e tudo. Só parece a vovó. Às vezes está cansada. Dá para ver que está com dor e doente. Mas um demônio?

— Você vê o que ela quer que veja — falei. — O demônio nela trabalhou duro para ganhar a confiança de todos, Iz.

— Mas por quê? Quer dizer, se o demônio é tão mau e poderoso, por que ser legal?

— Ele precisa de nós.

— Por quê?

— Acho que Azha precisa entrar em outro corpo quando sua avó morrer.

Olhei para ela, esperando. Depois olhei para o monitor: Olivia aconchegada ao lado da minha mãe.

Não demorou muito para que entendesse. Dez segundos, talvez. Era minha menina esperta.

Os olhos dela ficaram enormes.

— Está dizendo que ela quer Olivia?

Assenti.

— Mas não vou deixar isso acontecer.

— Como você vai impedir isso? — perguntou, a voz aguda, infantil.

— Vou encontrar um jeito.

Ela parecia assustada.

— O que vai fazer, mãe?

— Ainda não sei. Tenho algumas ideias, mas nada concreto.

— Vai ser tipo um exorcismo ou algo assim? — perguntou, parecendo esperançosa. — Se tiver, eu poderia... filmar?

— Izzy! Estou te dizendo que sua irmã está em perigo e está pensando no seu filme?

— Desculpa. — Mordeu o lábio. — Não entendo. O demônio vai simplesmente... pular nela ou algo assim? Olivia vai inalar ele como... como se inalasse um germe?

— Não sei — admiti. — Não sei como funciona. Mas sei que ele a quer.

Assentiu.

— Contou isso ao papai?

— Não — falei. — Não contei porque sei que ele não acreditaria.

Pensei em Paul. Em como ele descobrira a verdade no dia anterior à própria morte; uma verdade que o encheu de medo e o fez tentar fugir. Gostaria de poder trazê-lo de volta, gostaria que ainda estivesse conosco, gostaria de poder pedir ajuda a ele para descobrir tudo, para encontrar uma maneira de impedir Azha.

Olhei para minha filha.

— O que acha? — perguntei. — Acredita em mim?

Por favor, pensei. *Por favor.*

Izzy mordeu o lábio, olhou para o celular, depois de volta para mim.

— Acho que existem muitas coisas perturbadoras no mundo. Coisas que nem sempre entendemos. Então, sim, acho que é possível.

Inclinei-me e a abracei.

— Obrigada — falei, sentindo o alívio fluir pelo meu corpo. — Então vai me ajudar?

— Como? — perguntou, incerta. Como se já tivesse se arrependido.

— Continue filmando-as. Procure pistas. Qualquer coisa que possa ajudar. Quanto mais soubermos sobre o demônio, melhores serão nossas chances de frustrar seu plano.

— Certo.

— E, Iz... não deixe transparecer que sabe de algo. Não tente falar com o demônio. Não diga o nome Azha. Ela não pode saber que você desconfia de algo.

— Mãe. Sabe que eu não vou.

— E enquanto isso, fique de olho na sua irmã quando ela estiver com a vovó. Estou fazendo o mesmo, mas com mais alguém vigiando, podemos mantê-la mais segura enquanto desvendamos isso. — Fiz uma pausa. — E o mais importante, não conte ao seu pai, à sua irmã ou mesmo à Theo. Ninguém mais pode saber. Promete?

— Prometo — disse ela.

Eu a abracei de novo, grata por ter pelo menos uma pessoa do meu lado.

36

— MÃE? — PERGUNTOU OLIVIA com uma voz pesada de sono.

Afastei alguns dos bichinhos de pelúcia para abrir espaço na cama.

— Shh, ratinha — sussurrei no cabelo dela.

Ela cheirava a shampoo de maçã. A leite e biscoitos. A um cobertor quente secando ao sol. A tudo de bom na vida em um único serzinho. Às vezes, como naquele momento, enquanto a segurava perto, era difícil acreditar que algo tão perfeito viera de mim.

— Eu te amo — sussurrei.

E amava mesmo. Eu a amava tanto que parecia que meu peito explodiria.

O quarto estava iluminado pela luz noturna de joaninha dela.

Joaninha, joaninha, voe para o seu ninho, sua casa está pegando fogo, seus filhos estão sozinhos.

Esperava que a luz fosse suficiente para enxergar. Puxei as cobertas, levantei a camisola dela. Meus dedos tremiam.

Tinha que fazer isso. Tinha que tentar.

— O que você tá fazendo? — perguntou ela.

— Vamos brincar do jogo das palavras — disse, tentando manter a voz alegre e leve.

O mesmo jogo que eu jogara uma vez com minha própria mãe. O jogo em que uma pessoa desenha letras nas costas da outra com a ponta dos dedos.

— Tá bom — respondeu, sonolenta.

Geralmente, escrevíamos *eu te amo*. Ou coisas bobas como *quero biscoitos*.

Destampei a caneta permanente, aproximei a ponta das costas dela.

— Que cheiro é esse? — perguntou ela, levantando a cabeça do travesseiro.

— Nada — falei, acariciando o cabelo dela, ajeitando-a de volta no travesseiro.

Olivia deitou a cabeça e fechou os olhos. Confiando em mim.

Comecei a desenhar.

— Faz cócegas — comentou.

— Sabe o que estou escrevendo? — questionei, como sempre fazia quando jogávamos.

— É um *W*? — perguntou ela.

— Não. Tenta de novo.

Trabalhei rápido, desenhando, torcendo para que escrever os símbolos com a caneta permanente fosse suficiente, para que não fosse necessário derramar sangue, causar dor, para fazer a magia funcionar. A verdade era que aquilo não parecia nada mágico. Parecia desesperado e bobo. Parecia que eu estava me tornando tudo o que sempre temi ser: a mulher louca que entrava sorrateiramente no quarto da filha à noite para rabiscar bobagens nas costas dela, assustando-a.

Mas eu tinha que tentar, não tinha? Se houvesse a mínima chance de aquilo funcionar...

— Não está escrevendo nada — reclamou ela, se afastando. — Só está rabiscando.

— Fique quieta, ratinha — falei, puxando-a de volta.

— Não! — gritou. — Eu não gosto disso!

— Shh, Olivia — falei, com minha voz mais suave, acariciando o cabelo dela. — Preciso terminar. Estou escrevendo uma mensagem secreta nas suas costas.

— Para, mãe! Por favor.

A porta se abriu de repente, e a luz do teto se acendeu.

— O que você tá fazendo, Alison?

Mark olhou para mim, para a caneta na minha mão, para os desenhos que eu tinha feito nas costas da nossa filha.

Pisquei para ele.

— Estou...

Estou salvando a nossa filha.

— Levante-se! — ordenou ele, olhando para mim como se eu fosse uma completa estranha, alguém que entrara sem ser convidada.

Ele me olhou com uma fúria que eu nunca tinha visto. E acreditei, naquele momento, que era capaz de me machucar. Que estava fazendo um grande esforço para não me agredir.

Olivia chorava. Quando ele se sentou na cama, tomando meu lugar, ela pulou nos braços dele, soluçando.

— Desculpa — pedi. — Ratinha, eu...

— Saia, Alison — ordenou Mark, os olhos faiscando.

Congelei.

— Agora — mandou.

Com as pernas tremendo, saí do quarto e encontrei Izzy no corredor, a câmera na mão apontada diretamente para mim.

— O que tá acontecendo? — perguntou ela.

— Nada — falei. — Só estava tentando...

— O quê, mãe?

— Achei que ajudaria.

Nós duas podíamos ouvir Olivia chorando alto, respirando com dificuldade.

— O que você fez? — questionou, a voz carregada de acusação.

Balancei a cabeça e passei por ela, indo pelo corredor até o nosso quarto. Entrei, fechei a porta e me enfiei na cama, puxando as cobertas sobre a minha cabeça como se eu fosse uma menininha assustada tentando fazer o resto do mundo desaparecer.

Dez minutos depois, Mark entrou no quarto e puxou as cobertas.

— Pode explicar o que acabou de acontecer lá? — perguntou. O rosto vermelho, os olhos escuros. — Por que estava desenhando aquelas marcas loucas na nossa filha?

— Eu...

— Não sou idiota, Alison. Acha que não percebi que são iguais às cicatrizes nas suas próprias costas? Aos desenhos que fez no seu estúdio? Do que se trata isso? O que estava pensando?

Balancei a cabeça. Não havia nada que eu pudesse dizer para consertar as coisas. Qualquer explicação só pioraria a situação.

— Como acha que ela e a Izzy estão se sentindo, Alison? Ao verem você assim?

— Assim como?

— Está assustando elas pra caramba.

— Estou tentando protegê-las — falei, minha voz elevada, furiosa. Por que ele não conseguia enxergar? — Isso é tudo o que eu sempre quis. Nunca deveria ter trazido minha mãe para cá. Não é seguro para elas.

— Sua mãe não é o problema, Alison — disse ele, a voz trêmula. Havia lágrimas nos olhos do meu marido. — Concordo que nunca deveríamos ter deixado sua mãe vir para cá. Porque eu não tinha ideia de como seria difícil para você. Que isso iria desencadear... seja lá o que esteja passando. E por isso, sinto muito.

Olhei para o Mark, sem dizer nada.

— Você não é a mesma — continuou ele. — Desde que ela chegou aqui. As crianças perceberam. Penny percebeu. Estamos todos preocupados com você.

— Mas eu...

— Vou ligar para Gregory e dizer que não vou voltar para a escola até depois das férias. Vou ficar em casa com você e sua mãe. Vamos ligar para a sua psicóloga amanhã. Vamos conseguir mais ajuda do hospital.

Ele se inclinou e me abraçou.

— Sinto muito — falou, mais gentil agora. — Mas vamos superar esse problema. Vamos fazer isso juntos. Vai ficar tudo bem, eu prometo.

Queria acreditar nele. De verdade.

Mas eu sabia a verdade. Sentia lá no fundo.

As coisas não iam ficar bem.

Olivia estava em grande perigo.

E eu estava ficando sem tempo para salvá-la.

37

PENNY ESTAVA COM um suéter verde tricotado à mão quando abriu a porta da frente. A música fluiu junto com uma rajada de ar quente e cheiros maravilhosos. O cabelo grisalho estava preso em uma longa trança com raminhos de pinheiro entrelaçados.

— Bem-vindos! — disse ela, beijando minha bochecha. — Feliz Yule! — Olhou para a bandeja de biscoitos de gengibre festivamente decorados que eu levara. — Ahh! Lindos! Izzy colocou algum zumbi no meio?

Balancei a cabeça.

— Dessa vez não. Foram todos feitos pelo Mark.

Era a primeira vez que eu via Penny desde a noite com a minha mãe. Ela não tinha respondido às minhas ligações ou mensagens. Então, naquela tarde, recebi uma mensagem, me lembrando sobre a festa anual de Yule: "Só queria saber se você e Mark ainda vão vir hoje à noite!", seguida por uma série de emojis: duas taças de champanhe brindando, uma árvore de Natal, uma vela acesa. Respondi: "Não perderíamos por nada!", seguido por um monte de corações.

Deixamos Izzy no comando da casa. Lembrei-a mais uma vez para ficar de olho na Olivia quando ela estivesse com minha mãe, para não deixar as duas fora de sua vista. Theo estava por lá e, quando saímos, as duas meninas mais velhas e Olivia jogavam cartas com a minha mãe no quarto dela. Parecia cansada e tinha pedido mais morfina. Duvidava que ela ficasse acordada por muito tempo. Tinham pedido pizza, e Izzy prometeu ligar se houvesse qualquer problema. Ainda estava nervosa, mas Mark me lembrou que estaríamos bem ao lado. A cinco minutos de distância.

Ele me observara atentamente o dia todo, me seguindo pela casa como uma sombra preocupada. Fiel à sua palavra, ligou para a escola e arranjou um substituto para cobrir os últimos dias antes das férias de inverno, alegando uma emergência familiar. Também ficou comigo enquanto eu fingia ligar para minha psicóloga fictícia e deixava uma mensagem pedindo uma consulta o mais rápido possível. Quando desliguei, ele lançou uma nova exigência: queria ir comigo à primeira consulta. Queria falar com a psicóloga sobre as preocupações que tinha, conhecê-la pessoalmente e ouvir as opiniões dela quanto à melhor opção de tratamento.

— Ela é *minha* psicóloga, Mark. Acho que as pessoas não costumam levar os maridos, a menos que seja para terapia de casal.

— Com certeza ela vai entender minha preocupação. Pode achar útil ouvir minha perspectiva e, sinceramente, preciso ouvir a dela. Me pergunto se não deveríamos considerar medicação, Alison — falou. — Ou talvez um tempo afastada.

— Tempo afastada? — Franzi a testa para o meu marido.

— Tempo para focar em você. Na cura.

Não podia acreditar no que estava ouvindo.

— Está falando de um hospital psiquiátrico?

Ele fez uma careta.

— Existem lugares bons. Pesquisei online e tem uma clínica particular em New Hampshire, nas White Mountains. É bem cara e parece que nosso seguro cobriria só um terço do custo.

Estreitei bem os olhos, fazendo com que ele parecesse cada vez menor.

— Você pesquisou mesmo a respeito. Sem falar comigo?

Ele assentiu.

— Parece uma ótima opção. E poderíamos dar um jeito de lidar com a despesa. Eles oferecem um plano de pagamento. Acho que ajudaria. São especializados em...

— Só pode estar brincando comigo — falei.

Mark respirou profunda e lentamente.

— Certo. Vamos dar um passo de cada vez. Vamos nos encontrar com sua psicóloga e ver o que ela acha.

A SALA DE ESTAR da casa de Penny e Louise estava lotada de gente. Algumas familiares, outras não. Havia membros da guilda de arte a que eu e Penny pertencíamos, mulheres em vestidos elegantes, um homem usando um par de chifres de cervo. Do outro lado da sala, uma mulher com um vestido verde usava uma coroa de pinheiro na cabeça, iluminada com pequenas velas de LED. Ela me viu olhando e acenou. Era Carmen, dona da loja de ocultismo em Burlington — a mesma que deu à Penny a bolsinha de proteção herbal que minha mãe odiava. Acenei de volta e continuei observando a sala. Havia velas acesas em todos os cantos, música celta alegre saindo de um alto-falante invisível, uma lareira crepitando. Estava quente e aconchegante, e eu estava muito feliz de estar ali.

— Onde está Louise? — perguntei à Penny.

— Na cozinha, dando os toques finais no bolo.

Todo ano, Louise fazia um tronco de Yule muito elaborado: bolo de chocolate enrolado com chantilly, coberto com uma casca de chocolate esculpida e até cogumelos de marzipã.

— Tem um pote enorme de grogue quente lá dentro. — Balançou o próprio copo quase vazio para me mostrar. — Deveria pegar uma caneca.

Pelas festas de solstício anteriores, sabia que o grogue de Penny era forte, muito carregado no rum.

— Com certeza — falei. Depois acrescentei: — Obrigada por ter ficado com minha mãe na outra noite.

— Hã? Ah, não foi problema — disse ela, desviando o olhar.

— Queria te perguntar... — continuei. — Você pareceu... um pouco abalada quando saiu. Ela disse alguma coisa? Fez alguma coisa?

Penny balançou a cabeça. As bochechas estavam coradas. Tomou um gole do grogue.

— É só que...

— O quê?

Ela baixou a voz.

— Você contou a ela sobre Daniel?

Balancei a cabeça.

— Claro que não.

— O Mark pode ter mencionado? — Olhou para mim, franzindo a testa.

— Não sei por que ele faria isso.

Enquanto Penny e Louise falavam abertamente sobre o filho que perderam e mantinham lindas fotografias dele pela casa, esse não era um assunto que Mark ou eu costumávamos abordar com elas. E, claro, não falaríamos disso com mais ninguém.

— Bem, sua mãe sabia sobre Daniel. Sabia de coisas que eram... — Penny parou.

— Coisas que eram impossíveis que soubesse — completei.

Ela assentiu. Abriu a boca e depois se interrompeu. O rosto se contorceu de angústia.

— O que foi?

— Nada. — Virou o rosto e olhou para seu copo quase vazio. — Acho que só estava mexendo comigo, tentando provocar uma reação.

— O que ela disse, Penny?

A mão dela tremia, apertando o copo com força.

— Pronta para o grogue? — perguntou Mark, aproximando-se com duas canecas fumegantes da bebida. — Louise encheu nossos copos até a borda!

— Na verdade, acho que quero um refil — disse Penny, forçando uma alegria. — Com licença. — Afastou-se, parando para conversar com os convidados enquanto atravessava a sala.

— Vou colocar os biscoitos na mesa — falei para Mark.

A celebração do solstício era sempre uma festa colaborativa, e a mesa de jantar estava coberta de pratos variados: caçarolas, patês, bandejas de legumes e charcutaria, pães, um presunto fatiado. Coloquei nossa bandeja de biscoitos de gengibre na mesa lateral, carregada de sobremesas. Havia frutas mergulhadas em chocolate, biscoitos de todos os tipos, fudge. Alguém até trouxera trufas. Havia uma bandeja de brownies com um pequeno aviso de que eram feitos com cannabis. No canto da sala, um pequeno bar estava montado no aparador. Havia copos limpos, garrafas de vinho, bebidas destiladas e mixers de todos os tipos, além de um balde de gelo.

Meu marido me entregou uma caneca de grogue, depois disse:

— Acho que vi o Abe Young ali. Vou dar um oi. — Abe era professor de inglês na escola pública, e voluntário, junto de Mark, no centro juvenil da cidade. Faziam oficinas de poesia com as crianças toda primavera. — Quer vir comigo ou vai ficar bem sozinha? — Ele me olhou, preocupado.

— Estou bem, Mark — respondi rispidamente. — Não precisa ficar me vigiando a noite toda.

Virei-me e me afastei dele sem esperar uma resposta, dirigindo-me à Carmen, que estava do outro lado da sala de jantar, a coroa iluminada facilitando que eu pudesse encontrá-la. Desviei das pessoas conversando, rindo e levantando os copos para brindar.

— Feliz Yule — disse, quando alcancei-a. — Não sei se você se lembra de mim. Sou a amiga da Penny, Alison.

— Claro que me lembro de você — afirmou, dando um passo à frente e me abraçando apertado. — É a gravurista e autora de *Moxie Salva o Natal*. A pessoa mais famosa que essa cidadezinha tem.

Ri.

— Não sei se é para tanto.

— Está gostando da celebração do solstício? — perguntou.

Levantei minha caneca de grogue.

— Um feriado que celebra a falta de luz é muito mais a minha cara do que um que celebra um velho barbudo que traz presentes.

— O solstício de inverno é mais do que o dia mais curto do ano. Não estamos focados na escuridão — explicou. Tocou as velas acesas na coroa. — Estamos celebrando a chegada da luz. O renascimento do sol. Esta noite honramos a quietude entre um ciclo e o próximo. É um momento para parar e refletir sobre o que passou, e fazer desejos e planos para o que virá.

Assenti e sorri.

— Isso faz muito mais sentido para mim do que o Natal.

— O Natal pegou muito das antigas tradições pagãs — disse ela.

Exceto pelo Krampus, pensei.

— Na verdade, eu queria mesmo te encontrar aqui — confessei.

— Ah, é?

— Queria te agradecer.

— Pelo quê?

Puxei o amuleto que estava escondido sob meu suéter.

— Penny me deu isso. Ela achou que poderia me ajudar. Então eu queria agradecê-la.

— Ah, o amuleto de proteção. Fico feliz que esteja ajudando.

— Acho que tem, sim. Mas, para ser sincera, estou precisando de mais um pouco de ajuda.

— Tudo bem. O que precisa?

Olhei ao redor. Não havia ninguém perto de nós. Mark ainda estava na sala de estar, conversando com Abe. Penny saiu da cozinha, gritando:

— Quem quer mais grogue?

Uma mulher no canto da sala tirava um violino do estojo, e o homem com ela afinava um violão.

Voltei o olhar para Carmen e baixei a voz.

— O que sabe sobre demônios?

— Demônios?

— Minha mãe — continuei. — Está ficando com a gente. Está muito doente.

— Sinto muito.

— Mas tem mais. Acho que... não, tenho certeza de que ela está... possuída.

Ela arqueou as sobrancelhas.

— Possuída?

— Por um demônio chamado Azha — falei, o mais baixo que pude, para que ninguém me ouvisse. Conversas zumbiam e pipocavam ao nosso redor. Havia uma ou outra risada estridente.

Ela ficou em silêncio por alguns segundos, estudando meu rosto.

— Sabe que possessão, a possessão verdadeira, é uma coisa muito rara? Não é como na televisão ou nos filmes.

— Eu sei. Tenho lido sobre o assunto. Tentando entender tudo. O que sei é: falei com o demônio. E estou convencida de que não é a minha mãe. Que ela realmente tem um demônio a possuindo. Isso está acontecendo há bastante tempo. — Inspirei fundo e soltei. — O demônio me disse que precisa de outro hospedeiro quando minha mãe morrer. Ele quer... acho que está de olho na minha filhinha.

Carmen não disse nada, mas o choque era evidente em seus olhos. Olhou ao redor da sala. Será que estava se certificando de que não seríamos ouvidas ou procurando alguém para resgatá-la?

Louise tinha acabado de trazer o bolo, e as pessoas se aproximavam para admirá-lo. O casal no canto começou a tocar uma música alegre. Algumas pessoas na sala de estar começaram a dançar. Ninguém parecia prestar atenção em nós, afastadas no canto.

— Por favor — falei. — Todos acham que eu enlouqueci. Mas é real. Tenho certeza. E estou ficando sem tempo para agir.

Ela balançou a cabeça.

— Não gosto da palavra *demônio*, mas se é verdade que sua mãe tem um espírito maligno preso a ela de alguma forma, isso é muito sério. E muito perigoso.

Assenti.

— Acho que está preso a um objeto. Uma pedra. Ele precisa da pedra de alguma forma. Precisa que ela fique por perto. Quando eu era criança, minha mãe... bem, era a mesma de sempre antes de ter essa pedra. Depois que a pedra chegou, as coisas começaram a mudar... *ela* começou a mudar. Não percebi na época, mas agora entendi, e encontrei um diário antigo em que ela descreve sentir o demônio tomar conta. E a mulher que tinha a pedra antes dela... acredito que também estava possuída. Então ela morreu, e a pedra ficou com a minha mãe.

Um grupo de mulheres conversava em um círculo à nossa esquerda, e todas riram alto de alguma coisa. Carmen olhou para elas, depois de volta para mim.

— Espíritos podem se amarrar a um objeto assim.

— Feliz Yule! — gritou alguém. Copos tilintaram.

O homem com o violão começou a cantar:

— *É a noite mais escura do ano...*

Inclinei-me para mais perto dela.

— Mas também se prendeu a ela. Está vivendo dentro da minha mãe. Usando-a.

— O que você disse sobre o demônio precisar da pedra está certo. O espírito pode habitar sua mãe agora, mas esse não é seu verdadeiro lar. Pense nisso como uma visita a um hotel. Ficar lá pode ser bom, tem algumas vantagens, mas não pertence de verdade àquele lugar. Não é onde vai para ficar seguro.

— Então, como posso destruí-la?

Carmen balançou a cabeça.

— Não pode. O melhor que pode fazer é amarrá-la.

Ergui o olhar. Mais pessoas dançavam agora. Alguns cantavam junto, palavras sobre escuridão e o fim da luz, às quais eu mal prestava atenção.

Mark tinha terminado de conversar com Abe e vinha na nossa direção, com os olhos fixos em mim.

— Amarrá-la? — Minha boca estava seca. Tomei um gole do grogue, mas estava quente e doce demais.

— Encontre uma maneira de tirá-la da sua mãe e impedir que entre em outra pessoa.

Uma mulher ao nosso lado riu alto.

— E como faço isso? — perguntei.

Ele já estava quase chegando. Podia ver a preocupação nos olhos dele ao ver a esposa instável conversar de maneira urgente com uma mulher usando uma coroa iluminada na cabeça.

Rápido, pensei para Carmen. *Me diz logo.*

A cantoria na sala de estar alcançou um auge frenético, o violino gritando.

— Pegue essa pedra e leve-a para longe da sua mãe e da sua filha. Faça um feitiço de amarração. Esconda-a, enterre-a, jogue-a no fundo do oceano, guarde-a em algum lugar onde ninguém jamais vá encontrá-la.

Pensei nas palavras rabiscadas, quase ilegíveis, no diário da minha mãe: *Feitiço de Amarração.*

Será que tinha tentado? Tentado e sido fraca demais? Tentado e falhado?

Senti a mão de Mark no meu ombro.

— O que vamos guardar em um lugar onde ninguém pode encontrar? — perguntou animado, mas eu podia sentir a preocupação que emanava dele.

Forcei um sorriso e lutei contra a vontade de encará-la em pânico, pedindo que *por favor não fale nada*.

— Carmen estava me dando alguns conselhos sobre o que devo fazer com o começo do novo livro da Moxie. Contei para ela que sinto que comecei do jeito errado, mas continuo voltando e está só me atrapalhando. Acho que ela tem razão: é hora de começar do zero.

Ela assentiu.

— Às vezes, só precisamos de um ato simbólico para encerrar algo difícil, para nos ajudar a recomeçar. — Olhou significativamente para mim antes de se afastar. — Boa sorte com seu projeto. Passe lá na loja se precisar de mais ajuda com as coisas.

38

MINHA MÃE PIOROU muito. Tínhamos trazido uma bandeja de comida da festa do solstício da Penny e da Louise, mas ela se recusou a comer. Dávamos a ela a dose máxima de morfina, mas ela dizia que ainda sentia dor e implorava por mais. Teresa consultou o médico da agência de cuidados paliativos, e concordaram em aumentar a dosagem de morfina. A dor foi controlada, mas a medicação a deixava apagada.

Eu estava ficando sem tempo.

JANICE ESTAVA SENTADA com minha mãe enquanto ela dormia, resolvendo outro dos livros de sudoku que trazia.

Era o primeiro dia das férias de Natal, e Olivia estava na casa da amiga Sophie. Izzy estava no quarto, e Mark estava fazendo Deus sabe o quê — provavelmente assistindo a mais um filme de Natal.

Eu estava no meu estúdio, aprendendo tudo o que podia sobre feitiços de amarração. Folheava os livros que encomendei e visitava página após página na internet, tomando notas. Estudei a descrição enigmática da minha mãe no diário e me perguntei se tinha mesmo tentado. Achei que havia entendido o essencial, mas seria suficiente? Invocar os elementos, enrolar o objeto com corda ou fio, dizer "Eu te amarro" repetidamente. Parecia... inútil, até bobo. Como um feitiçozinho desses poderia ajudar?

Então, a porta do celeiro se abriu com tudo. Esperava ver Penny, ouvi-la gritar: "Toc-toc!".

Mas era Mark. Sem bater. Sem chamar. Ele só entrou, com uma expressão sombria no rosto.

— O que houve? É a minha mãe?

— Precisamos conversar — falou.

— Está bem. — Fechei o notebook e dei as costas para o que estava fazendo.

Mark se aproximou, examinando o que eu tinha na mesa: os livros sobre demônios, os desenhos e as anotações. Não tinha como esconder.

— Estou preocupado com você — disse ele. — Estamos *todos* preocupados.

— Estou bem — falei. — Desculpe se estou preocupando vocês, mas sério, estou bem.

Meu marido cruzou os braços sobre o peito.

— Sei que não tem nenhuma psicóloga em Burlington.

Congelei, sem saber como responder. Será que eu devia argumentar? Mentir? Ou contar a verdade?

— Não existe, nem nunca existiu, uma terapeuta chamada Carla Slesar lá. — Olhou para mim. — Você inventou isso.

— Faz muito tempo — falei, sentindo-me encolher, ficando cada vez menor. — Talvez eu não esteja me lembrando do sobrenome dela direito.

Ele balançou a cabeça.

— Você ia toda semana, voltava para casa e me contava sobre todo o progresso que fizeram, como conseguia se abrir com ela. Mas era tudo mentira.

— Ela...

Ele me cortou antes que eu pudesse continuar.

— Por favor, não minta mais para mim. Isso não vai fazer bem para nenhum de nós.

— Mark, eu...

— Eu deveria ser a pessoa com quem você compartilha tudo. Quando isso mudou, Alison? Quando parou de confiar em mim? — Parecia tão triste, de coração partido.

— Claro que confio em você! Desculpe — falei, pegando a mão dele. — Sei que as coisas têm sido uma loucura. Não tenho sido eu mesma. — Estremeci um pouco com minhas próprias palavras. Era exatamente o que minha mãe costumava me dizer: *Não sou eu mesma hoje.* — Ter minha mãe aqui tem sido muita coisa.

— Sua mãe, que você acredita estar possuída por um demônio — retrucou.

Soltei a mão dele.

Como ele sabia? Então, respondendo à minha pergunta mental, Mark falou, dando o golpe final.

— Izzy me contou tudo.

— O quê... — Senti que perdi todo o ar. Procurei as palavras enquanto a traição da minha filha reverberava por todo o meu corpo. — O que ela disse? Deve ter sido um mal-entendido...

— Ela me mostrou o vídeo que fez, Alison.

— Vídeo? — falei, sem forças, lembrando de como Izzy segurava o celular enquanto conversávamos. Será que a câmera estava em mim o tempo todo?

— Ela gravou — disse Mark. — Quando você entrou no quarto dela e contou sobre sua mãe estar possuída. Como acredita que o demônio está atrás de Olivia. Izzy gravou porque estava preocupada com você. — Olhou para mim, a raiva e a mágoa de antes substituídas por algo muito pior: pena. — É isso mesmo que você pensa, Alison? E mesmo que *acredite* nisso... envolver a Izzy? Pedir ajuda a ela? Ela é uma criança, pelo amor de Deus.

— Achei... — *Achei que podia confiar nela. Achei que ela entenderia.* — Sei que parece loucura. Parece uma invenção. Mas se você encarasse os fatos. Se apenas ouvisse, então eu acho...

— Não. Não vou ouvir nada disso. Não posso. Não vou. Você não está pensando com clareza. Não está sendo você mesma.

— Minha mente está perfeitamente clara.

— Está?

Ele voltou a olhar para a bagunça na minha mesa de trabalho: os desenhos, os livros e as anotações frenéticas sobre demônios e feitiços de amarração.

— Alison, sua mãe me contou sobre sua internação no ensino médio. Sobre seus episódios dissociativos. Sua tentativa de suicídio.

Forcei minhas palavras através de um maxilar trincado.

— Aposto que contou.

— Sua mãe não é a inimiga. Ela está preocupada com você. Todos nós estamos.

— É o que você diz, né.

— Me diga que não preciso me preocupar. Me diga que esses pensamentos que tem fazem sentido para você. Que não tem tido episódios de lapso de tempo, que lembra de cada minuto de cada dia, que a sua mente está clara e presente aqui conosco o tempo todo.

— Claro que estou — falei.

Mas era uma mentira, não era? Será que Mark viu isso no meu rosto, a sombra da verdade?

— Não acho que seja seguro para você ficar perto da sua mãe ou das meninas agora — disse ele.

As palavras dele tiraram meu fôlego.

— O quê? Tá brincando, né?

Não era seguro? O que ele achava que eu era capaz de fazer? Será que não percebia que eu era a única *protegendo* as meninas?

— Fiz alguns telefonemas. A clínica em New Hampshire que te falei, a Rabbit Hill Inn, é especializada em trauma, em dissociação. — Falou clara e calmamente, com a voz de professor assumindo o controle das coisas. — Conversei com o diretor, o Dr. Hinesburg. Ele acha que você vai se beneficiar muito do programa deles e tem uma vaga. É um lugar lindo nas montanhas. Trabalham com arte, tem até uma piscina coberta. Vamos ter um Natal legal aqui, e no dia seguinte, no dia 26, vai ter uma cama esperando por você.

Soltei uma risada amarga.

— Não estamos mais no século passado, Mark. Não pode decidir que sou louca e me despachar para o manicômio.

Ele franziu a testa.

— Não quero te despachar para lugar nenhum. Esperava que você visse isso como uma maneira de ajudá-la. Está precisando de uma folga. De um espaço. De um tempo para lidar com as coisas. Espero que vá de boa vontade: se não por você ou por mim, então pelas meninas.

Aquelas palavras me perfuraram, abriram caminho pelo meu corpo como um saca-rolhas.

— Sabe que eu faria qualquer coisa por elas — falei.

Ele assentiu na mesma hora para mim.

— Então está decidido. Vou te levar no dia depois do Natal. Penny e Louise vão ficar com a sua mãe e as meninas. Já falei com elas.

Estava tudo planejado, decidido. Até Penny e Louise estavam envolvidas.

Estava encurralada, sem saída. Se recusasse, seria apenas mais uma evidência de que eu "precisava de um tempo" — e suspeitava que, entre a gravação da Izzy, meus desenhos e anotações, e a psicóloga inventada, não seria difícil convencer um médico de que eu era um perigo para mim mesma ou para os outros. Acabaria internada em um hospital psiquiátrico com ou sem meu consentimento.

Inspirei fundo e soltei o ar.

— Está bem — falei.

Consegui até sorrir, embora sentisse meus olhos se encherem de lágrimas.

Não havia tempo a perder.

Tinha apenas mais dois dias para impedir Azha, libertar minha mãe e salvar minha filhinha.

39

ACORDEI POUCO ANTES das 5 horas da manhã, levantei da cama e me vesti no escuro, enquanto ouvia Mark roncar suavemente.

Moxie me cumprimentou no corredor e me seguiu escada abaixo, andando devagarzinho atrás de mim, imaginando o que eu estava fazendo e se, por acaso, aquilo envolveria café da manhã antecipado ou guloseimas.

Era véspera de Natal. Havíamos planejado passar o dia assando e decorando mais um lote de biscoitos — embora parecesse que eu acabara de raspar o último resto de cobertura colorida, parecida com cimento, das frestas da mesa de jantar — e assistindo filmes. Se houvesse neve o suficiente, talvez descêssemos a colina atrás da casa de trenó. À noite, deixaríamos um bilhete e um prato de biscoitos para o Papai Noel, uma cenoura para as renas, e penduraríamos as meias.

Deixei um bilhete no balcão da cozinha:

Tive que fazer umas últimas compras de Natal. Volto mais tarde.

Até desenhei um pequeno esboço feliz de presentes embaixo da árvore.

Sabia que meu marido ia surtar, entrar em pânico, e pensar no pior quando descobrisse que eu saíra sorrateiramente sob o manto da escuridão. Mas que escolha ele tinha me dado?

Parei, certa de que ouvi um movimento lá em cima. Mas quando prestei atenção, não havia nada. A casa inteira parecia prender a respiração, esperando para ver o que aconteceria a seguir.

Então, entrei sorrateiramente no quarto da minha mãe, movendo-me o mais quieta possível. A respiração estava irregular, ofegante, a boca aberta. O rosto parecia mais encovado, quase esquelético, e a pele tão pálida quanto a fronha branca atrás dela.

Fui até o outro lado da cama furtivamente, observando com cuidado a subida e descida do peito dela. Quando alcancei a pedra, esperei que os olhos se abrissem de repente, que ela soltasse um grito alarmado. Mas minha mãe continuou dormindo.

A pedra estava pesada na minha mão e parecia ficar mais fria quanto mais eu a segurava.

Peguei meu casaco e minha bolsa e saí da casa como um fantasma. Atravessei o quintal até meu estúdio para pegar a sacola que arrumara na noite anterior. Nela estavam o Feitiço de Amarração que havia copiado à mão com muito esforço, um pano branco e um cordão branco, uma caixa de sal, um pedaço de pergaminho, uma caneta, e uma vela branca com fósforos. Coloquei a pedra da minha mãe na sacola, aliviada por não tê-la mais nas mãos. Então, atravessei o quintal até a garagem, tirei a neve do para-brisa do Volvo com a mão coberta pela luva, e saí de ré com os faróis apagados, rezando para que o motor não tivesse acordado ninguém. O Blazer do Mark e o Subaru da Theo, com seu adesivo FODA-SE O PADRÃO no para-choque, estavam na garagem, ambos cobertos com uma fina camada de neve. Observei a casa enquanto me afastava, esperando que as luzes se acendessem, mas nada aconteceu.

Uma vez na estrada principal, acendi os faróis, aumentei o desembaçador e fui em direção à rodovia.

DUAS HORAS DEPOIS, cruzei a fronteira do estado para Nova York na Rota 7. O sol havia nascido, fazendo os cristais de neve fresca nas árvores brilharem como se estivessem cobertas de glitter. O mundo ao meu redor parecia o cenário de um filme — bonito demais para ser real. Meu celular vibrou no banco ao meu lado. Mark de novo. Na última hora, ele deixara uma dúzia de mensagens preocupadas de texto e de voz. A mais recente deixava claro que estava deixando de ficar preocupado para irritado.

— Onde caralhos você está, Alison? Me ligue assim que receber essa mensagem.

Desliguei o celular e o coloquei no porta-luvas.

Fiz apenas uma parada, para encher o tanque com gasolina e comprar um grande copo de café e uma rosquinha que tinha gosto de papelão frito mergulhado em pasta de açúcar.

Eram pouco mais de 9 horas quando cheguei à casa em Woodstock. O céu estava cheio de nuvens cinza-ardósia, e a própria casa era igualmente ameaçadora. As janelas pretas pareciam me observar como olhos que tudo veem. Parecia que esperava por mim. E embora eu soubesse que era ridículo, parte de mim acreditava que encontraria minha mãe lá dentro, também esperando por mim. A mãe da minha infância, encharcada de gim e crueldade, minha mãe demônio, exigindo saber onde eu estivera.

Peguei a bolsa e destranquei a porta da frente.

O ar ali dentro parecia abafado, e estava quieto demais. Não se podia ouvir nem o zumbido da geladeira, nem o som da máquina de gelo, nem o suave suspiro do ar quente saindo dos dutos do aquecedor roncando no porão. A casa parecia se fingir de morta, prendendo a respiração, esperando.

— Olá? — chamei, me sentindo boba.

Quem iria responder?

Minha mãe? Não, ela estava na minha casa, fraca demais para levantar da cama.

Meu eu da infância?

Talvez.

Talvez algum traço da minha versão criança ainda espreitasse pelas sombras como um fantasma.

Subi as escadas, sabendo exatamente para onde ia, o que procurava.

Abri a porta do meu antigo quarto, e tive a sensação, por um momento, de que alguém tinha acabado de estar ali.

Entrei, respirando o cheiro mofado. A cama ainda estava arrumada com a velha colcha vermelha e branca, mas por acaso havia a vaga impressão de um corpo repousando ali no centro? Balancei a cabeça. Claro que não.

Virando-me, abri a porta do armário: quase vazio, mas havia algumas coisas abandonadas — um suéter vermelho que nunca me caiu bem, um par de tênis com o tecido desgastado em alguns lugares, um vestido azul que não me lembrava de ter usado. Fechei a porta do armário e fui até a cama.

Sentei-me na beirada do colchão, lembrando da faca que costumava esconder debaixo do travesseiro: Regressora. Toda manhã, quando acordava, eu a escondia debaixo do colchão para que minha mãe não a encontrasse.

Seria possível que ainda estivesse ali? Será que era real? Ou algo que eu tinha imaginado, inventado? Quanto das minhas lembranças eram verdade e quanto era uma ficção cor-de-rosa?

Será que tive mesmo uma faca mágica que eu acreditara que me protegeria do mal?

Passei os dedos por debaixo do colchão e senti a picada de algo afiado. Com cuidado, continuei, peguei o cabo da faca e a puxei, meu dedo indicador cortado e sangrando.

Aquela faca mágica enorme não era lá grande coisa. Era uma velha faca de caça com um cabo de osso e uma lâmina projetada para eviscerar cervos. A lâmina estava manchada, corroída pela ferrugem. Mas parecia boa em minhas mãos. Familiar. Segura.

Enquanto a segurava, uma lembrança veio à minha mente, de como eu a carregara magicamente com o poder dos elementos: enterrando-a na terra, lavando-a com água salgada, passando-a por uma chama, depois pelo ar, e dando-lhe um nome sob a luz de uma lua cheia. *Regressora,* dissera em voz alta, *uma faca de proteção e poder mágico, e me ajudará a banir os seres das trevas e enviá-los de volta para onde vieram.*

Como eu tinha aprendido tudo aquilo? Em um livro?

Não.

Eu me lembrava agora, ao segurar a faca que parecia vibrar em minhas mãos.

Minha mãe me deu a faca. Trouxera-a para mim quando ainda tinha força e determinação para manter o demônio dentro dela sob controle, para separar-se dele. Quando ainda tinha a capacidade de agir por vontade própria e me ensinar o que eu precisava fazer para me proteger do que ela sabia que um dia se tornaria por completo. Ela me deu a faca pelo mesmo motivo que marcou minhas costas com sigilos mágicos: a esperança de que um dia isso me salvaria.

Pensar nisso agora fazia meu peito doer. Em como deve ter se sentido agitada, desesperada e assustada, ao perceber aquela presença terrível ganhar poder dentro dela, sabendo que precisava fazer tudo o que pudesse para proteger Ben e eu, a fim de nos preparar para o que estava por vir.

— Isso não é só uma faca — dissera para mim. — Vamos transformá-la em uma faca mágica, um athame, e ela será um poderoso objeto de proteção. Espero que nunca precise dela, mas se um dia precisar, tem que estar pronta.

Durante um mês inteiro carregamos a faca, lavamos com água salgada, defumamos com a fumaça de ervas queimadas, enterramos na terra, deixamos a lua brilhar sobre sua lâmina. Quando ficou pronta, minha mãe disse:

— Agora, para a etapa final, precisa dar um nome para sua faca mágica e dizer o que precisa que ela faça por você.

Escolhi o nome Regressora porque era uma faca para banir as criaturas mais sombrias, enviando-as de volta para onde vieram. Minha mãe me disse que era um bom nome e que tudo ficaria bem porque a magia dentro de mim era forte.

Agora, desejava que qualquer magia que eu tivesse naquela época voltasse para mim, para me ajudar a fazer o que era preciso. Seria suficiente? Eu, adulta e sem jeito, fazendo um feitiço de banimento que li na internet e nas páginas desbotadas do diário da minha mãe?

Precisava tentar.

Pensei em Paul, em como foi leal à minha mãe, como suprimiu as próprias ambições e os próprios desejos para cuidar dela. Imaginei que, se ainda estivesse vivo, gostaria que eu fizesse aquilo. Provavelmente me ajudaria se pudesse — qualquer coisa para salvar Mavis. Se eu fechasse os olhos, quase podia senti-lo ali, parado atrás de mim, meu pai e Bobbi também — todos torcendo por mim, me dizendo para continuar, para fazer o que era necessário.

Joguei a faca na bolsa e deixei para trás o meu quarto de infância e todos os seus fantasmas e lembranças. Então, saí da casa e fui em direção à floresta.

40

O CAMINHO ESTAVA coberto, quase irreconhecível, mas meu corpo sabia para onde ir. O sol já tinha saído, derretendo os poucos trechos de neve que restavam no chão. Considerei a luz e o calor relativo como um bom presságio. Caminhei entre as bétulas, os bordos e os álamos, contornando os espinhos e as raízes. Lembrei-me de como costumava acreditar que todos eles falavam comigo; que as árvores, as rochas e o vento sussurravam segredos nos meus ouvidos. Que eram meus amigos mais verdadeiros. Toquei algumas das árvores maiores enquanto caminhava, a casca fria e áspera sob meus dedos. *Eu me lembro de vocês*, disse às árvores, mas em silêncio. Pedi que me protegessem naquele momento, que me ajudassem com a minha tarefa.

Cada passo dado parecia um passo de volta no tempo. Era uma criança de novo, caminhando por esse mesmo caminho, vestindo a velha jaqueta de lã de caça do meu pai, segurando a espingarda de chumbinho do meu irmão. Minha mãe estava de volta à casa, cheirando a gim e crueldade: *Não sou eu mesma hoje*. A floresta era meu lugar seguro, meu lugar secreto, e eu quase sempre fantasiava sobre não voltar para casa: construir um pequeno forte, comer frutas, beber água do riacho, dormir em uma cama de galhos de pinheiro.

Lembrei-me de como atirava em qualquer coisa que se movesse, dizendo a mim mesma que era corajosa. Que podia matar qualquer besta.

E agora, armada com minha velha faca, eu viera matar a maior de todas as bestas, colocar o monstro que dominou minha infância para descansar. Amarrar o demônio e libertar minha família.

Enquanto caminhava, não conseguia me livrar da sensação de que estava sendo seguida, observada. Eu parava e me virava. Mas só via chapins de cabeça preta, um cardeal, um esquilo tagarela. Tinha a sensação de que tentavam me dizer algo, talvez me alertar.

Ouvi um familiar *iii-iii-iii* e olhei para cima. Vi um gaio azul me observando do galho baixo de uma árvore próxima. Continuei andando, e ele me seguiu, grasnando para mim, mantendo-se por perto.

Antes que eu percebesse, já havia chegado à clareira onde estava o antigo buraco do porão. Era mais perto da nossa casa do que me lembrava. E agora estava mais coberto de vegetação — a clareira menor e mais sombria, a velha fundação tão obscurecida que quase passei direto. Árvores cresciam no lugar onde a casa costumava ficar, a fundação de rocha e argamassa mais desmoronada, tudo lentamente voltando à terra. Um dia, ninguém saberia que uma casa já estivera ali, ou que uma criança costumava brincar em suas ruínas.

Lembrei-me da família feliz que costumava imaginar que vivera ali muito, muito tempo atrás. Uma mãe e um pai e um menino e uma menina que se amavam muito. Então, pensei no jeito como eu sempre dava a eles um final cruel em minhas histórias. Matava-os em incêndios, fazia-os morrer de gripe. Não acreditava em finais felizes naquela época.

E acredito agora?

Sim, disse a mim mesma. Precisava acreditar.

Um galho estalou em algum lugar atrás de mim. Virei-me de uma vez, certa de ter visto um movimento através das árvores: uma sombra ali, depois desapareceu. Mas não havia nada. Era apenas minha mente pregando peças em mim. Os fantasmas da minha infância me dando um último susto.

A floresta parecia se fechar ao meu redor, os espinhos densos, os galhos nus e as agulhas dos pinheiros se inclinando juntos, bloqueando a luz.

O poço estava lá, esperando por mim atrás da casa arruinada, o anel de pedras afundado no chão e camuflado por ervas daninhas altas. Meu coração apertou enquanto me aproximava, certa de que podia ouvir o fantasma daquele gaio azul gritando para mim: *Iii-iii-iii. Como pôde fazer aquilo comigo? Que tipo de monstro você é?*

Mas era apenas o gaio azul vivo me repreendendo.

Cheguei à beira do antigo poço e olhei para baixo, naquele olho preto. Vi apenas escuridão e sombras, a parede circular de pedras descendo em espiral até o nada. Imaginei uma pilha de folhas mortas e esquecidas no fundo, os restos do esqueleto do passarinho repousando sob elas.

Ouvi o terrível grito do gaio azul, mas havia apenas silêncio.

Eu realmente esperava ouvi-lo, depois de todos aqueles anos? Achei mesmo que o pássaro que condenei a um destino tão triste ainda estaria ali esperando, desolado?

Onde esteve?

Como pôde me deixar aqui todo esse tempo?

Virei-me, peguei minha sacola e comecei. Ajoelhei-me no chão, a camada de folhas úmidas e a grama velha encharcando meu jeans. Tirei minhas luvas e comecei a trabalhar.

Estendi o pano branco no chão e coloquei a pedra da minha mãe no meio. Quase podia ouvi-la implorar com raiva, exigindo que a levasse de volta para minha mãe. Parecia mais opaca, menos viva. Sabia o que estava por vir.

O sol no leste, atrás de mim, fazia as sombras das árvores parecerem dançar na clareira ao sopro do vento. Elas se tornavam figuras: terríveis anjas com asas — enquanto eu observava, transformavam-se em insetos que zumbiam.

Acendi a vela, peguei a pedra e passei-a pela chama.

— Com o poder do fogo, eu te amarro.

Raspei as folhas úmidas, juntei um pouco de terra fria e a espalhei sobre a pedra.

— Com o poder da terra, eu te amarro.

O vento se intensificou, fazendo as anjas-insetos das sombras das árvores dançarem mais freneticamente, estendendo-se para mim com terríveis garras parecidas com pinças.

Derramei a água salgada do pote que tinha trazido comigo.

— Com o poder da água, eu te amarro.

Ouvi a voz da minha mãe na minha cabeça. A mãe demônio. *Garota inútil, ignorante.*

Inclinei-me sobre a pedra e soprei nela.

— Com o poder do ar, eu te amarro.

Quem você pensa que é?

Peguei o pedaço de pergaminho, desenhei sigilos de proteção — os mesmos símbolos que foram esculpidos nas minhas costas com uma faca, que eu desenhara nas costas da Olivia com uma caneta — e escrevi as palavras enquanto as dizia:

— *Eu te amarro, Azha, demônio das trevas. Tiro seus poderes. Prendo-o nesta pedra por toda a eternidade. Você não entrará em outra alma. Que assim seja.*

Tive certeza de ouvir um movimento — o estalar de um galho, o farfalhar de folhas mortas — nas árvores perto do caminho por onde eu viera. Olhei para cima e vi um esquilo cinza subir correndo um pinheiro vermelho. Agora, as sombras de anjas-insetos na clareira pareciam me cercar, passando longas pernas e garras geladas sobre mim, enviando calafrios por todo o meu corpo.

Tirei minha faca e usei-a para cortar meu dedo indicador, fazendo uma careta enquanto deixava cair gotas do meu próprio sangue sobre o papel.

Com cuidado, enrolei a pedra no papel e depois no pano branco.

— Eu te amarro, eu te amarro, eu te amarro — entoei, em um tom monótono, fazendo o possível para acreditar nas palavras, para sentir o poder delas, enquanto envolvia o pacote com um cordão branco e o amarrava com firmeza.

Segurei minha faca contra a pedra, a ponta ainda pegajosa com meu sangue.

— Pelo poder da Regressora, eu te amarro. Envio você de volta para onde veio.

O vento diminuiu.

As terríveis sombras de anjas-insetos começaram a recuar. Voltaram a ser galhos de árvores, balançando de leve na brisa cálida de inverno.

A faca parecia zumbir e vibrar na minha mão, elétrica e viva. Tinha esperado todos aqueles anos apenas por este momento.

Então, peguei a pedra embrulhada, certa de que podia senti-la pulsar, batendo fracamente como um coração vivo na minha mão.

O coração da minha mãe, o coração da Bobbi, o coração da demônia Azha.

Levantei-me, olhei para baixo, para o olho preto do velho poço, e deixei a pedra embrulhada cair ali dentro, observando-a desaparecer na escuridão.

Dei meia-volta, meio que esperando ouvir um grito vindo do poço: *iii-iii-iii*.

Mas não houve nada.

Apenas silêncio.

Um silêncio lindo e pacífico.

Estava feito.

41

— ACABOU — CONTEI para minha mãe. Abaixei-me e beijei sua cabeça. Ela parecia ter encolhido nas horas em que estive fora. O rosto e crânio estranhamente parecidos com os de um pássaro, o cabelo caindo em mechas finas ao redor da cabeça. — Acabou. A pedra. Azha.

A respiração dela saía em arquejos lentos.

Eu tinha ligado para Mark enquanto voltava, para dizer que estava bem, que meus afazeres estavam feitos e que estaria em casa na hora do jantar.

— Onde caralhos você estava, Alison? Ficamos preocupados. Quase chamei a polícia.

— Estou bem — repeti. — Tinha algumas coisas que eu precisava resolver antes do Natal. Antes de ir para Rabbit Hill.

— Bem, sua mãe piorou — disse ele. — Teresa está aqui e acha que é uma questão de horas. É melhor voltar logo. — Fez uma pausa e continuou: — Não consigo acreditar na rapidez com que está acontecendo. Ontem mesmo ela estava acordada, conversando e brincando com a gente. Agora parece que mal tem força para abrir os olhos.

Eu entendia.

Era Azha que dava força ao corpo dela, que a mantinha viva. Ela era uma casca fraca proporcionando um lar para o demônio até que ele estivesse pronto para se mudar para o próximo hospedeiro.

Mas eu o mandei embora.

Consertei as coisas e libertei minha mãe.

Em casa agora, sozinha com ela, olhei para o seu rosto. As pálpebras se abriram devagar.

— Me perdoe — sussurrou ela.

— Eu sei. E entendo agora. Eu entendo. Sei que não era você. Eu te perdoo. — Fiz uma pausa, e então acrescentei: — E eu te amo.

Ela sorriu e fechou os olhos.

Ficamos assim, lado a lado, por horas. Mantivemos a pequena luz de cabeceira acesa, mas apagamos a luz do teto. Recusei as ofertas frequentes de comida ou descanso do Mark. Não queria deixá-la sozinha.

Eu cochilava às vezes, sentada na cadeira ao lado da cama, ainda segurando a mão dela, minha cabeça apoiada na lateral do colchão. Mark entrou por um momento e tentou apagar o abajur, mas o impedi.

— Não — falei. — Deixa aceso.

Minha mãe já tivera escuridão o suficiente.

Molhava os lábios dela com uma pequena esponja úmida em um bastão. Esfregava loção de lavanda nas mãos e nos braços.

Contava histórias para minha mãe: as lembranças boas da minha infância.

— Lembra quando levou a gente até Cape Cod para comer camarão frito? Sentamos na praia e ficamos conversando sobre como seria se fôssemos gaivotas, apenas pegando o vento e planando.

Pouco depois da meia-noite, Mark entrou de novo, tocou meu ombro e beijou minha cabeça.

— Feliz Natal — disse ele. — Quer fazer uma pausa e eu fico com ela por um tempo?

— Estou bem aqui.

— Vou fazer um chá — falou. — Coloquei os presentes embaixo da árvore e as meias na lareira.

Assenti em agradecimento.

— Chá seria bom.

Moxie veio e se deitou na porta, recusando-se a entrar no quarto, mesmo quando eu a chamei com guloseimas.

— Vem, garota, está tudo bem — falei. — É seguro. A coisa ruim foi embora.

Ela me olhou desconfiada, recusando-se a se mexer.

A respiração da minha mãe começou a mudar. Ficou mais alta, com um som mecânico, como um motor distante se aproximando, parando e recomeçando.

Os olhos dela se abriram de repente. Estavam tão escuros que pareciam pretos.

— *Quem matou Cock Robin?* — cantou baixinho.

Soltei a mão dela e recuei bruscamente.

Moxie se levantou na porta, rosnando, o pelo eriçado.

Não. Não. Não.

Não podia ser.

O quarto parecia ficar menor ao nosso redor, mais escuro. A luz de cabeceira piscava, enfraquecendo, como se a lâmpada estivesse prestes a apagar.

A temperatura caiu.

— Impossível — sussurrei, me levantando.

Minha mãe sorriu, algo forçado e horrível.

— Acha que pode se livrar de mim tão fácil? Garota estúpida.

— Azha? — falei, a palavra saindo como um suspiro, um último fôlego.

— Talvez — sussurrou ela, a voz fraca. — Talvez não exista Azha nenhuma. Talvez eu só esteja te sacaneando esse tempo todo. — Parou, recuperou o fôlego, fechou os olhos. — Talvez você só esteja enlouquecendo, Alison. Talvez sua família esteja certa.

Minha mente girou. Seria possível?

Ouvi um zumbido, um leve *tum, tum, tum*. Dei meia-volta e vi moscas grossas e gordas reunidas no vidro escuro da janela. E, através dele, tive certeza de ver uma figura, um rosto com um focinho longo, olhos escuros e miúdos — o Rei dos Ratos de Olivia. Mas, enquanto eu observava, tornou-se meu próprio reflexo.

— Onde está minha pedra? — perguntou ela, a saliva voando, os olhos abertos de novo. Estendeu a mão e agarrou meu braço com dedos ossudos, o aperto como um torniquete. — O que fez com a minha pedra? Eu preciso dela.

— Ela se foi — falei. — Para bem longe, onde ninguém jamais a encontrará.

Ela afundou de volta nos travesseiros, ofegante. Soltou um pequeno gemido.

— Dói, Ali Abelhinha. Ah, meu Deus, como dói!

Alcancei a morfina. Teresa tinha trocado os comprimidos por líquido, já que ela estava com dificuldade para engolir. Minha mãe abriu a boca para mim como um passarinho enquanto eu pingava as gotas na língua dela. Não as contei.

As moscas batiam na janela. A lâmpada piscou e depois se apagou. A única luz vinha do corredor através da porta aberta.

Minha mãe lambeu os lábios e então sorriu para mim.

— Você já falhou.

Não. Eu não ia deixar Azha vencer. Ela não tinha a pedra. Não tinha para onde ir. Não tinha onde se esconder. Estava fraca e assustada. Eu conseguia sentir.

— Eu te amarro, Azha — falei. — Pelo poder da terra, do ar, da água e do fogo, eu te amarro.

— Você sempre foi uma garota idiota. Uma garota cruel. Sei o que fez com aquele gaio azul. Deixou ele lá no poço para morrer. Sabe como ele sofreu, Alison? Com dor, faminto, incapaz de voar?

Alcancei minha bolsa ao lado da cadeira e tirei a faca, Regressora. A faca que minha mãe, minha verdadeira mãe, me dera, me ensinara a usar.

Espero que nunca precise dela, mas se um dia precisar, precisa estar preparada.

Toquei o peito dela com a lâmina.

— Eu te amarro. — Pronunciei as palavras com toda a intensidade silenciosa que consegui reunir.

Ela se contorceu debaixo de mim e fez um som de lamento.

— Pelo poder desta faca, Regressora, eu te amarro. Não sairá deste corpo. Não entrará em outro. *Eu te amarro.*

— Alison! — gritou Mark atrás de mim. — Que merda é essa?

Congelei, a ponta da faca pressionada contra o peito da minha mãe, bem sobre o coração dela.

— Coloque a faca no chão, Alison — ordenou ele, entrando devagar no quarto.

Minha mãe estava mole, inconsciente. Observei e escutei, esperando ouvir a respiração dela, mas não havia mais nada.

Oito meses depois

42

— DECIDI ONDE QUERO estudar.

— Ah, é?

— Na Universidade da Califórnia. Escola de cinema.

Tinha entrado no quarto da Izzy para ver como ela estava, se queria convidar a Theo para jantar. Era uma tarde quente no final de agosto. A luz do sol filtrava pelas janelas — tanto as cortinas pesadas quanto as próprias janelas estavam abertas, deixando entrar uma brisa agradável. Grilos e cigarras cantavam lá fora. Podia ouvir o balido suave das ovelhas de Penny e Louise, o cacarejar esporádico de uma galinha.

Estava me esforçando muito para consertar as coisas com a Izzy, mas desde que voltei das minhas seis semanas em Rabbit Hill, ela estava fria, mais distante do que nunca. Mas eu estava determinada a continuar tentando.

Com Olivia foi fácil: assim que cheguei em casa, ela se agarrou a mim, tagarelou sem parar, me mostrou novas danças que havia aprendido, implorou para que eu lesse para ela todas as noites. Logo voltamos à nossa rotina normal, como se eu nunca tivesse ido embora. Só que agora nossa rotina incluía pedidos para contar histórias sobre a avó. Minha filha sentia falta dela desesperadamente e falava sobre ela o tempo todo.

— Me conta de novo sobre a vez que ela te levou para Cape Cod para comer camarão frito — dizia.

Izzy continuava distante comigo. Parecia mais próxima do que nunca de Mark, e eu estava feliz por isso, mas não podia deixar de sentir inveja.

Olhei ao redor do quarto e vi que estava um pouco mais arrumado do que o normal. Não havia sinal da máscara do Krampus. A mesa ainda era uma bagunça de papéis, anotações e latas coloridas de energético.

— Isso é ótimo — falei. — A UCLA é bastante concorrida, mas não há razão para...

— Eu vou entrar — afirmou ela bruscamente. — Já estou trocando e-mails com uma das professoras de lá. Ela viu meu documentário. Acha que eu seria perfeita para o programa deles.

O documentário da Izzy, intitulado apenas *Mavis*, vencera o Prêmio de Jovens Cineastas da Nova Inglaterra — recebeu o primeiro lugar e ganhou uma bolsa de estudos de dez mil dólares para a faculdade que quisesse. Havia inscrito o documentário em outras competições e festivais e ainda estava esperando por respostas.

Naquele momento, o filme estava aberto no notebook dela.

— Estou muito orgulhosa de você — falei. — É um documentário impressionante.

— Obrigada.

Moxie se aproximou, olhou dentro do quarto e se deitou no corredor.

Havia passado a maior parte do dia no meu estúdio e tinha terminado a última ilustração de *Moxie Salva o Halloween* — a ilustração da capa, que mostrava Moxie ao lado de uma abóbora alegre. Meu agente e meu editor estavam encantados com a digitalização que eu enviara e já perguntavam sobre um terceiro livro — qual feriado Moxie salvaria em seguida?

Podia sentir o cheiro da lasanha que Mark estava fazendo para nosso jantar de comemoração. Olivia estava na cozinha ajudando-o, insistindo que ela mesma faria o pão de alho.

Olhei de novo para a tela do computador de Izzy. O filme estava aberto no software de edição.

— Está fazendo alterações? Editando mais um pouco?

Ela me deu um sorriso irônico.

— Este é o corte do diretor — explicou.

— Ah! Eu não sabia que haveria um corte do diretor. Que legal.

— Quer ver o novo final? O *verdadeiro final*?

— Claro — falei.

Levantou-se, me oferecendo a cadeira em sua mesa. Então preparou a tela e clicou em play.

Era eu ali. Mesmo depois de assistir ao filme várias vezes, ainda não estava acostumada a me ver na tela.

Mas aquilo era diferente. Muito mais perturbador. Ali estava eu, parada na entrada da casa da minha mãe em Woodstock, vestida com meu casaco preto de plumas, carregando a velha sacola que costumávamos usar para levar toalhas e brinquedos de praia, mas que eu enchera com as coisas necessárias para amarrar o demônio.

Pisquei, incrédula.

Izzy estava lá? Como isso era possível?

Lembrei-me da sensação que tive naquele dia, de estar sendo observada. Mas pensei que eram apenas as lembranças da velha casa, os fantasmas da minha infância.

Parecia ter sido filmado da beira da propriedade, usando uma lente teleobjetiva para conseguir um close-up de longe.

— Você me seguiu?

Ela assentiu.

— Como?

— A Theo dirigiu — explicou.

Lembrei-me de ver o carro da Theo na entrada naquela manhã, ao lado do meu, coberto por uma fina camada de neve. Elas me ouviram e acordaram, me seguindo até Woodstock. Eu nem tinha notado.

— Não entendo — falei.

Ela sorriu, mas havia algo inquietante no sorriso. Era grande demais, amplo demais. Os olhos estavam estranhamente escuros.

Um nó se formou na minha garganta. Tentei, sem sucesso, engoli-lo de volta.

— Continue assistindo — disse ela.

Izzy ficou atrás de mim na mesa enquanto eu assistia, uma estranha sombra pairando sobre mim. Ela cantarolava baixinho, uma música familiar que eu não conseguia identificar.

Ali estava eu na tela do computador, entrando na casa, depois saindo pela porta dos fundos, atravessando o quintal, entrando na floresta, a sacola pendurada no ombro.

A câmera seguia à distância.

— Aonde ela vai? — sussurrou Theo.

Izzy não respondeu. A lente da câmera só continuou me seguindo.

Não havia música, como na versão final do documentário de Izzy. Apenas o som de pés esmagando folhas mortas e gravetos, os trechos de neve. A câmera trêmula — sem tripé — estava focada nas minhas costas.

Ela continuava cantarolando atrás de mim. A melodia me incomodava. Eu queria pedir que parasse.

No andar de baixo, Olivia riu alto.

Lá fora, os insetos zumbiam e chiavam.

Na tela, vi eu mesma me aproximar do poço e tirar as coisas que levara da bolsa. A câmera deu um zoom enquanto eu dizia as palavras — completamente inaudíveis de tão longe —, enrolava a pedra no pano, cortava meu dedo e deixava o sangue pingar no pergaminho, depois largava a pedra no poço, observando-a cair.

Olhei para mim mesma no notebook de Izzy. Vi uma mulher exausta e desesperada. Uma mulher que faria qualquer coisa para proteger a própria família, que teria se jogado naquele poço se isso tivesse ajudado.

E agora ali estava ela, afastando-se do círculo de pedra, com o brilho de um sorriso no rosto porque achava que tinha vencido. Que estava acabado. Que podia ser fácil assim.

A câmera me seguia enquanto eu caminhava pela floresta sombria.

Então, de repente, minha filha estava na cena.

— Tem certeza disso? — perguntou Theo.

Uma corda fora amarrada em uma árvore. Izzy a jogou no poço. Olhou para a câmera e assentiu.

— Não — falei em voz alta enquanto a assistia na tela. — Não.

Atrás de mim, reconheci a música que ela cantarolava. Adicionou a letra:

— *Quem matou Cock Robin?* Eu, *disse o Pardal, com meu arco e flecha. Quem o viu morrer?* Eu, *disse a Mosca, com meus olhinhos, eu o vi morrer.*

Minha garganta estava apertada e comecei a ofegar, sem ar.

— Não — murmurei de novo, inutilmente.

Um inseto bateu contra o vidro da janela. Olhei e vi uma mosca grande ali. Outra pousou ao lado dela. Depois outra. Dançavam e zumbiam, tentando entrar.

— Só tome cuidado — disse Theo para Izzy na tela.

Ela desceu a corda para dentro do poço. Movia-se com facilidade. Todos os anos de dança e ginástica lhe deram a força e agilidade necessárias para descer graciosamente.

Por fim, chegou ao fundo.

Theo manteve a câmera apontada para ela, a luz acesa, iluminando a cena no fundo do poço.

— Não — repeti, como se pudesse voltar no tempo, avisar minha filha, encontrar uma maneira de puxá-la de volta.

Ela pegou o pacote embrulhado.

— Peguei — gritou para a câmera.

Então, devagar, desenrolou o embrulho, sussurrando.

— O que você está dizendo? — perguntei.

— Um feitiço de desamarração.

— Onde aprendeu...

— Dá para aprender qualquer coisa na internet hoje em dia, mãe — respondeu, com naturalidade.

Assisti horrorizada enquanto minha filha colocava a pedra dentro do casaco, como se precisasse mantê-la aquecida. Então subiu, fazendo tudo parecer ridiculamente fácil.

Izzy estendeu a mão à minha frente para apertar o botão de pausa. Em seguida, foi até a mesa de cabeceira, abriu a gaveta e puxou um pacote de tecido roxo. Desembrulhou-o com cuidado, embora não precisasse. Eu sabia o que estava dentro.

— A vovó sabia. Sabia o que você ia fazer. Sabia e me contou. Ela me disse o que precisava ser feito.

— Meu Deus.

Ela balançou a cabeça e riu.

— Ainda não entendeu? Seu Deus não tem nada a ver com isso.

Agora havia um grande grupo de moscas na janela, pressionando para entrar, rastejando umas sobre as outras, zumbindo alto.

— Era você — falei. — Era você quem ela queria o tempo todo.

Izzy sorriu.

Falou com uma voz que era dela e não era. Uma voz que me levou de volta à minha mãe, à minha infância.

— Eu a escolhi no dia em que a conheci. Ainda bebê. Sabia desde então o que ela se tornaria. O que poderíamos nos tornar juntas.

— Não! — gritei. — Não! Ainda não é tarde demais. Izzy, me escuta! A gente tem que fazer o feitiço de amarração, procurar a Carmen, ela vai saber o que fazer.

Alcancei a pedra, mas ela a afastou de mim. Fui para cima dela, derrubando a cadeira da escrivaninha.

— Isabelle, por favor! — gritei.

Ela riu, triunfante, e então a expressão ficou séria.

— Precisa de ajuda, mãe. É só uma pedra. Só uma pedra bonita que a vovó me deu. — Fez uma pausa, e então continuou, os olhos se enchendo de lágrimas: — Isso me assusta, ver você com essas ideias malucas.

Sabia, sem precisar me virar, que Mark estava atrás de mim.

— Alison — disse ele, a voz calma.

Dei meia-volta e quase desmoronei ao ver a expressão no rosto dele: o medo, a pena.

Meu marido estendeu a mão para mim, me abraçou e me guiou para fora do quarto da nossa filha.

— Você tem tomado seus remédios? — perguntou.

Agradecimentos

UM MILHÃO DE AGRADECIMENTOS, COMO SEMPRE, ao meu agente, Dan Lazar. A Jackie Cantor, que me ajudou a encontrar o caminho através do romance e dar vida a essas personagens. À Amara Hoshijo, pelo apoio contínuo e incríveis habilidades de edição. A Jen Bergstrom, Jessica Roth, Bianca Ducasse e toda a equipe da Scout Press: é uma honra absoluta trabalhar com cada uma de vocês. Vocês são as melhores! Aos meus amigos e fãs no Facebook que me incentivaram a enfrentar meus medos e escrever um livro sobre possessão demoníaca. À Lola, nossa própria Labrador resgatada, que foi a inspiração para Moxie e me ensinou a importância de brincar, de guloseimas e de longas caminhadas em lugares novos (e que tudo bem — completamente compreensível, na verdade — ter um pouco de medo às vezes). E, por último, a Drea e Zella, que me amparam e me incentivam a continuar quando as coisas ficam difíceis — amo vocês duas!

Este livro foi impresso nas oficinas gráficas da Editora Vozes Ltda.,
Rua Frei Luís, 100 – Petrópolis, RJ.